Dios no tiene tiempo libre

Lucía Etxebarria

Dios no tiene tiempo libre

Existe una versión teatral de esta novela que fue representada en
el Teatro del Arte de Madrid, escrita también por Lucía Etxebarria

Primera edición: abril de 2015

© 2015, Lucía Etxebarria
© 2015, de la presente edición en castellano para todo el mundo:
Penguin Random House Grupo Editorial, S.A.U.
Travessera de Gràcia, 47-49. 08021 Barcelona
© 2015, Kobal, por la imagen de cubierta
© 2015, Opalworks, por el diseño de cubierta

Printed in Spain – Impreso en España

ISBN: 978-84-8365-321-0
Depósito legal: B-5369-2015

Impreso en Rodesa, Villatuerta (Navarra)

SL 5 3 2 1 0

Penguin
Random House
Grupo Editorial

*Para Marta López Peciña, que casi conoce
a Alexia, Elena y David mejor que yo*

Cuando él piensa en su vida se siente como plantado en una línea divisoria entre su pasado y su futuro. Con helado anticipo de largo escalofrío, vislumbra o adivina lo que está por llegar. Su porvenir es un desierto árido, yermo y desnudo, un erial pedregoso por el que caminar sin curvas ni horizonte. Avanzar y envejecer, eso es todo, eso es nada. Todo fluye y nada vuelve. Esa es su penitencia. De soledad en soledad, de trago en trago, de raya en raya, de traición en traición, se borraron los caminos, los minutos y las horas. Ha decretado prisión, prisión para los besos extintos, para los días felices, para los regalos sin retorno, para tantas promesas que quedaron convertidas en cenizas. Se han quedado encerrados en la memoria, en la nostalgia, en una cárcel que tiene la imaginación cautiva. En la añoranza que se devana en una espiral autorreferente en busca de algún milagro que devuelva lo perdido. Pero no pueden salir de allí, nunca van a regresar. David se siente una concha de caracol, un cuerpo vacío. Quiere que vuelva sin haberse ido. Pero sí, aquel David se fue.

Alexia mira al pasado y ve dolor. Pero en su porvenir, en cambio, las promesas de alegría, de plenitud, de fuerza, aparecen como soldados jóvenes en filas bien ordenadas. El pasado deja en la boca sabores contradictorios y en el cuerpo el futuro anima el acuciante deseo de seguir deseando. La Alexia pasada se ha quedado atrás, la nueva Alexia lucha, doma su miedo para hacer de su voz su valentía y le regala al olvido los inútiles desastres y los esfuerzos en vano de la antigua Alexia. Alexia contempla la vida que será y que casi ya ha sido. Es angosta la puerta que se abre al futuro, puede que la custodien negros perros hambrientos, puede que la defiendan guardias feroces como perros. Esa puerta es estrecha e incierta y casi corta el camino que promete. Pero Alexia está dispuesta a esquivar a los perros y a los guardias y a cruzarla taconeando sobre sus zapatos caros.

Flor antigua, leve flor cortada, aún no del todo marchita, sin raíces ni color, sin la savia ni la gloria de los días pasados, Elena, flor silenciosa y exótica, exhala el aroma profundo y denso de lo que se está pudriendo mientras deshoja su lento tránsito de minutos. No se duele de todo lo que deja, de todo lo que va perdiendo de vida, de todo lo que va ganando el gusano que por dentro la roe. Mira hacia atrás y ve tristeza, una tristeza deshecha en hebras por los dedos de la oscuridad y del llanto. Mira hacia atrás y descubre asombrada cómo toda aquella mesnada en lucha encarnizada contra aquella tristeza —el ejército de sus pasiones, sus engaños, sus iras— va quedando inerme. Mira hacia atrás y ve una calle intransitable. Y después, mientras los ojos se pierden sobre la superficie de las paredes de esta habitación de la que no se sale, mira hacia delante. Mira hacia una devoradora oquedad sin futuro. Y no ve nada. Absolutamente nada.

Café Gijón, Madrid

Alexia es una mujer madura, y cuando decimos madura nos referimos más bien a una cuestión frutal antes que a un descrédito, aunque es una de esas mujeres intemporales —tan bien cuidada, tan impecablemente vestida y peinada— en las que resulta difícil señalar qué edad puede tener y qué edad aparenta. Habla con voz perfectamente modulada, como si se le llenara la boca de un licor añejo con cada palabra que articula, con su elegante bien decir de buen tono y con su voz de guitarra de solera, de cuerda y caña dura. Una luz única y blanca ha planchado los pliegues de su poderosa frente, y en esa frente, lisa como el mármol, se advierte el arte de un buen profesional que ha eliminado las arrugas a base de inyecciones. Sobre los párpados de sus ojos destellea una sombra perlada, apenas perceptible, a juego con el brillo de los labios. Agita las pulseras con cierta negligencia, como si no supiera la fortuna que lleva colgada en las muñecas. Todo en ella dice aplomo, seguridad, dinero.

David luce un aspecto desaliñado. Barba de varios días, vaqueros, una camiseta y una *blazer*. Parece seguro de sí mismo. Debió de ser en su día un mozo guapo, muy jaranero, galán y pinturero. Hoy es lo que se suele llamar un hombre atractivo, con un rostro ajado, dolorido, y una mirada profunda y penetrante que indica que ha vivido, que ha vivido mucho, que ha vivido sabiendo que jamás se ha equivocado en nada, excepto en las cosas que más quería. Debió de tener en el pasado una linda cara de ángel —una lo imagina— pero su rostro actual deja evidente que un ángel no es un ángel veterano si no tuvo el honor de conocer el infierno. Parece que su vida esté ya usada y vieja, gastadas y raídas sus horas, y que ya la ha vivido, y que ya la ha exprimido…, aunque entra en lo posible que no recuerde bien ni dónde ni cuándo.

Él está sentado en una mesa, una pierna encima de otra, como si quisiera exhibir una virilidad de la que, en cualquier caso, nadie dudaría. Ella se acerca hacia él con parsimonia, taconeando segura, consciente de su caminar de paso firme y vibración flexible y de que las miradas de toda la cafetería se abaten sobre ella. Y disfrutándolo.

—Hola… Buenas tardes, David. Porque eres David, ¿verdad?

—Sí, buenas tardes… —Cuando se levanta, Alexia cae en la cuenta de que ella no lo había imaginado tan alto—. ¿Alexia? ¿Tú eres Alexia?

—Sí… Bueno, te he reconocido por la foto, claro, aunque… No sé, eres más alto. Más alto de lo que esperaba…

—No te entiendo… ¿Me esperabas más bajito?

Él, muy caballeroso, le acerca una silla para que se siente. Ella lo hace, él se sienta a su vez.

—Sí, la verdad… No sé, es que estoy muy nerviosa… Yo, yo no estoy acostumbrada a estas cosas… Yo…

—Tranquila, mujer… ¿Te encuentras bien? ¿Quieres que llame al camarero y le pida algo? No sé, una tila… O un *gin-tonic*…

—¿Un *gin-tonic*, a estas horas? Qué gracioso eres...

—Los ingleses lo beben a estas horas. Yo acabo de llegar, aún no había pedido nada.

—Yo..., yo no suelo beber mucho, la verdad. Pero... no sé... Igual me vendría bien. Es que estoy tan..., tan nerviosa.

—Pues entonces pedimos dos, no se hable más.

David hace una seña al camarero. No muy clara, casi imperceptible, apenas una ligera inclinación de la cabeza. Pero en sitios como esos los camareros no necesitan más.

—Dos *gin-tonics*, por favor.

—Me veo rara aquí, en esta situación. Aunque yo sé que no es una situación tan rara, que hoy, quien más quien menos, todo el mundo hace citas a ciegas... Si yo te contara... ¡La cantidad de amigas que tengo que han conocido a sus novios por portales de internet...! Pero yo, yo soy tímida... Y además me casé muy joven, claro, y en mi época no había ni siquiera internet... Perdona, pensarás que hablo demasiado. Lo hago cuando me pongo nerviosa...

—No te preocupes, mujer, no pasa nada. Estamos aquí, y, bueno..., vamos a tomarnos esto con calma, ¿vale?

—En realidad, ya nos conocíamos... Bueno, no... Pero yo siento como si ya fuera así. He visto muchas fotos tuyas, ¿sabes? Aunque en las fotos... Bueno... Eras más joven, claro. Mucho más joven.

—¿Tan viejo me encuentras?

—No, por favor, no he querido decir eso, para nada... Pero los años pasan... Pasan para todos, claro... Ay, si es que no sé lo que me digo... Ya te digo que estoy muy nerviosa. Pero tú, claro, supongo que querrás saber... En fin, eso... Querrás saber... por qué he insistido tanto en quedar contigo, ¿no?

—Pues sí, la verdad, me gustaría.

Llega el camarero y deja dos *gin-tonics* sobre la mesa, junto con un platito con la cuenta. Ella da las gracias al camarero con una inclinación de cabeza. Se bebe medio *gin-tonic* de un trago, como si fuera agua redentora, ante la asombradísima cara de su acompañante. Sorprende, casi conmueve, ver a una mujer así, con una planta tan digna, tan carísima, repentinamente tan nerviosa.

—Bueno… En fin… ¡Qué nerviosa estoy!

—Eso ya lo has dicho varias veces.

—Sí… Soy muy tonta a veces… Qué bonito es este café… Me encanta…

—Gracias. Es mi café favorito. Ya no quedan sitios así en Madrid, tan tranquilos…

—Sí, muy tranquilo, muy bonito… Fenomenal. —Pega otro trago largo y ansioso al *gin-tonic*—. En fin, supongo que tendré que empezar por el principio. Bueno, supongo que te acordarás de Elenita, de Elena.

—Elena… Elena es un nombre común. Conozco a muchísimas Elenas.

—Sí, claro, qué tontería… Es un nombre muy común. Elena de Sagarra.

—Pues… Ahora mismo… No sé, no caigo.

—Cuando la conociste ella tenía dieciocho años y tú veintitrés. Ella estudiaba Derecho y residía en el Colegio Mayor Santa María del Estudiante.

—Me estás hablando de hace casi treinta años… Como para acordarse.

—¿Qué dices? ¿Que no te acuerdas de ella?

—Mujer, así..., de golpe...

—Pero ¡si salisteis juntos casi un año entero!

—¿Yo...? Este... Bueno, sí... Elena, claro, claro... Elena.

—Elena, sí, Elena. ¿Cómo no la vas a recordar? Una chica monísima, preciosa... Estaba coladísima por ti.

—Pero tú no te llamas Elena.

—Pues no, claro que no me llamo Elena. Me llamo Alexia.

—Pues perdona, pero no entiendo nada.

Ella toma de nuevo el *gin-tonic* y lo termina de un trago. A David le sorprende esa ansiedad de buzo ciego en una mujer aparentemente tan contenida y sobria.

—Pero ahora lo vas a entender. Verás, yo soy la prima de Elena...

—Pues lo siento, pero sigo sin entender.

—Si es que no me dejas hablar. —Ella hace una seña al camarero, que se presenta solícito, como corresponde a un local de esa solera, de los que ya no quedan en Madrid, con camareros de chaqueta blanca, pajarita negra y rostro imperturbable—. Camarero, otros dos *gin-tonics,* por favor.

—Pensaba que no te gustaba beber.

—Normalmente bebo poco, pero es que... me pongo, me pones tan nerviosa... Déjame que te lo explique todo, por favor.

—Soy todo oídos.

—Pues verás, yo vivo en Palma..., pero vengo a menudo a Madrid, de compras y esas cosas, y también, a veces, una vez cada tres meses, vengo al médico.

—¿Estás enferma?

—No, qué va, por favor, Dios me libre... Estoy sanísima. Vengo... pues a hacerme pequeños retoques. Yo desde que me divorcié (porque yo estoy divorciada), pues me cuido mucho más... Para estar guapa. Para mí misma, ¿eh? No porque espere a ningún hombre, pero, claro, nunca se sabe... Ácido hialurónico, vitaminas, un poco de botox, a veces. Muy poco, ¿eh? Retoques.

—Sí, ya sé de lo que hablas. No olvides que soy actor.

—No es que en Palma no haya médicos, que los hay, y buenísimos, pero mi médico de confianza, el doctor Salas, atiende aquí, y además aquí, pues mira, me evito encontrarme con cualquier conocida en la sala de espera, que siempre es incómodo.

Y de paso hago compras, veo algún musical, esas cosas...

—Ah... O sea, que de salud andas bien.

—¡Fenomenal! Mejor que nunca. Cuando estaba casada estaba siempre enferma. Enferma de verdad. Pero desde que me divorcié soy otra. Y bueno, a lo que iba... Pues en la sala de espera de ese señor hay revistas, claro, pero también tiene una estantería con libros. Yo nunca había visto algo así en una sala de espera, libros. Pero los tenía. Libros. No sé, quizá son libros que ya no le cabían en el salón de casa y pensó que le quedarían bien en la sala de espera, que le darían un toque como más hogareño al espacio... El caso es que me puse a mirar los libros y encontré una guía, una guía que yo no había visto antes... *Cineguía*, se llamaba.

—¿El *Cineguía*? ¿Y por qué tiene un doctor el *Cineguía* en su sala de espera?

—Pues me lo explicó él más tarde. Porque los libros que había allí los habían traído de su casa, porque en su casa ya no cabían, y se ve que el *Cineguía* estaba entre los libros. Es que su mujer trabaja en cine, es productora.

—Qué casualidad… Es la primera vez que oigo hablar de que el *Cineguía* acabe en la sala de espera de un doctor.

—Pues sí, es una casualidad muy grande, por eso tiene más valor que viera tu foto yo. Porque era el último sitio donde tenía que estar esa guía, porque si no yo no te hubiera encontrado jamás… Porque…, bueno…, yo… me puse a hojear la guía porque al final hay fotos de actores, algunos muy conocidos, como Jordi Rebellón, y otros de los que yo no había oído hablar en la vida.

—Yo entre ellos. Yo soy uno de esos actores de los que no habías oído hablar en la vida.

—¡Claro que había oído hablar! Muchísimo había oído hablar de ti… Tú no sabes, no imaginas, cuánto había oído hablar de ti. Y de repente, veo tu foto, allí…, David Arias, y me digo: no puede ser…

—¿Me habías visto en el teatro? ¿Alguien me había visto y te habló de mí?

—No, para nada… Elena, Elena… lleva años hablando de ti.

—Elena… ¿Esa chica con la que salí hace la tira de años? ¿Y desde entonces habla de mí? Vamos, no me jodas, ¿qué tomadura de pelo es esta?

—Déjame explicarte, por favor... Verás, huy, qué nervios... —Da otro trago al *gin-tonic*—. Ella vino a estudiar aquí hace veinte años. No, veinte no. Diecisiete, veinticinco... Qué más da. Muchos años. Estaba en una residencia muy seria, un colegio mayor solo para chicas, con horarios muy estrictos, un colegio de la Obra, y por lo que cuenta te conoció en un café... Imagino que sería un café como este... Ella cuenta que estaba esperando a una amiga que se retrasaba y tú estabas en la barra y te dirigiste a ella... Y por entonces debías de ser muy guapo... O eso dice ella... Bueno, ahora también eres muy guapo, no quiero decir que no lo seas... Pero bueno, empezó a salir contigo. Ella dice que tú vivías entonces en un piso compartido con más chicos.

—Sí, creo que por entonces todo el mundo en Madrid compartía piso.

—Bueno, pues ella cuenta que te veía por las tardes. Tenía hora de llegada al colegio mayor, no podía llegar más tarde de las diez, pero os veíais a diario. Bueno, igual tú ni te acuerdas, puede que para ti fuera una historia que pasó y se olvidó..., pero para ella fue muy importante, estaba enamoradísima de ti...

—Creo que ya sé a quién te refieres... Elena... Clarooooo... ¡Elena! Monísima, preciosa... Elena. Entonces... Perdona, a ver si lo entiendo bien. Entonces vas a la consulta de tu médico, hojeas el *Cineguía*, ves mi foto y dices: «Tate, ¡este era el novio de juventud de mi prima Elena, David Arias!».

—Exactamente.

—Y llamas al número que figura...

—Que es el de tu agente.

—Y dices que quieres ponerte en contacto conmigo... Lo que no entiendo es cómo en la oficina de mi agente te dieron mi teléfono, a una desconocida.

—No soy tan desconocida. Mi familia es una de las más importantes de Palma, empresarios, constructores y hoteleros, y mi hermano es un político bien conocido. Y tu agente, por si no lo sabías, está mejor relacionada de lo que tú crees y reconoció el apellido de inmediato. Le dije que se trataba de un asunto familiar importante y ella no preguntó más.

—Claro, es que cuando llamaste y me dijiste que mi teléfono te lo había pasado Katrina y que querías verme, yo…, no sé, pensé que se trataba de un asunto de trabajo. Por eso, cuando te veía tan nerviosa, no entendía nada.

—Has debido de pensar que era una loca…

—Pues sí… Si te digo la verdad, sí. O sea, no. No exactamente. Bueno, pensaba que eras una admiradora. A veces ha pasado. Te ven en una obra, consiguen tu teléfono, intentan quedar contigo…

—Entonces ¿accediste a verme pensando que podía ser un ligue?

—La verdad, no sé por qué accedí. Llamaste, dijiste que Katrina te había dado mi teléfono, que tenías algo importante que contarme, tenías una voz bonita, educada, yo estoy en paro, no tenía nada mejor que hacer… Suena prosaico, ¿no?

—Bueno, no sé…, como tú eres bohemio y titiritero y tal…

—Pero, la verdad, lo último que esperaba era una historia como esta. No sé cómo decirte… Todavía estoy… noqueado, la verdad.

—Ya... Te comprendo.

—¿Y solo querías verme para contarme que una chica con la que tuve una historia hace veintimuchos años todavía se acuerda de mí?

—Pues, más o menos... Pues sí. —Bebe otro sorbo del *gin-tonic*—. Pero es que la historia no ha acabado.

—Ah, que hay más... Soy todo oídos.

—Pues... después de estar contigo, al curso siguiente Elena no volvió a Madrid, dejó los estudios de Derecho y empezó a salir con Jaume Puig-Pujol, que era de una de las mejores familias de Mallorca.

—¿Puig-Pujol? ¿Jaume Puig-Pujol? Mira que me suena el nombre, pero mucho, mucho.

—Claro que te suena.

—¿Le conozco?

—Lo has escuchado en televisión, era concejal.

—Sí, me suena mucho.

—Mira, Elenita se casó con veintiún años. Boda en la catedral, fiesta por todo lo alto en el Club Náutico, luna de miel en Bali... En fin, no podía haber hecho mejor boda, y se suponía que lo tuyo estaba completamente olvidado. Bueno, el caso es que los hijos no venían, y ya sabes, en una familia tan tradicional... pues eso llamaba la atención, pero Elenita no decía nada y nadie decía nada. Y yo pensé siempre que la pobre Elena no podía tener hijos y sentía una gran compasión por ella, pero hasta ahí... Y finalmente, pues saltó el escándalo.

—Escándalo... ¡Coño! Ahora caigo. ¡Jaume Puig-Pujol es el concejal aquel que se había gastado un montón de dinero público en pagar chaperos!

—Yo quizá no lo hubiera planteado de una manera tan vulgar... Pero sí, es él.

—Qué fuerte, pobre Elena.

—Sí, imagínate, en una sociedad como la de Palma, tan pequeña, tan cerrada y tan conservadora. Un presidente se puede gastar millones de euros de dinero público, y si se lo gasta en putas no pasa nada, pero un concejal no puede gastarse el dinero... en chicos. La diferencia era esa, que eran chicos y no chicas. Se puede ser corrupto, pero no se puede ser homosexual, ya sabes...

—Bueno, yo saber, no sé...

—Pues es así. Y en nuestro ambiente, que es lo cerrado dentro de lo cerrado... Pobre Elena, pasó las de Caín. Se separó inmediatamente, por supuesto, pero… Bueno, ni siquiera salía de casa…Yo iba a verla casi a diario, porque me daba mucha pena. Y en nuestras conversaciones salía a relucir tu nombre.

—¿Mi nombre? ¿Y yo qué tenía que ver en eso?

—Mira, David, yo supongo que viviendo como tú vives en el mundo de la farándula y la bohemia… y los titiriteros… Pues eso… Tú habrás tenido muchas amigas y habrás conocido muchas mujeres… Por cierto, ¿estás casado?

—No, nunca me he casado.

—¿Y novia?

—Algo hay… pero ¿importa mucho saberlo?

—No, por Dios, perdóname, no pretendía…, no quiero pecar de indiscreta. Lo que te estoy diciendo es que si hace un rato casi como que ni siquiera te acordabas de Elenita, será porque habrás tenido más mujeres después, historias que te han hecho olvidarla, ¿no?

—Bueno, sí…, claro… He vivido, eso no se puede negar.

—Pues Elenita no. Tú fuiste el primero y Jaume el segundo. Y no hubo más. Y ella me decía que ya desde el principio se olía que lo de Jaume no era normal porque no parecía muy interesado en ella y tuvieron desde el principio poca o ninguna vida conyugal, pero que como antes solo había estado contigo…, pues tenía muy poco con lo que comparar… Y el caso es que durante todos estos años había pensado en ti a menudo, porque su matrimonio, aunque de puertas para fuera era ideal, de matrimonio no tenía nada.

—¿Y por qué no se separó antes?

—Porque cuando se casó era una niña, porque en su ambiente la gente no se divorciaba, porque, quieras que no, llevaba una vida muy, muy cómoda… Porque le daba vergüenza reconocer el error que había cometido… Pero la historia no acaba aquí, claro, aún va a peor.

—Ah, ¿no? Y ¿qué falta ahora?

—Elenita se está muriendo.

—¿Perdona…?

—Lo que te he dicho. Se está muriendo.

—Pero si es más joven que yo. Tú lo has dicho.

—El cáncer no sabe de edad.

—Entonces me has llamado para decirme que una chica a la que no he visto en ni se sabe la de años no me ha olvidado y se está muriendo.

—Sí.

—Y… ¿para qué necesitaba yo saberlo?

—Bueno, a mí se me ha ocurrido una cosa… No sé, una locura quizá…

—No, no sigas. Creo que sé por dónde vas a salir.

—Bueno… Tú acabas de decir que estabas en paro, ¿no? Y que quedaste conmigo por curiosidad, que no tenías nada que hacer. Y he buscado tu nombre por internet y no parece que ahora estés trabajando en nada.

—Y ¿qué pretendes? ¿Contratarme?

—Más o menos.

—Más o menos no es una respuesta. Explícate mejor.

—Mira, mi prima se está muriendo. Ha tenido una vida…, una vida malgastada, aunque desde fuera cualquiera diría que ha tenido la mejor vida del mundo, viviendo en una mansión que cuesta seis millones de euros y saliendo al mar con su barco día sí y día también. Pero mi prima no ha vivido. No ha conocido el amor, o sí, lo conoció, pero durante muy poco tiempo, y hace muchos años. Esa historia que para ti pasó sin pena ni gloria es la historia más bonita y más importante que ella ha vivido. Y creo que a ella le encantaría volver a verte, que le haría muchísima ilusión. Ten en cuenta que después de lo que pasó, y el escándalo que hubo, perdió a casi todos sus amigos y conocidos, está muy sola, poca gente va a verla...

—¿Y me estás diciendo que quieres contratarme para que vaya a visitar a tu prima?

—Contratarte, lo que se dice contratarte, no. Te estoy pidiendo que visites a una chica de la que supongo que guardarás un recuerdo más o menos agradable y a la que tu visita puede hacer muy feliz. Te estoy pidiendo, en suma, que hagas una obra de caridad, o una buena acción, ya que eres ateo. Por supuesto, estoy dispuesta a compensarte por tu tiempo. Puedo entender que tu situación ahora es complicada...

—¿Qué quieres decir con eso de *complicada*?

—Que llevas tiempo sin trabajar. Me lo confirmó tu agente. Y para mí el dinero no es un problema.

—Pero... no sé... Es la proposición más rara que me han hecho en la vida, y mira que me han hecho proposiciones raras.

—Por eso, por eso te pido por favor que vayas a visitar a Elena. Me harías un favor inmenso, y creo que incluso quizá te lo harías a ti mismo.

—Pero lo que me estás pidiendo es una locura. Por no hablar de que visitar a un moribundo no es un plato de gusto para nadie. Es triste, y deprimente, y duro.

—Lo sé, por eso estoy dispuesta a compensarte más que generosamente por el tiempo y por las molestias. Repito: más que generosamente.

—No sé... El concepto de lo que es generosidad puede cambiar de una persona a otra.

—A ver, a ver... Hablando se entiende la gente. Y yo entiendo que tu tiempo vale. Como el de todos, como el mío. Y yo entiendo que si vas a perder tu tiempo, pues es lógico que esperes..., ¿cómo te diría?, una compensación. Y si de eso se trata, pues yo soy supercomprensiva, y estoy dispuesta a compensarte, claro.

—No sé si te he entendido. ¿Me estás insinuando que quieres contratarme para que haga de visitador pagado de tu prima?

—Hombre, yo no lo diría de esa manera. He dicho que yo entiendo que tu tiempo es valioso, y la verdad es que Elena no recibe muchas visitas. Y las que recibe, así, ínter nos, no le sientan bien. La deprimen. Todos la miran con cara de pena, y nadie le cuenta algo nuevo. ¿Y el dinero para qué está en la vida si no es para hacer buen uso de él? ¿Qué dinero no tiene un pecado original? El único modo de redimirse de él es gastarlo. A ti te vendría bien un poco de ayuda, a Elena le viene bien la compañía y yo quiero que Elena sea feliz. Y así nos ayudamos todos unos a otros. Somos… solidarios, como decís vosotros los titiriteros. Yo no pretendía insultar a tu dignidad, ni mucho menos.

—Disculpas aceptadas. Y, según eso, Alexia, ¿cuánto vale mi tiempo para ti?

—Tu tiempo, no sé. La felicidad de mi prima la valoro mucho.

—Déjame pensármelo…

—Te dejo todo el tiempo que quieras, claro está, por favor…

Una habitación de hospital, Palma de Mallorca

Delgada como una lámina de papel, etérea como una bruma, leve como un quejido… Elena se ha anticipado a su condición de fantasma. Lleva el pelo rapado al uno, como una diosa antigua, y esa ausencia de cabello resalta su perfil de camafeo. Viste un pijama ¿de raso? que se adivina muy caro. Está sentada en la cama, haciendo un puzle, inclinada sobre un tablero/atril diseñado para tal fin —un artilugio común en hospitales— como una sacerdotisa que intentara descifrar un códice arcano, concentrada con una cierta solemnidad procesional. Cuando entra David ella le dirige una mirada de pronóstico reservado. Y luego lo arregla todo con una sonrisa tranquila, una sonrisa suave como el rastro luminoso que deja un sol que muere.

—David… David Arias… Es tan, tan… maravilloso verte.

—¿Me has reconocido?

—No, qué va… No te habría reconocido nunca, si te digo la verdad. No te pareces en nada al David que conocí… Has engordado…

—¿Tanto?

—No, hombre, no. No tanto. Pero han pasado muchos años, muchos… Y llevas barba…

—Sí, desde hace años.

—Claro, pues con la barba a ver quién te iba a reconocer… Bueno, los ojos sí, sigues teniendo los mismos ojos… Me lo habían dicho, me había dicho Alexia que venías. Alexia es muy puritana ella y no quería que me encontraras en camisón, así que me avisó de que iba a venir alguien especial, que iba a venir alguien a visitarme, y que lo mejor iba a ser que me vistiera y me maquillara. Y entonces yo insistí, insistí, insistí, que si dime quién es, que si no me dejes con la intriga, porque, mira, chico, tampoco es que yo conozca a mucha gente, ¿sabes?, y al final lo soltó. Y me quedé de piedra cuando me lo dijo, porque han pasado… más de veintipico años…, ¿no?

—Sí… Muchos años.

—Muchos. Puedes sentarte aquí. Y puedes quitarte la mascarilla si quieres. Sí, ya sé que te han dicho que no te la quites, pero si no estás resfriado ni enfermo, y no te acercas demasiado a mí, y no me tocas, da igual… No pongas esa cara que esto no es contagioso. Es más bien para que no me contagies tú a mí. Estoy muy baja de defensas y si me cojo un resfriado, pues… ya ves: mortal. Mira, yo me siento en la cama y tú te sientas en el sofá.

Él se sienta.

—Qué habitación tan grande tienes… Es casi más grande que la de mi hotel.

—Sí, lo sé. Es enorme, como una *suite*. Parece un hotel de lujo. Mi familia trajo la televisión esta y me traen películas todos los días. Es una pena que no puedan traer flores…

—Ya, eso me dijeron, que no podía traerte flores ni bombones.

—Lo de las flores es por si me dan alergia, ya te digo que estoy muy baja de defensas, y los bombones porque estoy tomando una medicación que me destroza el estómago y en cuanto como chocolate, lo acabo vomitando.

—¿Peluches?

—Tampoco, por los ácaros.

—¿Cestas de fruta?

—No, solo puedo comer lo que me dan en el hospital. Me alimentan con unos purés asquerosos... Pero de verdad que no estoy tan mal, que no... Si la habitación es enorme... Oye, tú estás muy bien, muy cambiado. Cambiadísimo, ya te digo. Es que te encuentro por la calle y no te reconozco. Pero muy bien, oye, muy bien.

—Tú también.

—No digas tonterías, por favor.

—No, de verdad, que lo digo de verdad... Esperaba encontrarte mucho peor, y te veo... Te veo guapa, de verdad.

—Bueno, me he maquillado... Sin maquillar no estoy tan guapa. Antes de que pasara todo esto pesaba setenta kilos, ¿sabes? Setenta. Ahora peso cincuenta y dos, más o menos lo mismo que cuando me conociste. Así que en cierto modo estoy guapa.

—Te sienta muy bien el rapado. Como ahora se ha puesto de moda, pareces una actriz o una modelo.

—Vaya, qué adulador... Sí, es curioso, ¿sabes?, pero el caso es que cuando me corté el pelo yo, de repente, también me vi más guapa. Como… liberada. Cuando tú me conociste todavía era castaña, pero acabé rubia, como todas… No sé, te empiezan a salir las canas, un día vas a la peluquería, la peluquera te convence de que para cubrir canas lo mejor son las mechas rubias y así, sin darte cuenta, resulta que eres rubia y que todas tus amigas también son rubias… ¿Tú no lo has notado, David? Que de repente todas somos rubias…

—No sé, supongo que no me muevo en tus círculos. La verdad, no es algo en lo que piense mucho… Pero sí, puede ser, ahora que lo pienso… Actrices… rubias… Sí, puede, supongo…

La voz de Elena le corta como un súbito relámpago que interrumpe una tarde en calma.

—Cuando se me cayó el pelo y me vi, en lugar de pensar lo que se supone que piensa todo el mundo, que es algo así como «qué horrible que estoy, qué pena que me doy», pensé que…, que menos mal que por fin me quitaba la melenita rubia esa, que no sé si parecía una ministra o qué pero, mira…, no era yo… Soy mucho más yo así, ahora, sin pelo... Aunque, claro, tú que no me has visto en tantos años...

Con los nervios saliéndole del cuerpo como las fibras de una escoba vieja, David cambia de tema.

—Cuántas estampitas te han puesto..., ¿no?

—Sí, una colección. Esa es santa Gema Galgani, esta otra es santa Rita, patrona de los imposibles, y esta es la Virgen de Lourdes, patrona de los enfermos. Mi madre quería traer una estampa de Escrivá de Balaguer, pero a eso me negué. Las demás se pueden quedar, yo no le voy a quitar el gusto a mi familia, pero ese señor no... Bastante daño me ha hecho en esta vida como para que me acompañe hasta el día de mi muerte...

David parece tan ansioso como un náufrago que viera rondando en círculos alrededor de su lancha una aleta de tiburón.

—Pero... en fin..., mujer... No seas tan tajante con lo de la muerte. No necesariamente vas a morirte.

—Ah, ¿no? ¿Y por qué has venido tú aquí si no...? Por favor, no me pierdas el respeto y no me mientas. Yo sé bien en qué situación estoy… Lo sé perfectamente, y creo que tú también.

La intensidad con la que a David le brillan los ojos hace que Elena sospeche que está a punto de llorar.

—Sí… Lo siento. Yo…

—Tú estás muy nervioso y esta es una situación muy difícil. Soy yo la que te tengo que pedir disculpas. Encima de que vienes a verme…

—¿Eso es un puzle?

—Sí, claro. Pero me he atascado un poco.

—¿Me dejas ver?

—Por favor.

Elena le acerca el puzle y la caja con las fichas. Él se sienta a su lado, en la cama, la espalda recta como una escoba.

—Esta va… ¡aquí!

—¡Qué ojo tienes!

—Sí…, creo que soy bueno. Me encanta hacer puzles. Me relaja.

—Sí, a mí también.

David coloca otra pieza.

—En realidad, ¿sabes?, esto de los puzles tiene mucho que ver con el trabajo de actor. Tú coges un texto y te dan una serie de ideas para que compongas un personaje. Pero tú las tienes que encajar.

Elena coloca otra pieza y aprovecha para acercarse más a él. Y entonces el olfato percibe esa imposible, absurda felicidad de la que no tendría siquiera recuerdos de no haber aspirado ese perfume a cedro, a incienso, a sándalo, a... lo que sea que transporte su sudor en vaharadas. Y el olor transmite esa certeza de que hace muchos años fue ingenua, fue inocente, fue feliz y a un tiempo desdichada. Y aspira ese aroma sin ira, sin rencor, sin rabia. Ese aroma sutil y leve como el amor que pudo ser, que se detiene para que lo contemple otra vez. Entonces se percata de que él también se está dando cuenta y se repone.

—Oye... Y ¿qué ha sido de ti?, ¿te has casado? ¿Tienes hijos?

—Nunca me casé, pero tengo un hijo.

—¿De qué edad?

—Quince.

—Ideal... Y ¿cómo es? No..., esa no va ahí.

Le quita la ficha de la mano y la coloca en otro lado.

—Guapo, buen estudiante... La verdad es que no lo veo mucho. No tengo muy buena relación con su madre... Es..., en fin, una larga historia.

—Ya, comprendo..., y... ¿qué ha sido de tu vida?, ¿en qué trabajas?

—Pues soy actor. Sigo siendo actor. Alexia ya te lo habrá contado, ¿no?

—Bueno, sí... Pero, claro, como no te he visto en ninguna película ni te veo en la tele... Vamos, que en todos estos años nunca he oído hablar de ti.

Elena coloca otra ficha. David se acerca más a ella, casi imperceptiblemente, sin que medien caminos ni palabras, como si quisiera pasar más tiempo dentro del silencio. Pero aun así sigue hablando. El silencio es incómodo, hace falta llenarlo.

—Trabajé en la Compañía de Teatro Clásico Español muchos años, muchos. Y sí, he hecho películas. Varias. Nunca en papel protagonista, esa es la verdad. Pero probablemente no se estrenaron en Palma. Quizá te suenen. La primera se llamaba *Entre penumbra.*

—Ni idea.

—Era un *thriller*, se estrenó en el año noventa. Luego hice *La mujer de mi vida.*

—No... Tampoco.

—De Antonio del Real, con Leticia Brédice.

—No me suenan ni los nombres.

—Pues supongo que tampoco te sonarán *Sobreviviré* o *Te quiero mi vida*, de Alfonso Albacete.

—No... Ni idea. Lo siento. ¿Soy muy inculta?

—No..., no creo. No eran películas para el gran público, es verdad. Pues son todas las películas que he hecho... Y no me has visto en televisión porque casi nunca he hecho televisión. He hecho sobre todo teatro.

—Sí... La verdad es que yo al teatro no voy mucho. Está el Teatre Principal, pero íbamos sobre todo con los sobrinos, los de él, a ver musicales y marionetas y cosas así. Te tengo que reconocer que al Teatro Clásico no he ido nunca.

—Elena, cuando tú y yo nos conocimos, ¿qué obra estaba haciendo yo? O sea, yo... ¿trabajaba?

—¿Tú no te acuerdas?

—Pues, la verdad..., no, no me acuerdo, lo siento. Han pasado ¿veinte años?

—Quizá más. Tú estabas haciendo una obra que se llamaba *Marat Sade*, en un teatro que era como una corrala y que estaba…, espera que me acuerde, por Lavapiés.

—¿En la sala de Cristina Rota?

—No sé cómo se llamaba, atravesabas un pasillo y había un patio…

—En la sala de Cristina Rota, seguro. Aún existe, por cierto… Así que *Marat Sade*…

—Te fui a ver tres veces, tres. Te lo puedo confesar ahora: no entendí nada de la obra, me aburría muchísimo, pero me encantaba verte actuar. Estaba tan, tan, tan orgullosa de ti… Ni te lo imaginas.

David ha ido avanzando con gestos medidamente lentos y aterciopeladamente ceremoniosos. Y de alguna manera ha conseguido situarse a su lado, codo a codo, rozándola.

—¿Y nunca me viste actuar en otra cosa?

—No, nunca, ¿no te acuerdas tú?

—Mira, Elena, llevo treinta años de función en función. Las tengo todas mezcladas en la cabeza. Claro que me acuerdo de ti, y me acuerdo del *Marat Sade,* pero… no recordaba que tú vinieras a verme actuar, si te digo la verdad. Han pasado tantos años…

—Bueno, quizá yo recuerde más porque después de ti solo ha habido otro y no he tenido una vida muy trepidante, precisamente: mi marido, Palma, el Club Náutico... Tú supongo que desde entonces habrás hecho muchas cosas, habrás tenido muchas mujeres...

—Pues sí, ya ves, la vida del actor. Con la Compañía de Teatro Clásico girábamos por toda España, y en cada ciudad, bueno..., ya imaginas. Supongo que soy un topicazo andante, pero, si te digo la verdad, creo que sería incapaz de recordar los nombres de todas las mujeres con las que he estado...

—¿Lo dices en serio?

—¿Te parezco muy grosero? ¿Un machista?

—No..., no... Me sorprende, claro. Me sorprende lo que dices... Pero no me escandalizo, no te preocupes. Después de lo que me pasó con mi marido, curada estoy yo de escándalos.

—Ya, Alexia me lo contó...

—Y si no te lo contó Alexia, seguro que también lo sabías... Si salió en todos los periódicos, en todos los telediarios... Si no se hablaba de otra cosa... El concejal que se gastaba el dinero público en clubes de alterne. En clubes de alterne mas-cu-li-nos… Adicto a la cocaína para más inri. Ay, señor Dios… Si hubiera sido en clubes de chicas, otro gallo nos habría cantado, claro. Pero lo de los chicos no se lo perdonaron nunca. Se ensañaron muchísimo. No me vas a decir que no leíste nada, que no te enteraste de nada.

—Sí, claro, mujer, claro que lo sabía, pero en aquel momento no tenía ni idea de que estaba casado contigo. ¿Era verdad que rezaba en su despacho?

—Sí, era verdad. Era verdad… que rezaba en el despacho y que fuimos a las concentraciones con el Papa en Valencia, y que éramos supernumerarios…Todo verdad. Todo. En fin…

—Es lo que más me llamó la atención cuando leí la historia.

—No sé si lo vas a entender, pero él era creyente de verdad, creía en Dios. Y aún cree. Y creía en el Papa.

—¿Qué me estás diciendo? ¿Que tenía la personalidad disociada o algo así?

—Déjame ver si te lo puedo explicar… Verás… Yo creo que cada persona somos como este puzle. Y a veces algunas piezas no nos gustan. No nos gusta el color, o la forma. Por ejemplo, esta pieza ¿de qué color es?

—Marrón.

—No. Caca. Es color caca. Es un color bien feo. E imagínate que yo digo: ¡qué fea es esta pieza! Y voy y tiro la pieza...—La arroja al fondo de la habitación—. Ya no tengo que ver la pieza color caca. Lo cierto, sin embargo, es que sin esa pieza el puzle está incompleto, no se puede terminar... Puede que incluso el color caca de la pieza en el conjunto del puzle hubiera cobrado otro matiz y en lugar de caca fuera..., no sé, ocre dorado. Pero eso es algo que yo nunca sabré, porque he tirado la pieza.

David se incorpora solícito, rebusca por el suelo de la habitación, encuentra la pieza y la recoge.

—Aquí la tienes.

—¿La puedes encajar?

—Aquí.

Elena examina el resultado con aire profundamente reflexivo, como si no alcanzase a descifrar un problema indisoluble.

—Pues... sigue siendo color caca...

—Caoba más bien.

—Lo que sí es seguro es que una vez encajada la pieza en el puzle ya no la ves solo como una pieza, sino como parte de una imagen. O sea, que quitar las piezas del puzle que nos molestan no es la solución. Pero eso él no lo entendió. Jaume no lo entendió, así que intentó eliminar esa pieza que no le gustaba. ¿Me sigues?

—Te entiendo perfectamente.

—Era como si hubiera dividido su vida en dos partes y la vida de la pieza que faltaba transcurriera independiente al resto de la imagen. Y cuando todo salió a la luz, pues fue un calvario. Horrible. Qué te voy a contar. Después de eso, si tú me cuentas que en cada pueblo en el que hayas actuado te has acostado no con una chica sino con tres a la vez, ¿crees que me iba a escandalizar yo? Qué va...

—Y él, tu marido, ¿dónde está?

—Cumplió condena en el centro penitenciario de Palma. Le condenaron a dos años, pero salió enseguida por no sé qué acuerdo legal. Mi familia movió hilos y yo obtuve la nulidad matrimonial. Ya sabes que son muy católicos, no querían que me divorciara solamente. Querían la nulidad y, como no tuvimos hijos, bastó con decir que el matrimonio nunca se consumó. Aunque, entre tú y yo, sí que se había consumado. Pero, bueno…, mentimos los dos, pagó mi familia y punto.

—Qué historia tan triste. Lo siento mucho…

—Pues eso, que mi marido no quiso encajar esa pieza… Y esto fue lo que pasó.

Elena agarra el tablero, lo empuja con fuerza hacia el techo, todas las piezas salen volando por los aires con un estallar de estrépito sonoro, fiero y tronante, pero estéril. El ruido que hacen las fichas al caer va disolviéndose concéntrico de círculo en círculo en su descenso mecánico.

—Pero ¿qué haces?

—No te preocupes. Lo del puzle no tiene importancia. Los hago, los deshago y los vuelvo a hacer. Lo que te quiero explicar es que yo me quedé exactamente así, como estas piezas, que mi mundo explotó, de pronto. La diferencia es que en el puzle tú tienes una imagen en la que reflejarte y a veces en la vida uno no tiene imagen en la que reflejarse o por la que uno pueda guiarse. Yo me vi en una situación en la que no tenía ni idea de cómo recomponer las piezas, porque no tenía referencia por la que guiarme. Hacía tiempo que había perdido la imagen de referencia.

—La verdad, parece que estés contando mi vida…

—Sí, a mí me pasó eso, pero supongo que a cada cual le pasa una historia diferente que le descoloca las piezas, y tú tendrás la tuya.

David coge la caja, se dedica a recoger las piezas dispersas por el suelo y por la cama y las devuelve una a una a la caja. David no habla. Ceñido en su silencio liso y pulido reflexiona, piensa, aguzando el filo de todo lo que no se atreve a decir. Por fin, cuando cree que ha recogido todas las piezas, le pasa la caja a Elena. Ella la deja en la mesilla de noche.

—Oye…, y tú ¿qué haces en Palma?

David vuelve en sí.

—¿Yo? Pues nada, me encontré con tu prima, en Madrid, de casualidad, y me contó lo tuyo, y resulta que, más casualidad aún, yo tenía planeado venir a Palma a visitar a un amigo que se ha venido a vivir aquí… Otro actor, ya ves, que se ha casado con una mallorquina y han montado un bar…

—Un bar, ¿dónde?

—En la playa.

—¿En qué playa?

—Pues no sé…, en la playa. En la playa que hay aquí, un chiringuito, para guiris, mira tú, lo que viene siendo un bar en la playa de toda la vida de Dios. Un bar como cualquier otro.

—Ya…, y… esto…, ¿cuánto tiempo te quedas?

—Pues no sé…, unos días. No tengo cerrado el billete de vuelta… Una semana o así. Estoy de vacaciones, ahora no tengo ningún trabajo en perspectiva, o sea que…, que lo que yo quiera.

—¿Ya no trabajas en el Teatro Clásico?

—No, qué va… Eso se acabó, hace años… —Elena empieza a toser—. ¿Estás bien?, ¿necesitas agua?, ¿llamo a la enfermera?

—No, estoy muy cansada, eso es todo.

—Oye, que si estás muy cansada…, que me voy.

—No, hombre, por favor, cómo te vas a ir…

Vuelve a toser, David aprecia claramente que se encuentra mal.

—Mira, si quieres vengo a verte mañana. Ahora estás cansada y…

—Sí, supongo que ha sido la emoción… Pero me encantaría, de verdad, me encantaría que vinieses mañana. Si puedes, claro. Si no estás muy ocupado. No quiero que te sientas obligado o forzado, por favor.

—Qué va, Elena, no es ninguna obligación, estaré encantado. ¿A qué hora te viene mejor?

Se nota que está muy cansada, le cuesta coger el aire: habla con voz de barrido desmayo y rítmica pereza. En sus palabras se percibe toda la paciencia de una enfermedad que sabe que va a ganar la partida.

—Pues, mira…, a esta hora. Los de la familia suelen venir por la mañana y… mejor que no te cruces con ellos. Pero por la tarde…, por la tarde no me viene a ver nadie.

—Vengo mañana, a la misma hora. Y no traigo flores ni bombones.

—No me hagas reír, que no puedo respirar.

—Entonces me voy, hasta mañana…

David se dirige a la puerta. Antes de salir, echa un vistazo a la cama. Elena se ha quedado dormida y él se pregunta cómo puede soterrar el dolor, a qué certeza puede agarrarse más allá del cansancio, cuál es la fuerza de su esplendor inerme.

EL PASADO NO SE CAMBIA

Una terraza en Mallorca. Alexia ya está sentada cuando David llega. Ella se levanta, intercambian dos besos. Hay tres sillas. En una se sienta David. En la otra, Alexia. En la tercera, libre, Alexia ha dejado su bolso y una bolsa que, por el aspecto, parece que viene de una tienda de lujo. David está impresionado por su deslumbrante armadura de belleza, esa pose de displicencia natural, esa hiriente luz de estrella en permanente fuga. Su perfección es tan intimidante que a David se le antoja que un defecto la mejoraría. Un cabello fuera de su sitio, el rímel corrido, alguna arruga… Como a ciertas estatuas a las que la mutilación hizo más bellas.

—Alexia… ¿Estás tomando un *gin-tonic*? ¿Tú? ¿De buena mañana?

—Ya ves… ¿Cómo era aquel bolero? *Tú me acostumbraste a todas esas cosas…* Si quieres pedirte otro… —Hace una seña al camarero—. Otro *gin-tonic*, por favor.

—¿Qué llevas ahí? —Señala la bolsa.

—Me he comprado unos zapatos.

—¿De tacón?

—Sí…, ¿por qué?

—Me gustan los zapatos de tacón.

—A todos los hombres os gustan. Pero no es fácil caminar con ellos.

—Cada uno debería andar con el ritmo y los zapatos adecuados a sus pies.

—Pero también hay que saber caminar descalzo… Hay ocasiones para todo.

—¿Y si te pidiera que me dejases ver los zapatos que te has comprado?

—Yo encantada.

Saca la caja de zapatos de la bolsa. La abre. Saca un zapato. Se lo enseña a él. Él coge el zapato, con mucho mimo. El zapato es una auténtica obra de arte, su delicada perfección casi lastima los ojos.

—Qué maravilla. Oye…, ¿te los podrías probar? ¿Puedo verlos puestos?

—¿Porque los encuentras bonitos o porque te dan morbo?

—Porque son unos zapatos preciosos y quiero ver cómo te sientan.

Alexia se pone los zapatos, se levanta, da un pequeño paseo con ellos.

—Mujer, qué bien pisas.

Alexia da un pequeño giro, como las modelos en la pasarela, y sigue taconeando mientras habla. Un paso firme y tranquilo, de estrella, de gacela, de amazona. Un caminar de río que se curva, avanza, retrocede, da un rodeo y llega siempre.

—Sí, camino bien... David, si te das cuenta, los humanos caminamos en armonía cuando cada pie hace su tarea: primero avanza uno, luego el otro. Pero si un pie quiere dominar la caminata, protesta el cuerpo, tropieza y luego hasta se cae... Quiero decir que un pie no debería empeñarse en tirar por donde no le corresponde.

—Puede... Puede que tengas razón. La verdad es que has comprado el par de zapatos perfecto. ¿No crees que cuando uno encuentra un zapato perfecto, aunque sea el primero que se prueba, uno sabe que *ese* es el par de zapatos para uno?

Mira a Alexia con intención. Alexia sigue de pie, su taconeo resuena en las baldosas mientras menea con gracia su talle de tentación y se agitan sus rizos achampanados.

—Mira, David: el zapato derecho no es el izquierdo, ni al revés.

—¿… Y?

—Si uno decide ocupar el lugar del otro, no se puede andar. Cada uno debe estar donde le toca.

Vuelve a sentarse junto a David. No se cambia los zapatos. Se acerca la copa a la boca. Y David piensa en un ángel solitario bebiendo un único trago con la esperanza de descubrir cómo se sienten los demonios.

—Antes de ir a comprar los zapatos… —dice ella, dejando la copa sobre la mesa—, he estado en el hospital, corazón… Y he encontrado a Elena…, cómo decirlo…, radiante. Estupenda. Está contentísima con tu visita. Le ha sentado muy bien.

—Me alegro.

—Me ha dicho que vas a volver a verla esta tarde.

—Sí, sí voy a volver. Pero creo que ya mañana o pasado me voy. Tengo asuntos pendientes en Madrid, ya imaginas…

—¿Mañana? ¿Cómo que mañana? ¿No te quieres quedar un poco más? El hotel en el que estás es mío.

—¿Tuyo?

—Era de mi ex. Me lo llevé en el divorcio.

—Ah…

—Y yo encantada de que te quedes todo el tiempo que quieras. Pensión completa, por supuesto.

—Sí, claro, pero yo tengo trabajo en Madrid…

—¿Trabajo? ¿Qué trabajo? Estás en paro y hace tiempo que no trabajas.

—Teniendo un gusto tan excelente en zapatos es sorprendente lo grosera que puedes llegar a ser.

—Perdona, perdona, perdona… Tienes toda la razón. Me he puesto nerviosa. Pero, verás, he visto a Elenita tan contenta, tan feliz que…, bueno, que yo tenía la esperanza de que te quedaras unos días.

—Sí, yo te entiendo, es tu prima, la quieres mucho. Pero yo también tengo una vida. Y si no tengo trabajo, razón de más para ponerme a buscarlo. Tengo proyectos pendientes, reuniones con productores, esas cosas…

—Mira, David, vamos a ser claros. He hablado con tu agente. Ahora mismo no tienes ningún proyecto, estás libre. Si lo que quieres es más dinero, podemos hablarlo.

—Yo no te he pedido dinero.

—Dejémoslo claro: la felicidad de mi prima es importantísima para mí. Y el dinero me sobra. Puedo hablar lo que quieras.

—Perdona, pero si vamos a hablar de dinero, o de mi tiempo, si vas a ser tan directa, yo también quiero ser directo. ¿Por qué es tan vital para ti que yo vea a Elena? ¿Por qué crees que yo la puedo ayudar, que mi presencia es tan importante para ella?

—Bueno, tienes derecho a saberlo, en realidad. Voy a necesitar otro *gin-tonic*. —Apura el poco contenido que queda a trago apretado, hace una seña al camarero, señala el vaso vacío para pedir otro, alza la mano y siembra, con un gesto impaciente, en el aire la semilla de la curiosidad—. Te tengo que contar una historia.

—Dios…, otra historia… ¿Va a durar mucho?

—Un poco.

David se dirige al camarero.

—Otro para mí.

—Vamos a ver. Elena y tú salisteis durante varios meses, el curso que ella estudiaba primero de Derecho, y luego llegó el verano y ella regresó a Palma a pasarlo con sus padres. Iban a ser tres meses, tres meses separada de ti, tú habías prometido que irías a verla pero por supuesto no te podías quedar en su casa, porque ella no les había contado nada a sus padres sobre ti. Tú entonces no tenías teléfono, vivías en un piso compartido y os lo habían cortado por falta de pago. No había móviles, claro, y a casa de Elena no podías llamar. Sus padres eran supernumerarios de la Obra y tenían a su hija atada muy pero que muy corto. Os escribíais cartas, todo muy romántico. Ella estaba que se moría de amor y, bueno, ya sabes lo que pasa a esas edades…: es muy difícil guardar un secreto… Así que se lo contó todo a su prima…

—Y su prima… pues eras tú.

—Yo misma.

—Ya… Voy entendiendo… Mentira, no entiendo nada.

—Porque a veces hay que saber ponerse en los zapatos del otro… Y tú no usas zapatos de tacón.

—Ni ganas.

—Verás, yo tenía entonces dieciséis años. Ahora las niñas de dieciséis años no son como éramos entonces, son mujeres hechas y derechas... Si vieras a mi hija Cati... Tiene dieciséis y no veas cómo viste, cómo habla, cómo me contesta. Pero yo no era así. Yo pensaba que Elena se iba a condenar en el fuego del infierno. Por mentir a sus padres y por salir con un chico mayor... Porque Elenita me había contado que..., bueno, que vosotros habíais mantenido relaciones. Y yo estaba escandalizadísima.

—¿Por qué?

—Bueno...Yo pensaba entonces que las mujeres tenían que llegar vírgenes al matrimonio... En fin. No podía dormir dándole vueltas a la historia. Y se lo confesé a un director espiritual. Y él se lo contó a sus padres.

—Espera, espera, espera, ¿cómo?, ¿que se lo contó a los padres de Elena?

—Sí.

—¿Y el secreto de confesión? ¿No se supone que es inviolable?

—Verás, estrictamente, solo es inviolable a partir de que tú dices «Ave María Pu-

rísima» y él responde «Sin pecado concebida» y hasta que él dice «Ego te absolvo».
Pero lo que cuentes después de esa fórmula
ya no está sujeto a secreto de confesión.
Y yo eso no lo sabía. Por lo tanto, podía
contar lo que yo le había dicho.

—Vaya con los tecnicismos… Parecen
el CESID en lugar del Vaticano.

—Verás, aquel sacerdote era amigo de
la familia, de toda la vida, yo lo conocía desde muy pequeña, comía con nosotros muchos domingos, era el director espiritual de
mis padres, y la confesión no había tenido
lugar en un confesionario sino en una salita
del club al que solíamos acudir entonces,
lo que llamaban la «Sala de Meditación». Así
que cuando él, después de la confesión pro-
piamente dicha, siguió preguntándome por
toda la historia, yo seguí hablando, sin imaginar siquiera que él podía contarlo. Pero lo
contó.

—Qué cabrón.

—Por favor, no hables así de un minis-
tro de la Iglesia.

—Es que yo soy ateo.

—Lo sabía, Elena me lo había dicho.

—Y luego ¿qué pasó?

—Huy, pues ¡la que se armó! Tremenda la que se armó. En cuanto los padres de Elenita se enteraron le registraron todos los armarios y los cajones y encontraron tus fotos y las cartas que le habías escrito. Le enviabas unos poemas... subidos de tono... Y... lo peor de lo peor...: encontraron...

—¿¿Qué??

—Una caja de pastillas anticonceptivas que no sé cómo habría podido conseguir Elena, porque entonces no se encontraban así como así, menos en nuestro ambiente. Bueno, no imaginas la que se montó. Le obligaron a Elena a escribirte una carta cortando la relación, porque habían descubierto que eras actor, que vivías sin un duro, en un piso compartido, que eras ateo, que tu padre era taxista...

—Y lo de que mi padre fuese taxista... ¿qué tenía que ver?

—Vamos, lo último que querían para su hija.

—¿Un suegro taxista?

—Un suegro taxista y un marido actor y pobre.

—Parece una novela.

—Pues no acaba ahí la cosa. Elena, que no tenía ni idea de que toda la historia había saltado a cuenta de que yo había hablado de más, escribió una segunda carta y me la dio a mí, con el encargo de que yo la echara al buzón, porque a ella la habían castigado sin salir y si lo hacía iba siempre acompañada de su madre. Y yo...

—Tú la volviste a traicionar y le diste la carta a tus padres.

—¿Cómo lo sabes?

—Se veía venir.

—Exactamente. Así que a mis padres se les ocurrió una idea. Una idea muy maquiavélica. Ya te digo que sus padres habían encontrado las cartas que tú le habías escrito a Elena, conocían por lo tanto cómo era tu letra. Así que mi padre imitó tu letra y escribió una carta, una carta en la que decía, bueno, decías tú más bien, que salías con otra chica, que te habías enamorado y que lo mejor iba a ser que no os vieseis más.

—¿Y coló?

—Pues sí. Metieron esa carta en un sobre, escribieron en el anverso el nombre y la dirección de Elena y en el reverso, como remite, tu dirección. Metieron ese sobre en otro sobre y se lo enviaron a uno de los socios de mi padre en Madrid. Él solo tuvo que coger la carta que había dentro del primer sobre, ponerle un sello, echarla al buzón y así la carta llegó a Palma: franqueada desde Madrid. Como si la hubieras enviado tú mismo.

—Menudos hijos de puta.

—Bueno, sí... Supongo que ahora, con el tiempo, lo ves así. Pero mis padres y los suyos creían que estaban haciendo lo mejor por Elenita, que la estaban salvando del fuego del infierno, de la condenación eterna... Yo ahora no lo veo así, claro, pero entonces... Yo era muy joven, creía aquello firmemente. Verás..., cómo explicarte... Hay zapatos que son comodísimos, los favoritos, los que no se cambian por nada. Llevas toda la vida con ellos y te cuesta mucho darte cuenta de que son feos y se han pasado de moda.

—Y ella ¿se creyó ese embuste?

—Se lo creyó todo. Se pasó un mes entero en la cama, adelgazó muchísimo. Pero sus padres la llevaron de viaje a París y luego a Londres, le compraron muchísima ropa, se volcaron en ella... Y ella era una niña. A esas edades es fácil olvidar un mal amor. Después conoció a Jaume y se casó enseguida, tras un noviazgo muy formal.

—Craso error.

—Sí.

—Generalmente hay que probarse varios zapatos antes de decidirse por unos.

—Dímelo a mí. Hay zapatos muy caros y aparentemente muy bonitos, pero ni el precio ni el aspecto garantizan la calidad.

—¿Y ella llegó a saber la historia de la carta alguna vez?

—No, claro que no. Nunca tuve valor para admitírselo.

—¿Y ahora te arrepientes? ¿Te sientes culpable?

—Digamos que me he dado cuenta de que no te puedes empeñar en calzarte un zapato que no es de tu talla. Si no es tu talla, tarde o temprano te van a salir ampollas, juanetes, callos y demás. Y no hay manera de hacer que te quede mejor… Puedes rellenar el frente con periódico, usar varias medias… Pero eventualmente hay que darse por vencido y saber que lo correcto es conseguir zapatos de la talla de uno, que le queden bien.

—Así que estás intentando probarte zapatos nuevos.

—Mira, David, yo quiero a mi prima. Y no puedes imaginar cuánto he sentido todo este tiempo la tontería que hice hace tantos años. No he podido dejar de pensar que si yo no me hubiera ido de la lengua, que si yo no hubiera entregado esa carta, probablemente hoy mi prima habría acabado su carrera de Derecho y se habría casado. Se habría casado no sé si contigo o con vete tú a saber con quién, pero no se habría casado por despecho con el primer chico que su familia le puso delante, y probablemente habría tenido hijos y una vida más feliz. Y quién sabe, puede que sin el disgusto que se llevó no habría ni siquiera albergado el cáncer en su cuerpo...

—Pero eso tú no puedes saberlo. No sabes cómo habría sido su vida, quizá habría sido peor, quizá habría encontrado a un hombre aún peor que aquel con el que se casó, o quizá el destino estaba escrito y nadie podía cambiarlo, y tú no fuiste más que un instrumento del destino y... Y en cualquier caso, el pasado no se cambia.

—Pero el presente sí.

El corazón se gasta

Elena en la cama, su cuerpo al tiempo tenebroso y radiante, plasmado de una vez, sin titubeos, en los contornos del pijama nuevo, negro en esta ocasión. El contraste del raso negro con la piel de mármol blanco. El deseo de David de que la seda se deshebre. Y la imaginación que por primera vez se permite evocar a Elena desnuda.

Se nota que él también ha hecho un esfuerzo, lleva una camisa blanca, limpia y bien planchada, y una *blazer* de lino. Sigue llevando vaqueros.

—¡Estás aquí! La verdad, no estaba segura de que vinieses.

—¿Y por qué no iba a venir, mujer? Te dije que vendría, pues vengo.

—Dime por favor que no has venido solo por cumplir una promesa...

—No, he venido porque me ha dado la gana.

—Y por pena. Dime que no has venido por pena. Supongo que será mentira, que sí que habrás venido por pena, pero quiero que me mientas y me digas que no has venido por pena ni por compasión.

David se pone la mano en el pecho y declama muy teatralmente:

—Lo juro por mi fe y mi honor. No ha sido la pena la razón que me ha movido a visitaros.

—Ay, ¡qué bien te ha salido! ¡Me encanta! ¡Qué divertido eres! Gracias, gracias. Pero es que, de verdad, no sabes, es que no te puedes ni imaginar lo harta, lo hartísima que estoy de inspirar pena. Y no solo ahora, ya desde antes, desde que salió a la luz lo de Jaume, todo el mundo mirándome con esa cara de lástima: «La pobrecita Elena, la pobrecita Elena». ¿Y sabes lo que es peor de la compasión? ¿Lo sabes, David?

—No. ¿Qué?

—Que se crean que eres tonta. Porque es que lo lees en sus ojos: «La pobrecita

Elena, que no sabía, la tonta de ella, cómo era su marido».

—Bueno, pero... no lo sabías, ¿no?

—Pues claro que lo sabía.

—¿Lo sabías?

—O sea, no sabía lo del dinero y las tarjetas de crédito, pero tonta no soy, tengo ojos en la cara.

—Y si lo sabías..., no sé..., ¿no te importaba?

Elena se incorpora en la cama, hasta que se queda sentada sobre ella, como un duendecillo bribón e incandescente.

—Las cosas no son tan simples, no suceden de la noche a la mañana. Son graduales. Yo me casé muy joven. Llevaba veinte años casada, ¿sabes? No sé si desde fuera se entiende...

—Puede que te entienda mejor de lo que tú te crees. Al menos sé entender eso de que las cosas son graduales. Que uno se empeña en negar las cosas y que... acabamos por negar lo evidente.

—Pues no sé exactamente si sería así. No sé, no creo que yo lo negara...

—Quizá era él el que se lo negaba a sí mismo, ¿no?

—Es increíble. Lo has clavado. Mira, yo, cuando le conocí…, ¿qué iba a imaginar? Pero yo creo que él tampoco se daba cuenta.

—Que él no se daba cuenta ¿de qué?

—De que le gustaban los hombres.

—Mujer, de esas cosas uno se da cuenta.

—No necesariamente. Cierras los ojos a lo que no quieres ver y punto. Lo niegas, no lo ves. Anda que no te habrá pasado a ti alguna vez.

—Yo siempre he sabido que me gustan las mujeres.

—Pero ¿no te ha pasado, por ejemplo, que hay una que te cae particularmente mal, que no la aguantas, y que durante mucho tiempo no te das ni cuenta de que en realidad estás colado por ella? ¿Y que no lo has visto porque no lo has querido ver, porque te lo negabas a ti mismo?

David calla y el cielo empieza a madurar en el verde fondo de légamo de sus ojos pensativos.

—Sí, ahora que lo dices. Reconozco que eso sí me ha pasado.

—Pues yo creo que Jaume no quería ver lo que no quería ver, y ya está. Y yo tampoco quería verlo.

—Que era gay.

—Eso. Era un chico guapísimo entonces, y con un carrerón. Su padre era el abogado más importante de Palma. Y, bueno, pues yo… me fleché. Me enviaba unos ramos de flores increíbles, me llevaba a los mejores restaurantes, no sabes los regalos que me hacía… Unos pendientes de esmeralda… No solo carísimos, sino preciosos. Tenía muchísimo gusto, siempre tan bien vestido, y oliendo tan bien, tan elegante, tan detallista, tan… En fin, tan…, tan…

—¿Gay?

—Eso mismo. Supongo que yo no estaba preparada para darme cuenta. Tenía muy poca experiencia, qué te voy a contar a ti que tú no sepas.

—Ya, claro…

—Mira, él nunca intentaba nada. Me besaba, pero nada más. Nada durante todo el noviazgo, nada. Y yo pensaba que era un caballero, que me respetaba. Habíamos intentado hacer el amor un par de veces y nunca había funcionado bien, pero ambos lo atribuíamos al hecho de que no estábamos casados. En ese momento ya estábamos comprometidos y habíamos fijado la fecha de la boda, de modo que no nos importó su…, su problema.

—¿Su problema?

—Su impotencia, quiero decir. Él me dijo que era la forma en que Dios nos protegía del pecado antes de casarnos.

—Joder, qué retorcido… Pero tú me dijiste que el matrimonio se había consumado.

—Sí, más tarde, con tiempo… y paciencia. Yo pensaba que Jaume era un muchacho muy tímido y que yo podría ayudarle a superar eso una vez que estuviéramos casados. De hecho, ansiaba guiarle a través del proceso. Salvo que no fue así como salieron las cosas.

—Entonces ¿en qué quedamos?, ¿en tu matrimonio había…?

—¿Sexo?

—Eso.

—Sí, pero muy poco. Y yo pensaba que eso era lo normal, ¿sabes? Porque en mi familia tenían esa obsesión con la castidad y la virginidad y tal… Pues pensé que él tendría la misma, la misma obsesión. No se me ocurrió pensar otra cosa. Y yo ahí debí haber notado algo. Pero qué quieres que te diga: me daba igual. No lo echaba de menos.

Tenía una casa maravillosa, un barco propio, hacíamos unos viajes estupendos. Compras en París, la ópera de Milán… Nos recorrimos media Europa. Estaba encantada. Le quería muchísimo y, ¿sabes?, creo que él a mí también. Igual no de esa manera, no como un hombre quiere a una mujer, pero sí como a una hermana… Pero hay muchas formas de amor. Y lo que te puedo decir es que él me trataba bien, con respeto, con mucho cariño, con ternura…

—Entonces ¿eras feliz?

—Pues mira, desgraciada no era. Pero no era feliz. Lo peor para mí no era la falta de sexo en nuestra vida; de todos modos, eso no me importaba mucho. Yo creía que le quería, o le quería. Creo ahora que sentía una parte de agradecimiento y otra de lástima.

—No lo entiendo. ¿Por qué tenías que estar agradecida o sentir lástima?

—Agradecida porque se había casado conmigo cuando yo me sentía una especie de monstruo, o así me habían hecho sentir. Yo pensaba: «No soy virgen, he pecado, he estado con ese chico de Madrid, no soy una buena cristiana, no llego virgen al matrimonio…».

—Creo que lo entiendo. Y... ¿lástima? ¿Qué has querido decir con «lástima»?

—Que le veía a él tan frágil, tan vulnerable... Entonces no sabía lo que le pasaba, pero sí que notaba que sufría. Era un hombre bueno, dulce y amable.

—¿De verdad?

—Sí, de verdad, créeme... Y luego, cuando todo salió a la luz, todo el mundo a mi alrededor hablando tan mal de él: «Pobrecita, lo que habrás tenido que aguantar...». Pues mira, yo no tuve que aguantar nada. A mí no me maltrató ni nada por el estilo. Nunca me levantó la voz. No era mala persona. Estaba enfermo, eso era todo, pero no era mala persona.

—¿Enfermo? ¿Tú crees que ser homosexual es estar enfermo?

—No, yo creo que ser adicto a la cocaína es estar enfermo. Mira, David, todos estamos enfermos. Yo, es evidente. Pero tú también. Cada hora te va atrayendo un virus. De soledad, o de angustia, o de frustración... Al final, todos acabamos metiendo la pata.

—Entonces ¿en qué quedamos? ¿En qué se gastó el dinero? ¿En chicos o en cocaína?

—Pues no lo sé, David, la verdad. En las dos cosas, probablemente. Verás, fue un proceso muy lento… Del chico que yo había conocido hasta el señor que fue a la cárcel. Pasaron veinte años… Y en esos veinte años él empieza a cambiar de vida, se mete en política, aparece cada vez menos por casa… Y yo, pues a lo mío. Mi deporte, mi vela, mi familia, mi tienda.

—¿Tu tienda?

—Porque yo tenía una tienda, ¿sabes? Una *boutique*. Y me gustaba llevarla, me encanta la ropa, me encantaba el trato con el público…Vamos, que sí, que yo sabía que mi marido estaba mal, que me daba cuenta de las cosas, que por mi casa aparecía noche sí y noche no, pero que yo no sufría, que estaba bien como estaba, que no soy idiota… Eso es lo que te quería decir. No me separaba, igual que no se separan casi todas mis amigas, porque están bien, a gusto, porque les importa poco lo que él haga. Solo que los maridos de mis amigas están con otras mujeres y a ellos no les han pillado. Pero han malversado tanto dinero público, qué digo, muchísimo, pero muchísimo más del que malversó el mío. Comisiones, contratas…, si yo te contara… La hipocresía es un pecado moral pero una gran virtud política… Vamos, que no soy ninguna víctima ni ninguna pobrecita ni ninguna tonta.

—Yo no he dicho que lo fueras, en ningún momento.

—No, claro que no, tú no has dicho nada… Pobre. Lo siento, pero tenía que desahogarme. Tanta misa, tanto Foro de la Familia y luego ¿dónde está la caridad cristiana? ¿Te creerás que nadie de su familia, nadie, fue siquiera a verle a la cárcel? Y cuando iba yo, pues eso: «Elenita, tan abnegada, tan santa». Pues yo fui a verle porque le quería. Y le quiero. Conmigo se ha portado bien, era mi amigo, no era tan mala persona, me tienes que creer…

—Te creo, tranquila, te creo. Tranquila.

—Perdona, creo que me pongo un poco intensa… ¿Y qué hago yo contándole mi vida a un desconocido?

—Yo no soy un desconocido.

—Casi, bueno…, tú ya me entiendes.

—Elena, pues me cuentas tu vida porque es más fácil contármela a mí que a tus amigos o parientes, es de cajón. Y, además, yo tengo cara de *cuénteme usted su vida*.

Hubo una temporada, hace años, que viajaba mucho en tren porque estaba haciendo una gira de monólogos. Y no fallaba. Se me sentaba un señor al lado y a los diez minutos ya me estaba hablando de sus hijos... En serio, creo que la gente le cuenta a un perfecto desconocido cosas que jamás le contaría a su mejor amigo. Porque al mejor amigo tiene que volver a verlo, pero el desconocido no lo va a juzgar. Por eso pueden hablar con un confesor, o un psicólogo, pero no pueden hablar con su padre, su hermana, su mejor amigo, su pareja...

—No sé, quizá yo estoy muy desesperada, muy ansiosa por que alguien me entienda.

—Mira, Elena, te entiendo mejor de lo que tú crees. En el mundo en el que me muevo, como imaginas, corre la coca. Y sé lo que es, cómo la gente va cambiando, poco a poco. No sucede de la noche a la mañana, ya lo sé. Lo sé muy bien.

—Mira, si te soy sincera, yo lo único que siento de verdad es no haber tenido hijos. Y habríamos podido tenerlos si yo, no sé, me hubiese esforzado más, si le hubiera tenido a él más en cuenta. Pero él no me buscaba en la cama, y yo no le buscaba tampoco, ya ves… Y claro, así…, así no se hacen los niños. En fin, mejor así… Imagínate si hubiéramos tenido hijos… El padre en la cárcel y la madre desahuciada…

—Elena… Por favor… No digas eso…

—No diga ¿qué?

—Lo de desahuciada. No estás desahuciada.

—Tengo leucemia, no sé si lo sabes.

—Claro que lo sé, pero hay trasplantes de médula.

—Ya hice un trasplante. Y falló.

—Pues te haces otro. Estás en el mejor hospital de la isla.

—Si hubiera alguna esperanza no estaría en la isla, estaría en Estados Unidos. Por favor, te lo he dicho antes, no me gusta que me traten como si fuera tonta. Yo ya sé lo que me pasa. Me costó aceptarlo al principio: me enfadaba con todo el mundo, con las enfermeras, con los que venían a verme… Y luego me deprimí y me pasaba el santo día llorando. Y luego, al final, lo acepté. Llega un momento en el que el corazón se gasta. Pues esto es lo que hay y punto. Y no gano con llorar. Y ya está.

Se impone un largo silencio incómodo y azul, como un hondo suspiro. Está claro que David no sabe qué decir, qué responder. Y ese silencio se queda allí, entre ellos, testigo de lo que pudo ser y no fue, del pan que se quedó sobre la mesa sin que ninguno de los dos lo saboreara, probado apenas, casi intocado, aún apetecible. Elena prosigue.

—Y yo entiendo, claro, que esto tiene que ser difícil para vosotros, los que venís a verme. La sensación de frustración, de impotencia. O incluso el darse cuenta de que la muerte está ahí, de que no se puede hacer nada por evitarla, de que también te va a tocar a ti, que claro, ninguno nos damos cuenta de que nos va a tocar.

La tarde, vencida, se derrama. Elena parece hablar más para sí misma que para David mientras se va sucediendo el tranquilo oleaje de las sílabas.

—Yo misma, antes de que me pasara esto, jamás pensaba en que me podía morir. Eso era algo que le sucedía a otra gente, no a mí. Yo pensaba que me moriría de vieja, como todo el mundo, y ya ves...

David sigue sin abrir la boca, desmantelado, desierto por dentro, como si un presentimiento de amarguras infinitas le agitara hasta el más secreto fondo de las fibras.

—Pero la muerte es parte de la vida. Nacemos ya con la fecha de caducidad puesta. Nadie pensamos, claro, que nos va a tocar antes que a los demás... O que nos va a tocar una enfermedad larga, como la mía... Pero esas enfermedades existen, y a alguien le tienen que tocar. Si aceptas la vida, tienes que aceptar que existe la muerte... —En ese momento cae en la cuenta de que David la mira de hito en hito, sin saber qué decir—. Ay, que te voy a deprimir. Y, claro, tú has venido aquí a animarme, no a que te deprima yo. Pues, no sé, hablemos de otras cosas: de tu vida, de tu hijo... Me dijiste que tenías un hijo, ¿no? Debe de ser muy guapo, si se parece al padre.

David le contesta con voz átona, descolorida. Se nota que está afectado.

—Es guapo, sí. Y listo. Tiene muy buenas notas. Y muy deportista, además. Juega al fútbol. Pero ya te dije que no lo veo mucho... La última vez fue por su cumpleaños, hace ya siete meses.

—¿Y eso?

—Bueno, la madre no me quiere ni ver. Y, ojo, que yo no la culpo. Que yo ahora me doy cuenta de que bien, lo que se dice bien, no la traté. Todo lo contrario. No estaba yo muy fino entonces... Y, claro, el chaval... pues mira por los ojos de su madre...

—¿Y no puedes arreglar las cosas? ¿Pedirle perdón a ella, intentar hablar con él? David, ¿tú alguna vez le has dicho a ella lo que me acabas de decir a mí?

—No, la verdad es que no. Si ni siquiera me habla. Bueno, ya sabes, a veces uno va descendiendo los peldaños de la vida de equivocación en equivocación...

—Pues se lo escribes.

—Yo no sé escribir.

—¿Cómo que no? Con lo bien que escribías tú...

—¡Si yo no he escrito en la vida!

—Sí que escribías... Yo aún me acuerdo de aquellas poesías tan bonitas que me dedicaste...

—Ah, ya..., las poesías.

—Pues eso, si a ella le enviaras una carta o una poesía...

—No, de verdad, Elena, no estoy para eso...

—Mira, David, no me quiero poner tremenda, pero yo llevo ya años enferma, que esto no viene de ayer. Ya te he dicho que hubo un primer trasplante… Y que luego la enfermedad volvió. Y en este tiempo, que se me ha hecho muy largo, como comprenderás, me ha dado tiempo a pensar mucho, ¿sabes? En las tonterías que hacemos todos, en lo poco que valoramos la vida. Y una de las cosas que aprendí, ¿sabes?, fue a perdonar, a darme cuenta de que cosas que la gente piensa que son importantísimas… pues la verdad no lo son. Mira tú lo de mi exmarido… Cuando yo le iba a visitar a la cárcel, todo el mundo pensaba que yo era una santa. El propio obispo, me contaron, me ponía como ejemplo de abnegación cristiana. Pensaban que yo estaba haciendo una obra de misericordia. Pero no. Yo pensaba que el pobre hombre, más que un cabrón, era una víctima.

—¿Víctima?

—Sí, víctima. Imagínate… Que te gusten los chicos y no poder decirlo nunca, no poder siquiera reconocértelo a ti mismo. Y al final acabar bebiendo y drogándote para olvidar lo que te pasa, lo que te duele. Yo entendía que él no hizo las cosas por hacerme daño a mí, sino porque no supo hacerlas de otra manera. Y no quería morirme amargada y comida por el rencor. Yo no era ninguna santa, ¿entiendes?, no fui a verle por ser buena con él, sino para quedarme yo tranquila…

En ese momento Elenita repara en que hace un rato que David ha enterrado la cabeza entre las manos. Ahora el cuerpo roto, hueco como un tambor al que golpea la vida, se mueve espasmódicamente, muy despacio, como acunándose. Elena sale de la cama, se acerca a él con mucho cuidado, casi de puntillas, y le toca el hombro de forma casi imperceptible, como rozándole.

—David… David, ¿estás llorando?

Estaba convencida de que eso era amor

Fue en una fiesta un quince de octubre, festividad de Santa Teresa, la fiesta de cumpleaños de una amiga, celebrada por todo lo alto en el Club Náutico de Palma. Y allí estaba Elena, y allí estaban sus padres, y allí estaba toda Palma, y Elena se sentía pequeña, insignificante, poca cosa, y a espaldas de sus padres abordó a un camarero y se bebió de golpe dos copas de cava. Y entonces todo cambió de color y se tiñó de dorado, de un dorado burbujeante, y a ella le entraron ganas de reír y de hablar con todo el mundo, y empezó a flirtear descaradamente con un chico que nunca le había gustado, pero al que ella sabía que sí le gustaba. En realidad, aquel chico, que se casaría más tarde con otra, importa en la historia que vamos a contar, pero a él llegaremos mucho más tarde. Y luego Elena decidió que se sentía mal y se acercó a la piscina y entonces, de pronto...

... alguien la agarró de la cintura.

Y allí estaba.

Un metro noventa, traje de Dolce & Gabbana, oliendo a Atkinsons a kilómetros, con su sonrisa deslumbrante y su cabello engominado: Jaume Puig-Pujol, quizá el mejor partido de toda Palma. Jaume Puig-Pujol tan borracho como ella, porque también él era tímido, porque también él sentía vergüenza de sí mismo... Aunque entonces Elena no tenía ni idea —ni siquiera habría podido adivinarlo— de que sus motivaciones eran tan parecidas a las de ella.

Borrachos como estaban, los dos encontraron un rincón escondido y empezaron a besarse como locos. Elena estaba eufórica, sentía que la sangre le burbujeaba como el champán. Era el tercer chico al que había besado en su vida. Era el chico más guapo al que había besado en su vida. Que no nos vea nadie, que no nos vean mis padres, la que se puede liar, pero que me siga besando. La música que sonaba se convertiría en el tema favorito de Jaume, con el tiempo él siempre se referiría al tema como «nuestra canción». Veinte años después, Elena odia ese tema.

En todas sus versiones.

Can't take my eyes off you.

Acabó la fiesta. Dejó de sonar la música. Elena salió disparada al cuarto de baño. Se puso agua fría en la nuca. Se metió en la boca un chicle del paquete que llevaba en el bolso para intentar disimular el aliento a alcohol. Buscó a sus padres. Los encontró en la pista de baile, ansiosos, con una expresión de profunda preocupación en los rostros circunspectos. Pensaba en Jaume. No habían intercambiado números de teléfono. No se habían hecho ningún tipo de declaración o de promesa. Soy una puta, pensaba Elena. Me beso con un chico al que casi no conozco. Soy una puta. Tenían razón mis padres, tenía razón mi prima.

Y a la tarde siguiente, el teléfono que suena en casa de sus padres. Soy Jaume Puig-Pujol, quiero hablar con Elena. Elena sabe cómo ha conseguido el número. Solo ha tenido que preguntarles a sus padres, a los de él, buenos amigos de los de ella. Jaume que le pregunta si puede invitarla a cenar. Elena que a su vez pregunta a sus padres. Los padres que asienten con una condición: que esté de vuelta a las doce. Elena se siente redimida. Le han cambiado la etiqueta. Elena ya no es una puta. Ahora es Cenicienta.

Y Jaume que llega con un coche enorme que también huele a Atkinsons y a asientos de cuero. Y Jaume que representa todo lo que ella siente que ha perdido. La dignidad, el respeto. Jaume que tiene el apellido compuesto, el metro noventa, la sonrisa luminosa, la carrera acabada. Jaume que es el chico con el que toda madre querría casar a su hija. Jaume que representa y no es. Jaume mirándola embobado a lo largo de la cena, sin decir palabra. Jaume que le parece un poco simple. Jaume con su voz aflautada. Jaume con su cuerpo perfecto. Jaume que significa el mundo al que ella pertenece por sangre y nacimiento, por derecho, por orgullo. El mundo en el que se encuentra cómoda, envuelta en algodones. El mundo al que quiere volver tras su breve escapada a Madrid. El mundo en el que quiere encajar, en el que quiere sentirse aceptada.

Y luego todo va muy rápido. En la segunda cita, Jaume ya le dice que la quiere.

Ahora, de adulta, Elena sabe que todo fue demasiado rápido, que Jaume hacía lo que había visto hacer en las comedias románticas, que Jaume actuaba, más ante sí mismo que ante ella. Que Jaume quería ser otro, que Jaume quería ser un hombre heterosexual con una novia heterosexual guapa y de buena familia. Que Jaume quería ser pero no era.

Y Elena se encendió por contacto, como un fósforo que prende a otro, y respondió con un «yo también te quiero» que en realidad quería decir «me gusta que seas rico, me gusta que seas guapo, me gusta que seas alto, me gusta que les gustes a mis padres, me gusta que me beses, me gusta cómo me miras, me gusta el olor de tu colonia, me gusta el apresto de tu ropa, me gusta cómo me siento a tu lado, me gusta cómo me haces sentir, me gusta que mis padres me respeten». Y aquella sensación de triunfo eclipsó todo lo que había podido sentir y sufrir por David.

Ella estaba convencida de que eso era amor.

Era demasiado joven para entender que no lo era.

Los primeros dos años fueron increíbles. Regalos, muchos regalos. Pendientes, zapatos, fulares. Regalos de un gusto exquisito.

Ese tipo de regalos que solo un hombre gay puede hacerte.

De eso se ha dado cuenta demasiado tarde.

Y siempre había algo que hacer. Ir a ver unas regatas. A una fiesta en un restaurante de la playa. A navegar en el barco de sus padres. A dar una vuelta en moto. Ella no tenía que decidir nada. Jaume siempre venía con el plan diseñado. Ella solo tenía que ser muy guapa, ir bien vestida y sonreír. Era muy fácil y ella se sentía intensamente feliz. ¿Por qué va a negarlo? Fue la persona más feliz de toda la isla, de todo el archipiélago, estaba intensamente enamorada. Se sentía envidiada, orgullosa, luminosa y triunfante, erguida en su desprecio y en su orgullo.

Y en esa borrachera de soberbia, en esa euforia, en ese torbellino de hacer cosas y más cosas, en ese sentirse la protagonista de un anuncio de ropa, de coches, de colonia (de colonia Atkinsons) se le pasaron dos años en los que no hizo nada más que ser la novia de Jaume. No estudió, no acabó la carrera, no se sacó el título de patrón de yate con el que había soñado, no aprendió idiomas como se había prometido, no hacía más que ir de compras para estar guapa para él, ir al gimnasio para estar delgada para él, quedar con sus amigas y su prima para hablar de él y vivir una existencia delegada: vivir por y para él.

Ella estaba convencida de que eso era amor.

Era demasiado joven para entender que no lo era.

En realidad Elena era una hija de su tiempo. El amor se ha convertido en una utopía, una construcción imaginaria. La pareja ha sido utilizada desde el mercado como imagen y como práctica consumista. Hoy, para ser amado hace falta ser sexy, y eso implica consumo: consumo de cosmética, de peluquería, de gimnasio. Para encontrar una pareja hace falta gastar: salir a las discotecas, a los restaurantes, a los bares. Y para mantener esa relación hace falta gastar: salir a cenar, de copas, de viajes, de actividades culturales interesantes.

Todo este nuevo discurso amoroso y la actividad económica que suscita se cultiva y se estiliza desde las películas, las series de televisión, la publicidad y desde cierto tipo de novelas. Los medios rediseñan y reformatean nuestras emociones. El amor y la sexualidad mueven la economía, y a la vez la economía mueve el amor y la sexualidad. Y Elena simplemente se adaptó al entorno como la más vistosa y la más hábil de las camaleonas.

Y llegó el momento inevitable en el que comenzaron a hacer planes de boda. Jaume no hizo una declaración al uso, no se arrodilló ni compró un anillo. No recuerda quién sacó el tema por primera vez. Ambos querían casarse.

Preparar la boda le llevó a Elena un mundo. Las invitaciones, el vestido, los centros de mesa, el menú, la música, las liquidaciones de proveedores, la distribución de los asientos, el fotógrafo, la tarta, la luna de miel, la lista de bodas, el cursillo prematrimonial, los vestidos de las damas de honor, los anillos, la peluquera, las flores, el registro civil... Fue un tiempo frenético, una locura de preparativos en los que Jaume no participó. Ella, como una hormiguita laboriosa, llamó y se citó con cada proveedor y organizó todo con eficiencia. Estaba ocupada. No pensaba.

Después, tras la boda, llegó la casa. La reforma de la casa. La decoración de la casa. Otro año de actividad frenética que le servía para no pensar. Albañilería, lampista, electricista, fontanero, cerámica, los platos de ducha, los inodoros, los bidés, los espejos, los azulejos de gres, los grifos, la ducha con termostato, el jacuzzi, la caldera de condensación, los termostatos digitales, los radiadores toalleros, las lámparas, los focos, el parqué, el pladur, el masillado, el alicatado, las puertas lisas, las puertas labradas, las puertas de cristal, los enchufes, los interruptores, las líneas eléctricas, los diferenciales, las sobretensiones, las tomas de teléfono, las de internet, las de televisión, la caja de telecomunicaciones, el aire acondicionado, las paredes, la pintura, el rojo albero, el azul lavanda, el azul turquesa, el rosa té, el rosa nube, el albaricoque, el amarillo caléndula, el amarillo sol, el azafrán, el curry, el zanahoria, el mandarina, el melocotón, el sanguina, el siena, las camas, los sofás, las estanterías, la ropa de cama, las sábanas bajeras, las encimeras, las fundas de almohada, los cubrecamas, las cortinas, los visillos, los estores, las mantelerías, la cubertería, la vajilla, el perchero, el paragüero, los espejos, la lavadora, el horno, los frigoríficos, el microondas, la cocina eléctrica, los armarios, las camas, las mesillas, los tocadores, las mesas, los televisores, la cómoda, el bargueño, el piano que nadie tocaría jamás...

Reformar y decorar una casa puede llevar dos años, y llenar una vida.

Y después llegaron las preguntas. ¿Para cuándo el bebé? El bebé que no llegaba. Y Elena que no tenía a nadie con quien hablar. Nadie a quien confesar sus dudas. Jaume jamás me ha besado en la vagina. ¿Eso es normal? Me besa, me acaricia y luego se masturba. Casi nunca me penetra. ¿Eso es normal? Nunca me besa los pechos. ¿Eso es normal? ¿Por qué tiene tanta obsesión con la ropa?, ¿por qué se fija tanto en mis zapatos?, ¿por qué cuando insulta a una mujer comenta lo mal que viste?, ¿por qué insiste siempre en que vaya bien vestida?, ¿por qué me compra tanta ropa? ¿Eso es normal? ¿Eso es normal? Pero ¿qué es normal y qué es anormal? ¿Qué es eso tan extraño y oscuro que puede dar explicación a todo aquello que en el espacio y en el tiempo nos hace seres humanos?

Nuestra verdadera pareja es la duda, y nuestra duda nace de nuestra aspiración a la simultaneidad. Es muy raro que dos personas se amen la una a la otra con la misma intensidad. Por esta razón, casi siempre se ama con angustia. Porque no existe la pareja sin fallos, y hace falta aceptarlo para atreverse a invertir en una pareja. El miedo a la intimidad, a los conflictos, al abandono lleva a la soledad, porque es imposible amar sin dolor.

El amor solo es posible si dos personas se comunican desde el peso de dos pasados y de diferentes creencias ilusorias. Haría falta conocerse de verdad a uno mismo y a sus propios demonios internos para amar a otro. No mentir al otro sobre la propia identidad pero, sobre todo, no mentirse a sí mismo. No creer que uno va a ser lo que no es, mucho menos que el otro será lo que queramos que sea. Lo curioso es que con el tiempo Elena se ha dado cuenta de que verdaderamente amó a Jaume y de que Jaume la amó a ella, por mucho que ese amor no pudiera concretarse en algo físico, pero nacía de la necesidad desesperada de dos personas de no ser quienes eran y ser otros.

Toda relación de pareja —sea buena o mala— nunca es al azar. Para cada llave hay una cerradura, y para cada descosido, un roto. Siempre hay una especie de colisión inconsciente que hace que dos personas se junten. Una mujer que se casa con un homosexual dice que nunca se dio cuenta, pero lo cierto es que una parte de ella siempre lo supo, y lo aceptó. Hay muchas personas que no pueden aceptar lo que son por un tema de presión social, del deber ser, del calzar con un patrón que se le asigna en su familia o mundo. Personas que tienen problemas que se pueden manejar a nivel inconsciente o consciente, pero negado. Se tiende a evitar el conflicto, a no decirse las cosas, a no ser honesto en los ámbitos más íntimos. Esto se da tanto desde el hombre a la mujer como de la mujer al hombre, porque una mentira que aparece en este ámbito y de esta forma está presente en ambos: en el yo no te lo digo y en el yo no me entero, y en el yo no me entero porque no quiero enterarme. Si una mujer silencia sus dudas, si las ignora, es porque ella también tiene miedos o temas pendientes. Y todo funciona como en el ejército americano: *don't ask, don't tell.* Si no pregunto, el otro tampoco me va a preguntar a mí.

El deseo define a una persona, cada persona se define a través de lo que desea. Pero si esa persona no desea desear lo que desea, ¿cómo se define?

Desde el silencio, desde la mentira.

Y se vive cómodamente instalado en esa mentira, en esa mentira con forma de mansión de seis millones de euros. Con forma de pareja que habla mucho pero no habla lo importante. Sí, ellos hablaban. Hablaban de ir a la playa, de sus planes de vacaciones, de las películas que les gustaba alquilar, de los zapatos de Elena, de si el domingo comerían en casa de los padres de él o de ella, de si era mejor ir a esa cala o a aquella otra, de si el sábado llovería.

No hablaban de otras cosas. Otras cosas importantes encerradas en un silencio que les hermanaba. Un silencio vibrante de miedo, tembloroso de emoción, un silencio triste, resignado, vagamente amoroso. Un silencio religioso, virginal, monástico, represor.

Si cualquiera de los dos, él y ella, un nosotros, hubiese contado con el apoyo incondicional de sus familiares, si cualquiera de los dos no se hubiera conocido con tantas tareas emocionales pendientes, aquel matrimonio nunca habría existido. Jaume venía de una familia que nunca habría aceptado a un hijo gay. Elena venía de una familia que boicoteó su relación con su primer novio porque era pobre. Ambos intentaron complacer a sus familias. En realidad, Jaume no había engañado a Elena más de lo que Elena había engañado a Jaume.

Cuando somos pequeños, no tenemos capacidad crítica. No tenemos argumentos ni capacidad para discernir si lo que oímos es cierto o si se trata solo de prejuicios. Cuando somos pequeños, simplemente nos creemos todo lo que dicen los adultos, lo incorporamos sin filtrarlo, sin discutirlo. Nos lo creemos. Nos lo tragamos sin más. Por eso Jaume y Elena mentían a sus familias, se mentían el uno al otro, pero, sobre todo, se mentían a sí mismos. Porque no filtraban, no discutían, no cuestionaban.

Tanto la vergüenza como la culpa son emociones sociales porque ambas sirven para regular nuestra relación con nuestro entorno. Jaume y Elena sabían bien qué actitudes, qué gestos les ganarían el apoyo del grupo y qué cosas se lo harían perder. A Jaume y Elena les podía la vergüenza. La vergüenza de lo que eran, de lo que nunca podrían llegar a ser. Sus sentimientos de culpa, de fracaso. Su situación de vulnerabilidad. Jaume —Elena lo sabe ahora— sufría por no poder ser lo que era. Pero Elena también sufría por lo mismo, aunque para los demás nunca llegara a ser tan evidente. Ella mintió tanto como él.

Elena sufría porque no olvidaba a David. Elena sufría porque no olvidaba aquellas noches de Madrid, libres, felices, fructíferas. Los dos, Elena y Jaume, compartían la misma ansiedad de no poder ser, la misma tristeza por tener que callarse, la misma vergüenza de saber lo que eran, la misma rabia de tener que ocultarlo. A ambos la vida les había exigido algo para lo que no estaban preparados, y ambos se acostumbraron a vivir con la máscara calada. Ambos sufrían porque todo el proyecto de vida que se construyeron no era más que una mentira.

Porque la mentira era el cimiento de su casa, era el eje que les sostenía, el sustento de su dieta. Porque su mentira era elegante, con cola de pavo real, porque su mentira era deliciosa, juguetona y amable. Porque su mentira era respetable, porque su mentira iba bien vestida y olía a colonia cara. Porque su mentira se nutría de miedo, porque su mentira negaba con orgullo.

Al final, todo se confundía. Su vida verdadera de mentiras, su mentirosa vida de verdades.

La vida cuanto más vacía, más pesa.

La vida de Elena estaba inmensamente vacía, y para llenarla se inventaba múltiples actividades. Despertarse a las siete, junto con su marido, preparar el desayuno, desayunar con él, recoger la cocina y dejarla limpísima a pesar de que ya contaban con una mujer de servicio, coger el coche, ir al gimnasio, una hora de ejercicios, la ducha, lavarse el pelo, secarlo, ya se han hecho las doce, ya ha pasado medio día, ir a hacer una corta visita a los padres, o quizá a Alexia, ir a la peluquería, comer, ¿comer?, ¿para qué?, ¿sola?, no, comer sola no, o come con Alexia o come con su marido, pero jamás comer sola… El día se pierde en un constante esperar a que regrese Jaume. Hasta el momento en el que Alexia le sugiere que pongan una tienda, una tienda de ropa, una franquicia. Alexia encuentra el local. Es una tienda pequeña, bonita, elegante. Elena se mantiene ocupada. Se olvida de que algo falta. Se siente feliz. Se dice que se siente feliz. No repara en la monotonía que mide un tiempo vacío. Vano aburrimiento profundo, naufragio invisible, letargo elegante. La vida discurre como se espera. El niño que no llega. La gente que pregunta, la gente que se cansa de preguntar. Jaume que cada día se va distanciando un poco más, milímetro a milímetro, de forma imperceptible.

Una vida sencilla que se basta a sí misma. Nada que esperar, nada que temer. Todo le vino dado, todo parecía hecho. Elena se aburría como un guardagujas en una vía muerta, como el sofoco inútil de una dama anticuada, pero cómo reconocer que se equivocó, a quién decírselo, adónde ir, cómo empezar de nuevo y por qué, si no hay razón para abandonar una vida tan cómoda.

Y sobre todo si, en la superficie, no parece que nada vaya mal. Estoy casada con un político importante, un hombre guapo, atento, cariñoso, soy la dueña de una tienda que marcha bien, ceno en los mejores restaurantes de Palma, viajo a menudo, soy respetada, guapa, distinguida, mi vida está bien organizada, mi casa ha salido reseñada en varias revistas de decoración, me envidian, me admiran, ¿qué más puedo pedir o desear? No tengo ningún derecho a quejarme. No tengo derecho a quejarme si duermo sola, si Jaume llama a última hora para decir que, un día más, no le espere a cenar. Puedo olvidarme de mi frustración como me olvido de mi propio pasado.

Elena vivía con la idea fija de que su alma y su envoltura se iban reduciendo y de que acabaría por convertirse en un pequeño punto sin importancia, de que se haría invisible, para ella misma y para otros, como ya lo era para su marido. Veía su vida como un pozo vacío que se iba secando sin saber bien por qué, cubierta en el fondo oscuro de un légamo de decepción y aburrimiento. El agua evaporada se consumió en la sombra, se le secó en la hondura, nadie la bebió. Nadie había bebido de la fuente de Elena, del agua de Elena que una vez fue clara y pura y que ya estaba envenenada y corrompida por la frustración.

Sentía que la oscuridad de su vida sin brillo lentamente la envolvía y la borraba. Nada quedaba de las ilusiones de juventud. Del hombre que una vez amó apenas persistía su cansancio, su presencia a veces por la noche en la cama, sus ojos que ya no la miraban, su visible decepción, su hastío, su anillo y el apellido. Ah, sí. Y el olor a colonia Atkinsons. Solo el olor a colonia que ella había acabado por detestar, ese olor a lavanda, limón y bergamota.

Cuando se conocieron, de jóvenes, se llamaban «amor» el uno al otro. Pasados unos años, las palabras «amor mío» resonaban en el vacío si se pronunciaban, más como protocolo que como declaración. Ese «amor mío», repetido, por rutina, años después, raspaba en la garganta, dolía, porque Elena sabía que del amor, si alguna vez lo hubo, ya no quedaba nada. Y la vida de Elena era una espera interminable de algo, de que pasara algo, algo que la despertara. Todo, en el fondo, se estaba preparando ya.

Un tormento inexpresable, una duda a la que no le podía poner nombre ni forma, una interrogación culpable que ni se atrevía a compartir. Como si su corazón llamara con el puño cerrado a una puerta cerrada. Como si su marido no viviera, fuera de aquella casa, una vida que ella imaginaba o presentía pero que no quería ver. Como si Elena no se quedara desvelada en las noches, cada vez más frecuentes, en las que Jaume no dormía con ella. Como si su matrimonio no fuera un hilo tendido en el que avanzaba Elena sin red sobre el vacío, temerosa de dar un paso en falso.

La comunión de Cati, la primera hija de Alexia, se celebró en la catedral. Elena esperó a que la misa estuviera ya empezada para entrar en el recinto. Hacía años que no volvía precisamente allí, al mismo lugar en el que se casó. Habría preferido no ir, porque el recuerdo de su boda le hacía daño. Deseaba sentarse en el último banco para no llamar mucho la atención pero fue imposible. Era la mujer de un concejal y con él debía sentarse, en primera fila, donde les habían reservado un sitio.

«Hoy no es mi día, no teníamos que haber venido», se decía a sí misma mientras respondía con un escueto hola a la compañera de banco que la miraba con sonrisa estudiada. No recordaba cómo se llamaba, pero tenían la misma edad. Por eso habían coincidido en el Club Juvenil Alfabia, un club de tiempo libre de la Obra que organizaba excursiones y actividades para adolescentes, hacía casi veinte años. Aquella mujer se había convertido en una psicóloga de prestigio dentro del *mundillo* de la pequeña ciudad, aunque le costó Dios y ayuda sacarse la carrera. Elena sabía que había dado alguna charla sobre homosexualidad. Siempre desde la perspectiva de que la homosexualidad era el producto de un trauma infantil no resuelto. Según recordaba Elena, aquella mujer, desde que era una muchacha, había sido una persona poco reflexiva y carente de empatía, aunque ambiciosa.

Elena se atrevió a mirar a su alrededor para ver si encontraba al padre de su compañera de banco. Estaba dos filas detrás, a la izquierda, sentado junto a su mujer. Lo veía envejecido. Se llamaba Biel, tendría algo más de setenta años, era de la Obra de toda la vida. La *crème* de Palma sabía que era homosexual. Lo sacó del armario un antiguo amante, en un arrebato de celos. Escribió una carta a la familia, por lo visto. Todo el mundo sabía la historia, había llegado hasta los oídos de Elena por boca de Alexia, que a su vez reproducía los cotilleos que a ella le habían contado. Sí, era él, aquel Biel Llopart que se trataba en una clínica de la Obra de «su problema» y que llevaba la tesorería de no recuerda Elena qué asuntos de la Obra. En medio de una reunión se atrevió a decir que las cuentas no cuadraban y alguien le echó entonces en cara que era homosexual. Todo el mundo hablaba de esas historias a media voz, en susurros. Gente de bien que no se atrevía a mencionar estos secretos vergonzantes en voz alta y que se los transmitían los unos a los otros veladamente, en la intimidad, como si se tratase de una enfermedad venérea.

Pero debían aceptar a Biel porque, como a Elena le habían dicho tantas veces, hay que aceptar al pecador y no el pecado. Dios no quiere que el pecador muera, sino que se convierta y viva. Por eso Jesucristo no hizo acepción de personas y buscó la salvación de todos. Y siempre que curó a alguien dijo: «Vete y no vuelvas a pecar» o frases similares donde exhortaba a la enmienda luego de perdonar. Eso le habían enseñado a Elena, las mismas frases repetidas en cientos de sermones diferentes.

Y, por lo tanto, si Biel había dejado de pecar y su mujer le había perdonado, ¿quiénes eran los demás para juzgar? Pero juzgaban, por supuesto. Claro que juzgaban. La hipocresía es un pecado, pero una gran virtud social.

Biel miraba a veces a Elena y Jaume cuando creía que Jaume no se daba cuenta. Elena no sabía si miraba a Jaume porque estaba fascinado por su atractivo o porque en Palma ya se empezaba a rumorear sobre la vida nocturna de su marido y Biel buscaba a un semejante.

A Elena, Biel siempre le había parecido un buen hombre; completamente derrotado, pero un buen hombre. Todo el mundo murmuraba tras él, y él lo sabía, todo el mundo hablaba de «lo suyo» cuando él no estaba. Y después siempre les ponían buena cara, a él y a su mujer. A la misma mujer que estaba allí, en la iglesia, triste, sentada junto al hombre al que amaba, pero sabedora de que jamás conocería lo que es sentirse amada de verdad.

Elena la entendía muy bien.

Elena se preguntaba si esa mujer se sentiría engañada como ella, si quizá pensaba que era tarde ya. A Elena le daba dolor mirar a aquella mujer. Se la veía sola, muy sola. Iba todos los domingos a la iglesia, sus hijos eran católicos, como lo fueron su padre y su madre..., pero la Obra la había destruido, como había destruido a Elena. Porque la Obra, al obligar a Jaume a renunciar, le había obligado a su vez a engañar a una incauta.

Elena se preguntaba: si Biel pudiera volver a nacer, ¿escogería no ser gay o escogería no mentir? ¿Escogería no volver a la falsa vida que le esperaba al salir de la iglesia, escogería no sentirse responsable del sufrimiento de tanta gente, escogería que su hija, que daba charlas sobre cómo curar la homosexualidad, no le despreciase? Y la mujer que estaba a su lado, su esposa, si tuviera la edad de Elena y no setenta años, si viviera en el mundo de Elena, en un mundo en el que el divorcio ya no era un escándalo, ni siquiera en el seno de la Obra, ¿escogería divorciarse?

Aquella misma noche Elena, aprovechando que su marido estaba completamente borracho después de la comida de la primera comunión y tras unos whiskys de sobremesa que se había tomado en el Club Náutico, se atrevió a hacer la pregunta que nunca había hecho.

La pregunta que nunca había hecho porque preguntar significaba revelar la verdad que no se decía.

Y porque aceptar la verdad implicaba matar una ilusión y elaborar un duelo.

Y por fin Elena le preguntó: «¿Cuándo supiste que eras gay?».

Y él respondió: «Cuando era adolescente».

Y ella dijo entonces: «¿Por qué te casaste conmigo?».

Y él contestó: «Porque no quería ser gay».

E inmediatamente después se quedó completamente dormido.

Cuán altivo

David, tumbado en la cama, un libro en la mano, el cigarrillo en la otra, fuma y lee:

¡Cuán altiva en tu pompa, presumida,
soberbia, el riesgo de morir desdeñas;
y luego, desmayada y encogida,
de tu caduco ser das mustias señas!
¡Con qué, con docta muerte y necia vida,
viviendo engañas y muriendo enseñas! *

Suena el teléfono que está en la mesilla de noche, David lo coge.

—¿Hola?... ¡Caroline!... Hola, amor, qué bonito escucharte.

—(...)

—Bien, estoy bien.

---

* Sor Juana Inés de la Cruz.

—(…)

—No, pues no sé.

—(…)

—Me quedo unos días más.

—(…)

—Pues no sé, no sé cuántos días, no lo tengo calculado.

—(…)

—Bueno, es que… me he visto aquí solo y, de pronto, pues que me ha venido bien… Para reflexionar, para encontrarme a mí mismo.

—(…)

—No, Caroline, no estoy soltando tópicos, no te pongas así. Todo el mundo necesita estar solo de cuando en cuando.

—(…)

—Ah, que tú no, que tú no lo necesitas. Pues no sabes la suerte que tienes, hija, de estar tan equilibrada…

—(…)

—No, no te insulto, Caroline, todo lo contrario, que me parece muy bien que tú nunca tengas crisis.

—(…)

—No, mejor que no vengas.

—(…)

—Que no estoy con nadie más, Caroline, de verdad, qué poca confianza me tienes, joder... Si estuviera con otra te lo diría, ya sabes que yo nunca te miento, pero no es eso.

—(...)

—Oye, Caroline, tú y yo sabemos dónde estamos, qué relación tenemos. Somos libres, ¿no? Yo nunca te he pedido explicaciones ni te he pedido más de lo que querías darme, no sé a qué viene ahora todo este sermón que me estás largando.

—(...)

—¿Que cómo estoy pagando el hotel? Pero ¿qué pregunta es esa?

—(...)

—Bueno, pues me lo paga el mismo tío que me contrató, el tío del bar donde estoy haciendo los monólogos.

—(...)

—Sí, ya sé que es un hotel carísimo, pero si al tío le sobra la pasta y quiere gastársela, pues es su problema, ¿no?

—(...)

—Que no, que no quiero que vengas.

—(...)

—Pues porque no.

—(...)

—Mira, simplemente es que estoy aquí solo y me he tomado esta oportunidad pues para relajarme, para estar tranquilo, para reflexionar.

—(...)

—Caroline, tú no eres quién para controlar mi tiempo o lo que hago o dejo de hacer.

—(...)

— Mira, no te pases, Caroline, por favor, a mí no me sueltes esas burradas...

Se queda mirando al auricular con cara de pasmo, como esos gatos que mueven sus bigotes hipnotizados por una polilla. Caroline ha colgado el teléfono.

LA RANA COCIDA

Elena está dormida. David está sentado en la silla que se encuentra a su lado, mirándola. Elena está viva. La sangre, aunque enferma, aunque en parte no sea suya y haya sido donada, cumple su trabajo y transcurre sin prisa para que Elena duerma. Fuera, fuera de la habitación estéril, en la calle, en la isla, en el mundo, miles de vidas siguen adelante en un solo prodigioso segundo, mientras la de Elena, en su sueño, se va difuminando, disuelta en morfina y medicación, en un tiempo diferente y ajeno al tiempo de esas vidas que corren por la calle, fuera de esa habitación. En el país construido por el sueño, Elena parece en paz y tranquila, tiene el rostro sereno y los labios abiertos. Gradualmente, ella abre los ojos, despacio los

fija en él, le mira sin identificarle todavía
y, al mirar, sus ojos húmedos resplandecen
como una ola azul en cuya cresta el sol
reverberase. Finalmente sonríe y, lentamente, se incorpora soñolienta, con un largo
desperezarse de gata.

—Ah…, hola. Eres tú… Hola…, ¿llevas mucho tiempo aquí?

—No, qué va… No mucho. Pero estaba a gusto… Tranquilo, en paz. No sé, este
silencio… Y te miraba dormir… La verdad,
es alucinante, pero hace años que no me sentía tan a gusto. Y mira que, en principio, si
me hubieran dicho que me iba a sentir a gusto en una habitación de hospital con una
paciente que…

Se queda callado, no se atreve a decir la
palabra que aborta a flor de labios.

—Con una paciente terminal, desahuciada. Dilo, no pasa nada.

—Pues lo digo: paciente terminal, desahuciada.

Elena se ríe.

—Lo has hecho fenomenal. Oye, ¿estás mejor? Siento lo del otro día, siento haberte hecho llorar, no era mi intención, de
verdad…

—No, mujer, por favor, qué va. Qué va… Mira, igual lo necesitaba, mira…, porque…, bueno, hay algo que yo no te había contado… Tampoco es que lo cuente mucho… Pero a ti, precisamente, debería contártelo…

—No me digas más. A ti también te gustan los chicos.

—No, qué va, nada que ver.

—Entonces…

—Pues lo otro. Mujer, blanco y en botella…

—¡Malibú!

—Cocaína.

—La cocaína no va en botella.

—Pero era lo que yo me metía. Y por eso perdí a mi novia, y a mi hijo. Y mi trabajo en la Compañía de Teatro Clásico Nacional. Con mi sueldo mensual y mi seguridad social y todas esas cosas… Y yo vivía muy bien, muy bien, de verdad. Igual no tan bien como tú, claro, pero muy a gusto. Vivía muy a gusto. Un trabajo que me encantaba, un piso precioso en el centro y una novia encantadora… Y un hijo… Un hijo que no llegué a conocer bien, a sentir como mío, a criar como padre, porque ella se fue cuando aún estaba embarazada… O sea, que entiendo perfectamente a tu marido, que sé cómo es la cosa. Porque yo no tenía Visa del Ayuntamiento, que si no… A saber cómo habría acabado.

—¿Tan tremenda era la situación?

—Qué te voy a contar a ti… Fue todo muy gradual.

—Lo sé, como una caída cuesta abajo.

—Sí, va todo muy lento, por eso no te das cuenta…

—¿Has oído hablar del experimento de la rana?

—¿Qué rana? ¿Le dan *farla* a una rana?

—No, por Dios, qué va… Es el experimento de la rana cocida. Supuestamente hace falta una olla, agua y una rana. Bueno, según leí, el experimento consistía en poner el agua a hervir y cuando ya estaba en ebullición, echar la rana dentro. Como puedes imaginar, la rana, al notar el agua hirviendo, reaccionaba pegando un salto fuera de la olla. Era una decisión radical, claro. Por otra parte, si el proceso era al revés, es decir, si primero metías a la ranita en el agua y luego la ponías a calentar a fuego muy lento, la ranita se ponía a chapotear tan feliz, mientras el agua iba subiendo de temperatura muy poquito, muy poquito a poco. Y la rana, debido a su alta capacidad de adaptación, se iba adaptando a la cada vez más caliente agua e iba nadando cada vez más lentamente... Hasta que acababa literalmente... ¡cocida!

—Qué experimento tan sórdido, por favor...

—Pero explica perfectamente lo que me pasó a mí, por lo menos. Todo iba pasando tan despacio, la cosa aumentaba de grado de una forma tan imperceptible, que yo seguía chapoteando tan feliz. Al principio, íbamos juntos a todas partes. Viajábamos juntos, salíamos a cenar juntos... Y luego me dijo que tenía cenas de trabajo... Y vale, yo lo creía. Y que se iba de viaje de negocios... Y vale, yo lo creía. Y después empezó a llegar cada vez más tarde, y más borracho... Pero no sucedió de la noche a la mañana, fue un proceso largo, él fue cambiando a lo largo de los años... Y yo, encantada, con mi tienda maravillosa, mi barco maravilloso, mi casa maravillosa, mis amigos maravillosos, mis sobrinos maravillosos, mis sobrinas maravillosas, mis perros maravillosos...

—¿Tenías perros?

—Dos, dos golden retriever.

—Maravillosos, supongo.

—Muy maravillosos. Ahora viven con Alexia. Se los ha quedado ella.

—Tu prima Alexia te quiere muchísimo, no sé si eres consciente.

—Sí, la pobre...

—Pobre... ¿por qué pobre?

—No, nada, cosas mías... Oye... Y ¿me puedes contar cómo fue tu historia o es demasiado personal? O sea, no me quiero meter en lo que no me llaman...

—Pues no sé, supongo que algo parecido a lo de tu marido. Lo que te digo, yo trabajaba en el Teatro Clásico. Me levantaba tarde, iba al teatro, hacía la función. Y cuando la función acababa, pues salíamos a tomar algo. Cada noche, todas las noches. Bebía todas las noches, pero nunca pensé que tuviera un problema. No sé, no sé cuándo se convirtió en un problema... Tampoco sé decirte cuándo empecé a meterme coca. Pero yo no era el único, a mi alrededor todos lo hacían, era lo normal, o era lo normal allí, porque normal, lo que se dice normal... no era. Y tenía novias, asuntos, ligues... Una vida feliz. Y una noche conocí en un bar a una chica...

—¿Maravillosa?

—Ma-ra-vi-llo-sa.

—Ah, ¿sí? ¿Cómo era? ¿Por qué era tan maravillosa?

—Pues... se parecía a ti.

Elena rompe a reír y su risa sugiere masas poderosas de agua cristalina y espumeante.

—No te rías, es verdad...

—Pues a mí no me decías que era maravillosa.

—¿Cuándo?

—Cuando nos conocimos, en Madrid, hace veintitantos años.

—¿No te lo decía? Pues debería habértelo dicho.

—No, no me lo decías. Me escribías unos poemas muy bonitos, pero muy raros, la verdad. Yo no entendía mucho de lo que me escribías. Todo era tan... abstracto.

—Ya..., supongo. Bueno, yo era joven...

—Los dos éramos jóvenes. Y la chica ¿cómo era?, ¿en qué se parecía a mí?

—Pues físicamente en nada... Eva era..., es... muy alta. Muy..., no sé cómo decirlo... Estatuaria.

—¿Estatuaria? ¿Qué palabra es esa?

—Pues eso, que era así… Como una diosa griega. Digna, majestuosa, divina… En ese sentido se parecía a tu prima Alexia.

—Pues yo no soy así para nada.

—Pero era buena persona, como tú. Creo que sois las dos mejores personas que he conocido en la vida.

—¿Qué dices? ¿De verdad me ves así?

—Pues sí.

—Qué poco me conoces, David, no soy tan buena persona. Para nada.

—Para mí sí, lo eres. Como ella.

—Lo que tú digas, no te voy a bajar de tu nube… Y ¿cómo la conociste?

—¿A quién?

—A ella. A la estatua.

—En un bar, claro. Al principio todo era… ¡maravilloso! —Elena se ríe. Pero ahora su risa es diferente, escéptica y burlona, y trae en su timbre seco una nota de sutiles ironías—. Ella venía a verme a la salida del teatro y salíamos cada noche, bebiendo, de marcha. Y luego llegábamos a casa y hacíamos el amor durante horas. Pero ella era mucho más responsable que yo. Podía beber y meterse alguna raya, pero nunca bebía ni se metía tanto como yo. Incluso su piso estaba ordenadísimo. Y yo con ella me sentía… bien. A salvo.

—¿A salvo?

—Sí, la veía tan madura, tan centrada, que pensaba: «Con esta chica nunca me dejaré caer del todo». Igual eso mismo es lo que vio tu marido en ti.

—Puede ser… Yo qué sé.

—Pues eso era lo que sentía yo. Mira, la primera noche que la conocí, ya te digo que fue en un bar… Yo iba borracho… Borracho no, lo siguiente. Y luego ella me llevó a su casa y en algún momento, no sé, creo que perdí el sentido. Bueno, desperté en el sofá, cubierto con una manta bonita y suave, y tenía la cabeza apoyada sobre una almohada perfumada, y me sentí como si hubiese llegado a casa…, a un puerto seguro, ¿me entiendes?

—Más o menos. Qué chica tan atenta, ¿no? Cualquier otra te habría echado de casa.

—Ella era enfermera. Trabajaba en la consulta de un pediatra. Lo sabía todo sobre cuidar enfermos… Bueno, pues a los dos meses ya vivíamos juntos. Y al poco tiempo, ella dejó de salir conmigo, de beber y de drogarse. Porque, como te he dicho, tenía un trabajo. Y al principio, pues llegaba al trabajo casi sin dormir, pero luego decidió que no podía más. Así que yo llegaba a casa a las tantas y cuando me despertaba ella se había ido a trabajar. Luego iba a buscarla, comíamos juntos y después ella volvía a la consulta y yo me iba a la función...

No sabe cómo seguir, cómo explicarle a Elena que ahora, cuando casi ni le viene a la cabeza el color de ojos de Eva, sí que recuerda la sensación de euforia en aquel tiempo feroz que crepitaba en sus manos, esa emoción de ayer (rememorarla es vivirla) marcada para siempre en la memoria, impresa a fuego vivo en el pasado. Y gracias a esos recuerdos, David enlaza el entonces y el ahora. Es por ese temblor que regresa a sus manos, el mismo temblor que acude en presencia de Elena, la misma euforia repetida, la misma felicidad intuida desde el cuerpo de dos mujeres, diferentes, por lo que asume la total certeza de haberse equivocado, de haber destruido aquella felicidad primera, y por lo que le sube por la espalda el repentino miedo a arruinar la segunda. Y es por ese súbito escalofrío por lo que David puede decir que, nuevamente, existe.

Elena le saca de su ensimismamiento.

—O sea, que solo os veíais a la hora de comer.

—Más o menos, salvo los miércoles, que era mi día libre. Los miércoles nos quedábamos en casa, cenando. Era todo…

—Maravilloso.

—Eso mismo. Vivimos así unos años, y creo que consideró que era mejor que ella se ocupara del día a día, ya que yo no lo hacía en absoluto. Ella se encargaba de las facturas, de pagar la comida, de hacer la compra… Para mí era fácil. Y un día, en medio de todo esto, me dice que se ha quedado embarazada. Y entonces me asusté de verdad.

—¿Por qué? ¿No te gustaban los niños?

—Qué va, me gustan, me encantan. Los de los demás. Pero no quería tener hijos. Los hijos implican responsabilidad, y nunca me había ido muy bien con las responsabilidades. Y entonces empecé a beber y a meterme en serio. Y empecé a fallar en el trabajo… Se me iba el texto, llegaba tarde a las funciones. Y al final, como siempre, ella se hizo cargo de todo. Me convenció para que fuera a un terapeuta. Vamos, más bien me llevó de la oreja. Y derecho que me fui a un tratamiento de rehabilitación. Y comencé a odiarla, a la pobre.

—¿A odiarla?

—Pues sí... Porque me sentía atrapado, con aquel hijo que iba a llegar. Y también... Mira, esto es muy difícil de explicar...

—No hace falta que sigas, si no quieres.

—No, es que... Me cuesta... No encuentro las palabras... Verás... Ella... Ella ya no cumplía su papel, el de hacer que yo estuviera bien, ella ya no cuidaba de mí, y sobre todo... la odiaba porque..., porque ella parecía tan fuerte cuando yo me sentía tan débil e indefenso. Mira, por mal que lo hagamos, todos necesitamos sentir que estamos a cargo de nuestra propia vida. Cuando alguien te ayuda, pues en lugar de agradecérselo, acabas resentido, mira, en plan: ¿por qué coño te metes en mi vida si yo no te lo he pedido?

—Pues no, no lo sé. Me haces pensar en que yo nunca ayudé a mi marido.

—Pues hiciste bien, Elena, hiciste bien. Porque cuando alguien se droga, se droga porque quiere, y si decide dejarlo, lo dejará cuando y como quiera, no porque vaya a tener un niño o porque su mujer se empeñe. Porque antes de lo del niño yo jamás pensé en dejar de beber o de meterme. Mira, estaba enfermo, puede, pero me sentía a gusto, mi vida iba bien. Yo en realidad no quería dejarlo. Y pasó lo que tenía que pasar...

—¿La dejaste?

—No. Salí una noche y me volví loco... Me pasé tres días de marcha. Y así perdí el trabajo y perdí a Eva, claro.

—¿Te echaron del trabajo?

—Sí, me lo había estado buscando. No me presenté a tres funciones y nadie me localizaba. En aquella época no había teléfono móvil...

—¿Hace quince años? Sí que había...

—Pues habría, pero yo no tenía uno. Así que nadie me localizaba.

—Y de esa forma lograste lo que querías, ¿no? Fin de la responsabilidad. Si ella te dejaba, ya no había problemas con el niño.

—No, mujer, no era exactamente así... O bueno, en cierto modo sí... Pero no lo hice de forma consciente.

—Te lo digo porque a mí mi marido, cuando fui a verlo a la cárcel, me dijo una cosa que igual te hace pensar...

—¿Que robó todo ese dinero porque quería que le dejaras?

—No exactamente. No sé si lo sabes pero él, en el juicio, intentó presentar como eximente su adicción al sexo y a la cocaína. Bueno, más bien lo intentó el abogado. Y no le sirvió de nada, porque acabó en la cárcel igual. Pero en la cárcel hay psicólogos, ¿sabes?, y él parece ser que habló mucho con uno…

—¿Y se rehabilitó?

—¡Qué va! Qué se va a rehabilitar. Si en la cárcel hay más coca y chaperos que fuera… Pero bueno, que hablaba con el psicólogo este. Y que llegó a la conclusión, después de hablar con él, de que él quería que le pillaran…

—¿Cómo que quería que le pillaran?

—Pues es lo mismo que pensé yo… Fíjate. Nosotros teníamos dinero de sobra, ¿sabes? Su familia está forrada. No necesitaba tirar de la Visa *black,* podía haberse pagado sus vicios él solito. O podía haberlo maquillado más.

—Mujer, cincuenta mil euros son muchos euros.

—No seas ingenuo. Cincuenta mil euros es la mitad de lo que cuesta mi coche,

David. Y el coche me lo regaló él. Aquí en Palma, quien más quien menos, todo el mundo roba dinero y no le pillan... Vamos, que yo cada vez lo tengo más claro: quería que le pillaran. Y si tiraba de la Visa del Ayuntamiento, le iban a pillar.

—¿Por qué le iban a pillar? ¿No se suponía que las tarjetas eran opacas?

—Bueno, serían opacas, o *black*, o lo que fueran, pero el partido tenía que conocer la contabilidad, digo yo, por muy caja B que fuera la cosa, o al menos el Ayuntamiento y el alcalde tenían que saberlo. Digo yo que mirarían las cuentas, y que por eso saltó la liebre. Alguien lo filtró, eso seguro. Lo que yo te diga: se trataba de un acto desesperado, de un grito de socorro. Yo lo tengo claro, y ahora creo que él también.

—Pero no le ha servido de nada... No.

—Por de pronto, le ha servido para salir del armario. Y para que toda su familia se entere.

—Pues como salida del armario es un poco dramática.

—Y no me digas que lo tuyo no lo fue... Menuda manera de decirle a tu mujer que quieres separarte.

—No quería separarme. Y no era mi mujer, nunca estuvimos casados.

—Seguro que querías. Y si es la madre de tu hijo es tu mujer, aunque no haya papeles.

—Oiga usted, señorita sabihonda. ¿Usted qué coño sabe de mi vida y de lo que yo quería o no quería hacer? ¿Usted qué coño sabe de si yo quería o no quería a Eva? No quieres dar pena, ¿no? Pues eso, como no me das pena, tampoco te voy a permitir que uses ese tonillo conmigo de profesora de primaria y que te pongas a darme lecciones...

—Vale, vale... Tampoco es para ponerse así. Se ve que he tocado un punto sensible, ¿eh? Debo de haber estado más acertada de lo que creía.

—Pero tú... ¿eres tonta, Elena, o qué?

—Di que sí, David, que la negación es el mejor mecanismo de defensa...

—Mira, mira que te digo: que me voy. Que yo no escucho chorradas ni de ti ni de nadie.

—Pues vete... Total, tampoco es que yo me pierda nada... Mira, ahí está la puerta.

—Tú eres..., tú eres... una desagradecida.

—¿Y qué te tenía que agradecer, si puede saberse?

David, encastillado en una estúpida altivez de rascacielos, coge su chaqueta de lino, que está colgada en el respaldo de la silla, y se va.

—Pues nada, Elena, adiós.

Ella, digna, marmórea, altiva, refulgente y bella, cual pétreo monolito en medio del desierto.

—Un placer.

SE NECESITAN DOS
PARA BAILAR UN TANGO

A David siempre le habían gustado las pijas. Quizá precisamente porque él no lo era. Puede que pensara que la clase se transmitía por ósmosis, o por contacto, como una enfermedad venérea. Por eso le gustaban Alexia y Elena. Por eso le gustó tanto en su día Eva. No por su belleza, que indudablemente la tenía, sino por su dicción exquisita, por su forma de arrastrar las vocales al hablar, por su manera de coger el cuchillo y tenedor, por esos pequeños detalles que probaban que ella había estudiado en colegio de pago y que se había criado en una casa con cuatro cuartos de baño, atendida por una interna de las de contrato con seguridad social incluida. David siempre quiso ser lo que no era. Y para empezar a serlo, lo más fácil era estar cerca de quienes fueran precisamente lo que él quería ser. Podríamos ponerle muchos adjetivos a David: arribista, trepa, advenedizo… O podríamos decir, simplemente, que a David le atraía la armonía, la educación, los modales distinguidos, las formas delicadas. El caso es que cuando David intuía dinero, se sentía atraído en esa dirección como la polilla hacia la luz. Pero no era el dinero lo que le movía, o no exclusivamente. A David le gustaba sentirse diferente, parte de un club selecto, un poco por encima de los demás.

Al lector le corresponde juzgar.

O no.

David le había contado a Elena la verdad de su relación con Eva.

Pero no *toda* la verdad.

«Vivimos así unos años, y creo que consideró que era mejor que ella se ocupara del día a día, ya que yo no lo hacía en absoluto. Ella se encargaba de las facturas, de pagar la comida, de hacer la compra… Para mí era fácil. Y un día, en medio de todo esto, me dice que se ha quedado embarazada. Y entonces me asusté de verdad. No quería tener hijos. Los hijos implican responsabilidad, y nunca me había ido muy bien con las responsabilidades. Y entonces empecé a beber y a meterme en serio. Y empecé a fallar en el trabajo... Se me iba el texto, llegaba tarde a las funciones. Y al final, como siempre, ella se hizo cargo de todo. Me convenció para que fuera a un terapeuta. Vamos, más bien me llevó de la oreja. Y derecho que me fui a un tratamiento de rehabilitación. Y comencé a odiarla, a la pobre. [...] Porque me sentía atrapado, con aquel hijo que iba a llegar. Y porque ella ya no cumplía su papel, el de hacer que yo estuviera bien, ella ya no cuidaba de mí, y sobre todo [...] porque ella parecía tan fuerte cuando yo me sentía tan débil e indefenso. [...] Y pasó lo que tenía que pasar... [...] Me pasé tres días de marcha. Y así perdí el trabajo y perdí a Eva, claro».

Esta es *una parte* de la verdad, pero no *toda* la verdad.

La historia, por supuesto, es mucho más larga.

El primer año fue perfecto. Él salía del teatro y llegaba a casa y ella le esperaba despierta, pese a que sabía que tenía que levantarse a las siete y que casi no dormiría. Hacían el amor, hablaban, se enredaban el uno en los brazos del otro, avarientos de vértigos, llenos de deseo, derramándose. Se querían, se deseaban, se idealizaban, se devoraban, se imaginaban el uno al otro. Iluminados, ciegos, se susurraban los nombres rompiendo el silencio de la noche, los repetían, los intercambiaban, los reinventaban, entre caricias que eran como documentos de compraventa.

Pero pasado el primer año, cuando él llegaba ella ya estaba dormida, y entonces él decidió que no tenía sentido llegar a casa para dormir a su lado. Así que empezó a hacer lo mismo que hacía antes de conocerla.

A la salida del teatro, se iba a tomar algo con los compañeros. Al principio nunca salía hasta muy tarde, pero poco a poco las noches se fueron extendiendo. Había un límite. Tenía que llegar a casa antes de las seis y media, porque Eva se despertaba a las siete y era importante que le encontrara allí y que por lo menos desayunaran juntos. Y él llegaba a las seis y media y se duchaba para quitarse el olor a humo, y también la borrachera.

Pero llegó el día en el que no llegó a las siete.

Y ese fue el principio del fin.

Desde ese día, empezaron un juego de gato y ratón. Eva sufría porque él no llegaba. Eva imaginaba que él dormía con otras mujeres. Eva lloraba por las noches. Eva empezó a tomar pastillas para dormir. Eva empezó a mirar los mensajes del móvil. Eva registraba bolsillos. Eva preguntaba, Eva se quejaba, Eva se desesperaba, y Eva se convirtió en un manojo de nervios.

De noche, Eva dormía como los delfines, con un ojo abierto, atenta a cada ruido, esperando su vuelta, receptiva a cada rumor tímido de mueble que crujía, a cada resplandor de farola que se reflejaba en la ventana. Sola en la alta noche, como si estuviera en un vasto desierto, nunca conseguía dormir un sueño profundo, solo un sopor intermitente que se interrumpía a cada rato, constelado de pesadillas que eran como arañas monstruosas, siempre a la espera de que David regresara.

Eva pensaba que su amor duraría toda la vida. Lo pensaba muy en serio.

Pero todo se acaba.

Todo se acaba cuando permites que la conducta de otra persona te defina, cuando sufres la peculiar dependencia de gente peculiar, cuando te defines en la atracción por y en la tolerancia de la angustia, de la tristeza, de la autodestrucción, de la intensidad de otros, cuando estás tan centrado en otro que te abandonas a ti mismo, cuando te dejas caer porque el otro cae.

Todo se acabó cuando Eva se empeñó en proteger, en controlar, en perseguir.

Eva se insinuaba con sigilo o irrumpía sin avisar en la intimidad de David. Ya hemos dicho que registraba los bolsillos o miraba los mensajes del móvil. También había noches en las que sin avisar se presentaba a la salida del teatro solo para verificar que él no estaba con otra.

Y David estaba condenado a hacerle el juego.

Si ambos hubiesen sido reales no se habrían desgastado en aquella estrategia estéril. Pero su servidumbre era la misma: desde el momento en el que estaban controlados por el miedo (el miedo al abandono de ella, el miedo a la intrusión de él), dejaron de ser ellos mismos y se convirtieron en personajes interpretando un papel: el de la perseguidora y el perseguido.

Por eso, aunque quizá él no se diera ni cuenta, David se ceñía al papel de perseguido y seguía saliendo hasta las tantas de la mañana, en lugar de irse a casa después de la función, donde sin duda habría estado mucho más cómodo. Por eso, aunque quizá no se diera ni cuenta, Eva jugaba a la perseguidora y se quedaba despierta por las noches esperando a que él regresara, en lugar de tomarse una pastilla para dormir o, sencillamente, buscarse otro novio más casero.

Eva y David se confundían, se entretejían, se intrincaban sin querer, y como él no se iba nunca, como dejaba que aquello sucediera, colaboraba en la persecución, la incitaba y la alentaba, porque nunca se plantó y exigió que terminara.

Se necesitan dos para bailar un tango.

Eva siempre contó con el apoyo tácito de David, Eva siempre creyó o supo que a David en el fondo le encantaba sentirse perseguido, porque lo confundía con sentirse amado. Nunca en realidad fue David contrapeso para las demandas de Eva. Siempre firmó sus acusaciones, sus ataques sorpresivos, sus listas de agravios. Siempre contó Eva con el respaldo que necesitaba para su tarea, cuando a su acoso atroz solo podía oponerle David unos ojos inmóviles.

A David nunca se le olvidaban las instrucciones de cómo usar la máscara de oxígeno en caso de emergencia. Lo importante no era el uso de la máscara, sino el ORDEN de las instrucciones. La clave es el paso 3: «Colóquese la máscara». Luego viene el paso 4: «Ayude a los niños con las suyas».

Los niños no van primero, van después.

Y es que en la vida en muchas ocasiones queremos ayudar a otros. Nos importan tanto que sus necesidades parecen más importantes que las nuestras. Pero si somos vulnerables, si estamos desprotegidos…, ¿cómo vamos a ayudar a otros?

Y en el fondo Eva, aunque parecía tan fuerte, tan segura, tan organizada, tan entera, era muy vulnerable, muy necesitada de amor, muy desprotegida. Eva dependía de los demás: de sus estados de ánimo, de su conducta, de su enfermedad o bienestar y de su amor. Había sido una niña tan mimada, tan sobreprotegida, en aquella casa con cuatro cuartos de baño y chica interna con su contrato y su seguridad social, que nunca había hecho nada sola. No sabía, no podía. Y no quería.

Era una dependencia paradójica. Desde fuera, cualquiera hubiera dicho que David dependía de Eva (ella cocinaba, ella organizaba, ella pagaba facturas, ella ponía orden), pero en realidad Eva dependía de David.

Parecía fuerte pero estaba desamparada. Parecía controladora, pero en realidad David la controlaba.

Deberían decirlo con tanta contundencia como lo expresan en las cajetillas de tabaco: permanecer en una relación perjudicial puede ser peligroso para su salud.

Permanecer en una relación perjudicial puede trastornar su autoestima y destruir la confianza en usted mismo con la misma virulencia y saña con la que la nicotina y el alquitrán destrozan los pulmones.

Por eso, cuando la gente dice que la relación con su pareja le está matando, puede que sea verdad.

Eva lo decía a menudo: esto me está matando, esto me está matando.

Lo decía entre lágrimas y sollozos, lo decía entre suspiros, lo decía a gritos, a veces enfadada, a veces triste y a veces resignada. Lo decía y se iba apagando poco a poco, cada vez más desvaída, el pelo y los ojos sin brillo, el paso cansino, arrastrando los pies.

Lo decía y no se iba.

Y no se habría ido si su familia no hubiera intervenido, si no la hubieran llevado a terapia, si no le hubieran convencido de que lo mejor para el niño que iba a venir era romper con aquello. No se habría ido si el propio David no le hubiera dicho en un momento dado aquella frase asesina de amor. Aquella frase que ya David había dicho muchas veces antes, esa es la verdad, aunque luego siempre se había retractado, aunque luego siempre Eva le había aceptado de nuevo olvidando lo que David había dicho.

No se habría ido si el propio David no le hubiera dicho aquella frase:

«Creo que ya no te quiero».

No se habría ido, David está seguro, si él le hubiera suplicado que se quedase.

Pero estaba demasiado asustado como para suplicar.

Eva no era nadie especial, no era distinta a tantas personas fundamentalmente racionales y prácticas que se encuentran con que no son capaces de dejar una relación aunque saben de sobra que esa relación es perjudicial para ellas. Su sentido común les dice que deben terminarla pero con frecuencia, para su desesperación, se quedan enganchados al amor como una droga.

Tan enganchados como David lo estaba a la coca.

Hablan y actúan como si algo les retuviera, como si su relación fuera una cárcel y estuvieran recluidos en ella. En realidad, la puerta de su cárcel está abierta de par en par y lo único que deben hacer es dar un paso para salir. Pero, a pesar de lo desesperados que están, siguen ahí.

Algunos se acercan al umbral y después vacilan. Otros hacen breves salidas, lo intentan, lo desean incluso, pero el miedo les puede y rápidamente vuelven a la seguridad de la cárcel infundidos en una espesa y confusa mezcla, dulzona y mareante, de alivio y desesperación.

Algo les dice que deben salir.

Algo en ellos sabe que no deben vivir de esta manera.

Sin embargo, multitud de personas como Eva eligen quedarse en sus cárceles, sin hacer ningún esfuerzo para cambiar su vida. Pueden acabar languideciendo, agonizando, en una esquina de su celda sin haber estado realmente vivos en muchos años.

Cada persona construye su cárcel. Para unos es la cárcel del amor, y para otros la cárcel del alcohol y de las drogas, y para otros la cárcel de la corrupción, la violencia o el trabajo.

Cada persona se construye una cárcel.

A veces la cárcel se comparte.

La cárcel de Eva era la de David. Y la cocaína, que era la cárcel de David, creó los barrotes de la cárcel de Eva. Cárcel de amor, coqueta y confortable, narcótica en su apasionada mansedumbre, cárcel compartida de deseo y miedo, de emociones mezcladas.

Y por sus cárceles los conoceréis.

Aquella garra lo aprisionaba todo, envuelta en guante de terciopelo.

Eva creía, Eva sabía, realmente, en el corazón, que lo mejor para ella iba a ser dejar aquella relación, pero cuando llegaba el momento de hacerlo, se quedaba paralizada. Nunca reunía el valor.

A sabiendas de que actuaba contra sus mejores intereses, contra sus deseos más profundos, contra su salud mental, contra su propia esencia, Eva intentaba engañarse tergiversando la situación. No estamos tan mal, decía. Nos vemos poco, pero compartimos tiempo de calidad, decía. Yo le quiero muchísimo, y él a mí, decía. Estamos bien así, decía. Mentía a sus padres, mentía a sus hermanas, mentía en el trabajo. Se negaba a admitir la verdad. Y la verdad era que casi no dormía, que casi no comía, que su talla 38 —tan envidiada por hermanas, amigas y compañeras de trabajo, y tan admirada por su novio— nada tenía que ver con la dieta del pomelo o la de las proteínas, sino con el estado de ansiedad permanente en el que vivía.

Sus motivos epidérmicos, sus mentiras superficiales, ocultaban otras razones más profundas. El miedo a la soledad, la inseguridad, la baja autoestima, la idea de que nunca encontraría a alguien mejor.

David era adicto a la coca y Eva era adicta a David.

El elemento adictivo no está tanto en la sustancia sino en la persona que sufre la adicción. En el amor de Eva por David (si es que fue amor y sí, David, en el recuerdo, cree que hubo amor, mucho amor, que sobre todo hubo amor) este elemento adictivo adoptaba la forma de una necesidad compulsiva de conectar y de mantenerse en contacto, como unidos por un cordón umbilical.

¿Por qué David, cuando lo recuerda, piensa siempre en una adicción? ¿Por qué no lo llama amor, preferencia o sentido del compromiso? David cree que hubo mucho amor. Pero para amar y comprometerse de verdad, uno debe escoger libremente a la otra persona. Y Eva no era libre. El amor que Eva le daba se basaba en un instinto compulsivo que, por definición, implicaba que su libertad se veía limitada.

David no podía ni sabía dejar de beber o drogarse, aunque sabía que ese comportamiento era nocivo para él.

Eva no podía ni sabía dejar a David, pese a que sabía, claro que lo sabía, que David era nocivo para ella.

Por eso cuando David piensa en Eva piensa en una adicta, una adicta compulsiva, que le necesitaba tanto a él como él necesitaba la coca. Una adicta que experimentaba un terror desbordante ante el solo pensamiento de que se rompiera la relación, de la misma manera, con la misma ansiedad, el mismo miedo, el mismo pánico cerval que él experimentaba cuando se tiraba una semana seco, sin alcohol ni drogas.

Una adicta pija, eso sí, divina. Una adicta de dicción exquisita, por su forma de arrastrar las vocales al hablar, por su manera de coger el cuchillo y tenedor, por esos pequeños detalles que probaban que ella había estudiado en colegio de pago y que se había criado en una casa con cuatro cuartos de baño, atendida por una interna de las de contrato con seguridad social incluida. Una adicta que llevaba siempre jeans de Gucci. De la talla 38. A doscientos euros el par.

Ellos sufrían el mismo síndrome de abstinencia. Él por la coca, ella por él.

Durante los años que estuvieron juntos hubo muchas rupturas y cada vez que él se separaba y se iba a vivir a casa de un amigo, Eva experimentaba una agonía mayor que la que sentía él cuando llevaba una semana sin meterse: dolor físico (el pecho, el estómago y el abdomen parecían especialmente reactivos), llantos, desarreglos en el sueño (Eva no conseguía pegar ojo en toda la noche y luego se quedaba dormida en la consulta), irritabilidad, depresión y el sentimiento de que no había lugar o sensación que disfrutar sin David y que no existía ninguna forma de terminar con aquel dolor excepto volviendo a David. El deseo podía hacerse tan intenso que a menudo derrotaba las mejores intenciones de Eva y le conducía de nuevo al origen de su adicción. Y la misma Eva que le había echado de casa era la Eva que llamaba, vencida, derrotada, arrepentida, entre lágrimas y sollozos a la casa del amigo que le había prestado a David un sofá donde dormir.

Lo que latía debajo de esta necesidad acuciante de Eva era un sentimiento de estar incompleta, de vacío, de desesperación, de tristeza, de sentirse perdida. Un sentimiento que Eva creía que solo podía remediar a través de su conexión con algo o alguien fuera de sí misma.

Y por eso convertía a David en el centro de su existencia, porque ella no tenía centro propio. Pese a estar rodeada de amigas, pese a sentirse adorada por su familia, pese a tener un trabajo fantástico y bien pagado en una de las consultas más caras de Madrid, pese a saberse envidiada por su talla 38, sus jeans de Gucci, su piso monísimo y su novio guapo de los de anuncio, Eva se sentía siempre sola, e intensamente vacía.

Y por eso sin David el tiempo, oscuro como un cielo sin estrellas, se hacía insoportable, doloroso, eterno, en aquella cárcel que ella se había construido, encerrada, doblando esquinas sin sentido, como un cachorro en el chenil de la perrera, entonando un canto vacío en el corazón de las ausencias, un solitario páramo en el silencio de su conciencia.

Una conciencia encallada en la espera. Una conciencia que no sabía ser sin David. Una conciencia que sin David no era más que una pregunta sin respuesta.

Probablemente, hay un elemento adictivo en todas las relaciones sentimentales, y esto, en sí mismo, no tiene por qué ser malo. De hecho, quizá podría y debería añadir intensidad y placer a la relación. Después de todo, ¿quién es tan completo, tan autocontrolado, tan sano y maduro que no necesite sentirse bien a través de un estrecho lazo con alguien? En realidad, lo mejor de una relación amorosa es que nos pone en contacto con lo más profundo de nosotros mismos, con esa parte de nosotros mismos que solo aflora en confianza, en intimidad.

Lo que convirtió la relación en una adicción fue la intensidad con que aquellos «te necesito» adictivos se extendieron como un alga parásita desde el lecho hasta la rutina diaria.

Cuando el lazo afectivo se convirtió en un nudo.

Y así se creó la cárcel y se perdió la libertad.

La libertad de jugar desde el mejor yo. La libertad de amar desde la voluntad y no desde la necesidad. La libertad de escoger permanecer con la otra persona o dejarla.

Si Eva se sentía tan profundamente infeliz con David y, sin embargo, quería permanecer a su lado, ¿cómo podía saber David si su decisión de quedarse estaba basada en el amor o solo se aferraba a él como un náufrago lo haría a su tabla?

David nunca quiso criticar a Eva, nunca quiso condenar su adicción como una debilidad o una falta humillante.

Pero se sentía inseguro a su lado, no se sentía amado por sí mismo, solo necesitado a pesar de sí mismo.

Sentía compasión por Eva. Por la Eva que lo tenía todo y que nada tenía. Y desde esa compasión sentía también compasión por sí mismo.

El hambre de cariño, el ansia de Eva, era tan potente y tan avasalladora que podía anular cualquier consideración práctica («Esta relación es perjudicial para mi salud») o cualquier creencia sensata («Una persona debería abandonar una relación restrictiva y sin amor») y llevársela por delante. Y para mantenerse en su adicción, frente a su propia infelicidad, dolor y decepción, Eva había aprendido a engañarse a sí misma con la creencia de que era feliz, con la obsesión de anestesiar el dolor, de disculpar la decepción, de enterrar la rabia, de sofocar la frustración.

El autoengaño de Eva era tan peligroso como la morfina que bloquea los síntomas de una enfermedad grave y retrasa el día en el que el paciente debe necesariamente someterse a una operación. Hasta que ya es demasiado tarde y el órgano enfermo no tiene recuperación.

Eva idealizaba a David de una forma que para él resultaba muy halagadora. Es taaaan guapo, es taaaan buen actor, es taaan viril... que ¿qué importa si es un poco tarambana? Al fin y al cabo, es un artista, y los artistas, ya se sabe...

Así, Eva iba engrasando las ruedas de la relación para que el motor oxidado aún pudiera avanzar. Eva tergiversaba la incapacidad que David tenía de dar afecto, colaboración, compromiso. Y así, cuando David se mostraba frío y distante, desdeñoso, arrogante, Eva le veía como un hombre fuerte, en lugar de como el niño vulnerable y necesitado que David sabía de sobra que era.

Puesto que mantener la conexión con David era tan importante para Eva, desarrolló métodos de control muy poderosos. Amenazaba a menudo con dejar a David, aunque este sabía de sobra que era ella la que no podía dejarle. En otras ocasiones, controlaba a David a través de su propia debilidad, de la de ella, de la de Eva. «No puedo vivir sin ti, no sé qué haría sin ti, no lo soportaría sin ti», le decía a menudo, y así Eva sostenía su propia debilidad de forma tan imperativa como otras personas sostienen un palo o un bate de béisbol, y su debilidad era su fuerza. Pero acabó pagando un alto precio por esta maniobra: Eva se obligaba a seguir siendo débil y a no mostrarse como una persona completa.

A David, durante mucho tiempo, le resultó fácil creer que la autoestima de Eva, el sentido de la existencia e incluso su supervivencia dependían de él. A David le resultaba increíblemente halagadora la adicción de Eva y no deseaba dejarla. Le gustaba sentir que le necesitaban.

David a menudo se preguntaba si el hecho de que Eva fuera tan servicial tenía algo que ver con su insatisfacción con la relación. Eva, su Eva. La amiga siempre dispuesta, sirviente, secretaria, amante, cocinera, asistenta. La que en cada estreno de David convencía a todas sus amigas de infancia para que llenaran la sala y aplaudieran a rabiar, la que se recorría medio Madrid encaramada sobre sus tacones de diseño para que nunca faltara en la nevera el *foie gras* de oca trufado al oporto que a David le gustaba tanto, la que supervisaba que la asistenta lavara a mano las camisas de seda que ella misma le había regalado a David, y dejaba notas largas como un día sin pan con instrucciones detalladísimas a tal efecto, la Eva que lo daba todo y más porque no quería arriesgarse a descubrir si podría ser valorada, amada, deseada por David el día en el que no le fuera tan útil. La entrega absoluta de Eva le recordaba a David aquel feliz tiempo olvidado de su infancia en el que le adoraban y él era el centro de los esfuerzos y energías de su madre. Y lo cierto es que a David le encantaba la seguridad de sentir que alguien como Eva, que se erigía como una extensión de sus deseos, le necesitaba tanto que nunca le dejaría.

Pero como Eva no era más que un espejo, nunca podía encontrar nada nuevo o complementario en ella: ella no tenía nada que no tomara de él, no hacía nada que no fuera para él. Incluso los jeans de Gucci tenían que ver con David: cuando se conocieron, ella llevaba esos pantalones y David le había repetido hasta la saciedad lo mucho que le excitaba verla desde atrás. Y Eva se juró a sí misma que no se pondría otra cosa. Estaba segura de que ninguna otra marca le sentaría así de bien.

Y cuando David alguna vez fantaseaba con irse, ella le hacía sentir tan culpable… A menudo lo hacía de forma sutil y velada —una mirada de dolor, un suspiro, lágrimas rebasando el párpado, silencio denso— pero otras veces podía ser muy explícita: «Con todo lo que yo te doy, lo mal que lo paso cuando no sé dónde estás, ayer me quedé en vela toda la noche esperando a que volvieras y hoy me duele mucho la cabeza porque casi no he dormido, me duelen los ojos de tanto llorar».

Y él escuchaba aquella gastada cantinela y se sentía a la vez culpable y halagado. Halagado porque ella le quisiera tanto, culpable porque le hacía daño.

Esa mezcla de orgullo y culpa era una hecatombe de esperanzas, un derrumbe de algún modo previsto, pero esa culpa, muy lenta e implacablemente, desahuciaba su amor. Sentía que Eva había exprimido el jugo de todas sus flores, de toda su sangre, para llenar un cáliz de hastío.

Eva, vulnerable como era, era celosa. No habría podido ser de otra manera. Tenía miedo de perder a David, tenía miedo de no ser suficiente. Imaginaba que cualquier chica que David encontrara en un bar iba a ser mejor que ella, más guapa, más seductora, más atractiva, más inteligente. Que tendría una talla 36 en lugar de una 38 y que los vaqueros le sentarían infinitamente mejor.

Por eso en aquella casa en vez de confianza había recelo; en vez de ternura había rabia; en vez de amistad había rencor; en vez de serenidad había confusión.

Todos aquellos juegos infantiles de Eva tenían algo en común: su falsedad. Ya intentara aferrarle desde el victimismo, el servilismo, la culpa o los celos, el caso es que cuando jugaba nunca era ella, porque nunca era honesta.

Era como vivir con Eva pero sin Eva.

Durante todos aquellos años no hubo día en el que David no fantaseara con marcharse. Mientras trataba de decidirse, se sentía atrapado entre dos peligros opuestos pero igualmente destructivos. Uno era el peligro inherente al escoger permanecer en una relación que a veces sentía tan infeliz, tan restrictiva. Otro, el daño que podía hacerse a sí mismo y el que podía causar a Eva si elegía acabar la relación impulsiva y prematuramente. Su miedo era que sus expectativas fueran poco realistas, que él esperara demasiado de una relación. Su miedo era un miedo muy humano a equivocarse, a jugar a perder.

Quizá, se decía, es mi problema, no es ella, soy yo. Soy yo que exijo demasiado, porque ella es tan dulce, tan buena, tan entregada, tan solícita, tan buena persona, tan elegante, tan divina, tan arrasadoramente guapa... Se daba cuenta de que ella actuaba como una madre y él como un niño. El niño que quiere vincularse a la madre que le hace sentir bien todo el tiempo, el niño que se enfada porque su madre no es perfecta y no satisface plenamente sus necesidades. El niño que pide permiso para salir, el niño que quiere hacer travesuras, destrozar juguetes, patear latas, ensuciarse la ropa, perseguir a las niñas.

No importa lo buena que sea una relación, siempre supone unos costes, incluso si el coste solo es la pérdida de algunos grados de libertad. Y no importa lo mala que sea una relación, siempre se derivan algunos beneficios. Y haciendo contabilidad de costes y beneficios, haciendo inventario de logros y desperfectos, David seguía allí, varado, en la costa de aquella relación, sin las fuerzas para volver de nuevo al mar, pero sintiendo que se ahogaba.

En su cabeza bailaban frases que se contradecían las unas a las otras. El amor es para siempre... Pero cuando uno ya no se siente bien dentro de una relación, es masoquista y no tiene ningún sentido permanecer en ella… No debo hacerle daño rompiendo este compromiso… Pero una relación no es un compromiso para toda la vida, sino que es algo bueno mientras te da fácilmente lo que quieres… Siempre se puede arreglar una relación si uno lo intenta lo suficiente… Ella me quiere demasiado… Ella no me quiere, solo me necesita… Es triste herir a otros pero es la vida, y tiene que aprender a aceptarlo… No le puedo hacer algo así.

Estaba tan confuso con todas esas voces hablando a la vez en su cabeza que creía que se estaba volviendo loco.

La idea de romper con Eva le despertaba unas emociones tan básicas, tan terribles y dolorosas que la voluntad se le paralizaba.

Y se iba acostumbrando a la rutina, a la obligación disfrazada de reposo, e iba enmudeciendo las ideas, sofocando las quejas, e iba bajando los brazos, retrocediendo los pasos, e iba cubriendo sus penas de buenas intenciones.

E iba renunciando a ser el que era.

Era como vivir con David pero sin David.

Y acababa cansado, cansado de tanto replanteo y tanta contradicción, de los buenos propósitos, de los malos pensamientos, del jurar que lo dejaría, del saber que volvería, que dejaría la coca, que volvería a la coca, que dejaría a Eva, que volvería a Eva, cansado del revés y del derecho, y de las vueltas y revueltas, y de las marañas y las recámaras, y de cada promesa rota, y de cada nuevo comienzo, y de tanto error errante, y de tanta queja vacía, y del vicio y de la náusea, y de mentirse a sí mismo, y cansado del cansancio.

Exhausto, asqueado, vacío.

Porque David no sabía lo que quería. Como tantas personas, David no tenía claro lo que verdaderamente deseaba de la vida y dependía de otros para saberlo.

Y la adicción, inexorablemente, mataba el amor.

En realidad, ¿era Eva un alma enamorada y sacrificada que luchaba por su amor o era muy egoísta? ¿No podía sencillamente Eva aceptar que aquello era lo que David quería y dejarle equivocarse o no? Eva quería que David viviera la vida que Eva quería vivir, pero David no quería vivir esa vida. Y probablemente la elección de David era muy autodestructiva, pero era su elección. Eva vivía obsesionada con mejorar, cambiar, alterar, controlar en suma la conducta de David.

Eva estaba tan centrada en David que se abandonó a sí misma.

Se abandonó a sí misma como una res sacrificial en el altar del amor, una mártir sublime, sensible al mandamiento del honor, animada de un masoquismo gozoso, de su rosa estigma, de su fuerza germinal y pagana, de su lascivia y de su fiebre, de su oficio sigiloso, de su delirio de bacante, de su irreal extravío, de su obsesión palpitante, de su capricho romántico, de su visión torturada, de su vocación de traspaso, de su histerismo de amante, de su cesión suicida, de su devoción de loca, de su enfermiza plenitud... Animada de la embriaguez ilusoria de su entrega.

Y él no sabía cómo responder, si con ira o silencio, si con llanto o con risa, y no sabía dónde volar con las alas cargadas de miedo y de tristeza, dónde arrastrar sus mustias esperanzas, sus lágrimas de rabia, de llanto sin sollozos, dónde posar sus manos vacías, dónde esconder sus secretos, lo invisible de sí mismo, lo que odiaba de sí mismo.

Y llegó el día en el que ella le dijo que estaba embarazada.

David se indignó. Porque no había sido una decisión consensuada, hablada, meditada.

Porque ella decía que todo había sido un accidente, pero él no la creía.

La píldora solo tiene un uno por ciento de fallos y él no podía concebir que una persona tan organizada y tan cuadriculada como Eva, que tenía la casa como una bombonera, con los libros clasificados en las estanterías por orden alfabético y la ropa en los armarios organizada por colores, que jamás llegaba tarde a una cita, que llevaba la agenda a uno de los pediatras más solicitados de Madrid sin ningún fallo, hubiese podido olvidarse de una toma. Un olvido tan tonto, tan nimio, tan impropio de Eva, de su Eva.

Creía que ella le había engañado, que había tejido una red de mentiras como una araña que recorre pacientemente una y otra vez los hilos de la trampa que se va ensanchando más y más. Él estaba seguro de que ella había dejado la píldora de forma premeditada, pero no podía probarlo. Y era incapaz de pedirle a ella que abortara. Y se sentía tan atrapado que se embarcó en una espiral autorreferente de alcohol y drogas.

Una noche salió, como siempre, con los amigos. Y allí, bar adentro, se encontró con Caroline.

Con Caroline y sus ojos turquesa, con Caroline y su metro ochenta, con Caroline y su acento francés, con Caroline y su peligro. Con Caroline y sus promisorios cantos de sirena. Con Caroline, que pese a que tenía una talla 40 y unos vaqueros de cuarta mano, raídos y sucios, tenía un encanto con el que ni siquiera cincuenta Evas hubieran podido competir.

Y no quiso ni supo resistirse a Caroline.

Y cuando Caroline le besó, cuando le metió la lengua en la boca, cuando en la punta de la lengua iba una pastilla, él no se resistió: respondió al beso, tragó la pastilla y decidió cambiar su suerte.

De pronto empezó a sentir un hormigueo que le recorría todo el cuerpo y no sabía si era la pastilla o Caroline. Una ligera náusea, un mareo. Todos esos detalles desaparecieron cuando Caroline le abrazó aún más fuerte y le envolvió en su perfume.

Se sentía ligero, feliz, pero con una convicción muy potente de que algo significativo estaba a punto de ocurrir.

Hubo un cambio en ambas perspectivas, en el campo visual cercano y en la distancia. Se sentía estrechamente ligado a Caroline, y absolutamente limpio por dentro, euforia blanca. Nunca se había sentido tan bien ni había pensado que algo así fuese posible. La pureza, la claridad, aquel maravilloso sentimiento de estar desconectado del tiempo y flotando. Se sentía completo. Creía que era amor, amor no de o por Caroline, sino un amor que emanaba de sí mismo hacia el mundo.

No sabía que los efectos de la pastilla podían durar tres días.

Tres días.

No sabía que acababa de ingerir ciento veinte miligramos de MDMA en estado casi puro. No sabía que se estaban produciendo cambios en las terminales nerviosas serotoninérgicas del cerebro. No sabía que la sensación de desinhibición e hiperestimulación táctil era el producto de la droga. No sabía que la droga estaba alterando sus conexiones neuronales.

No sabía más que una cosa: que deseaba seguir aferrado a Caroline.

Y siguió aferrado a ella durante tres días.

Tres días.

Pero sí sabía, sí sabía perfectamente, que estaba arruinando su vida a la vez que la estaba reconstruyendo.

Luego siempre dijo que fue la droga la que le anuló la voluntad.

Pero en realidad es muy posible que la droga solo le ayudara a hacer, por fin, lo que verdaderamente deseaba.

Cuando regresó a casa, con el discurso del arrepentimiento ensayado, se encontró con que Eva no estaba. Y de pronto se invirtieron las tornas. Era él el que llamaba una y otra vez a su número de móvil y se encontraba con la voz grabada en el contestador. Era él el perseguidor y ella la perseguida. No imaginaba adónde había podido ir. No, desde luego que no lo imaginaba.

¿Cómo iba a imaginar David que después de tres días (¡tres días!) marcando una y otra vez los nueve dígitos de su número de móvil, después de tres días de llamar a todos y cada uno de los amigos comunes sin obtener la más mínima pista sobre el paradero de David, después de llamar a amigas y familiares, después de haberle imaginado en todos los escenarios posibles, desde que

se hubiera marchado con otra (tal y como
había sucedido) hasta que se hubiera quedado fuera de combate por haber consumido demasiadas drogas (tal y como también
había sucedido, después de que se quedara
inconsciente en la cama de Caroline tras
dos noches enteras sin dormir) pasando
porque le hubieran atracado (y eso no había
sucedido, aunque estuvo a punto de suceder a la salida de un garito), después de haberse planteado ir a la comisaría para poner
una denuncia por desaparición y después
de darse cuenta de que no podía hacerlo
porque él ya era mayor de edad y porque
ellos dos no estaban casados, y porque él ni
siquiera estaba empadronado en la casa que
era propiedad de ella, en fin, que después
de tres días (¡tres días!) de angustia interna,
Eva se presentó en urgencias con un ataque
de ansiedad, con una taquicardia tan des-
bocada y una opresión en el pecho tan intensa que de verdad creía que tenía un ataque al corazón?

¿Cómo iba a imaginar David que el médico que atendió a Eva la derivó a psiquia-
tría? ¿Cómo iba a saber David que en psi-
quiatría, al ver que en su estado no podían

suministrarle ningún calmante, aconsejaron que se quedara en observación, que los médicos avisaron a los padres de Eva, que los padres, a los que nunca les había gustado el novio actor, propusieron una intervención al más puro estilo de serie americana, que le requisaron el móvil y que se la llevaron a casa, y que avisaron a un terapeuta?

¿Cómo iba a imaginar David que podía dar a Eva por definitivamente perdida porque toda la familia había decidido que el niño que iba a venir no se merecía un padre así?

Aquella familia de dicción exquisita, aquella madre que arrastraba las vocales al hablar, que sabía usar el tenedor de pescado, el de carne, el de postre y el que hiciera falta, aquel padre que había pagado los elitistas colegios de sus hijas y la carísima casa con cuatro cuartos de baño, atendida por una interna de las de contrato con seguridad social incluida, aquella familia, en suma, como buena familia pija que se precie, podía soportar que su hija viviese con un actorucho tarambana, pero no iba a consentir que un bebé de su sangre —¡de su sangre!— se criase con un padre que desaparecía durante días. Hasta ahí no iban a llegar. Mejor estaría sola la niña que mal acompañada. Y sola no iba a estar, porque ya se ocuparían ellos de todo.

La cuestión es que David solo dejó la cocaína cuando Eva le dejó a él. O más bien cuando la familia de Eva la obligó a dejarle.

Si se hubiera quedado con ella, nunca habría dejado la cocaína.

¿Por qué?

Porque Eva, sin saberlo, facilitaba su adicción.

Cada vez que él estaba mal, ella le ayudaba. Ella siempre estaba ahí. Así que él nunca tocaba fondo.

Tocó fondo cuando ella le dejó.

Pero empezó a emerger cuando ella le dejó.

TÚ NO ERES DEL TIPO VULNERABLE

—Pero, hombre de Dios... Pero, pero..., pero ¿qué le has dicho? Me la he encontrado alteradísima, llorando a lágrima viva.

—¿Llorando? ¿Cómo que llorando?

—Pues eso: llorando. Lágrimas, sollozos, ya sabes...

—Pero si la dejé... entera, digna.

—Pues no sé qué le dijiste, pero la alteraste muchísimo.

—¿Te contó lo que pasó?

—No, solo me dijo que no ibas a volver más.

—Yo no dije nada de eso... ¡Al revés! Parecía que era ella la que quería que no volviese más.

—Pero ¿qué pasó?

—Mira, es privado, no te lo quiero contar.

—Ya, pero… En fin… Tú estás aquí invitado por mí y…

—¿Y el hecho de que me pagues el hotel te da derecho a conocer mi intimidad?

—No solo el hotel, te recuerdo.

—Vale, ¿el hecho de que me pagues por mi tiempo te da derecho a conocer mi intimidad?

—Me da derecho a pedirte que no hagas daño a mi prima.

—Quizá sea tu prima la que me haya hecho daño a mí…

—Permíteme que lo dude.

—Ah, ¿sí? ¿Y por qué, si puede saberse?

—Porque tú no eres del tipo vulnerable ni ella es de las que van haciendo daño por ahí.

Él se bebe la caña de un trago en un altivo arranque de osadía.

—Te voy a decir una cosa, Alexia: ahora mismo voy a ir al hospital a pedirle perdón a tu prima. Pero quiero dejar clarísima, te repito, clarísima, una cosa: no voy porque tú me lo pidas, y muchísimo menos porque me pagues. Voy porque tu prima es una mujer increíble, una gran persona, y no merece que yo ni nadie le haga llorar. ¿Estamos?

—Estamos.

Él se levanta y se dispone a irse. Alexia, viéndole marchar, dice:

—Tenía razón mi prima.

—¿En qué?

—Me dijo que eras un buen tipo, pero que te pierde el orgullo.

Mentiras piadosas

Elena está mirando por la ventana, al exterior, al exterior desde el que llegará David. La imagen tiene esa dimensión remota y calma de una isla escondida en el centro mismo de un océano embravecido, de una isla ajena a la tormenta que es pura vibración, puro presente. Este momento se perderá para siempre en el confín del tiempo y la luz de Elena se estrellará contra una oscuridad inminente, pero ahora Elena, aunque lo sabe, no lo registra, inmersa como está en el recuerdo de David. Y de repente, por arte de magia o de voluntad, su deseo se materializa y la imagen de David se recorta en el marco de la puerta. David entra en la habitación con un paquete enorme que casi no le cabe entre las manos.

—¿David…? ¡David! ¿Qué haces aquí?

—Pues nada, he venido a traerte un regalo.

Elena muestra la misma emoción de una niña en la mañana de Reyes y la sonrisa le brilla como una cuchara de plata.

—Pues yo creía que…, que no vendrías más.

—Pues ya ves. Te he traído un regalo.

Deja la caja sobre la mesa.

—Ay, ¡qué ilusión…! ¿Qué es?

—Como no se te pueden traer flores ni bombones ni peluches…

—Lo de los peluches es porque portan ácaros.

—Pues te he traído esto.

David abre la caja y saca un vestido impresionante, negro, de noche. Lo expone ante Elena y el vestido cuelga adelgazado como si la mujer que hubiera debido habitarlo se hubiera escabullido entre sus pliegues.

—Pero ¿esto qué es?

—Pues ¿qué va a ser? Un vestido.

—Ya veo, un vestido ideal.

—Talla pequeña. Había solo tres tallas, pequeña, mediana y grande, y la dependienta me aseguró que se ajustan a cualquier cuerpo, que te sentaría bien. Yo le dije que a ti nada te sentaría mal…

Se trata de un vestido con un cuerpo y tutú que, efectivamente, se ajusta a cualquier silueta.

—Adulador… Este vestido es…

—¡Maravilloso!

—¡Eso mismo!

Ella sonríe, una sonrisa extraña, una sonrisa a medias como la de la Gioconda, una sonrisa que no es sonrisa porque el gesto que asoma a sus labios, pese a que se curven hacia arriba, parece más bien una máscara de su dolor.

—Elena… Elena, por favor…, que no es tan caro…

—Tonto… Pero ¿por qué has hecho esto? Si quizá nunca me lo pueda poner, si quizá no vuelva a salir de aquí…

—Pues si no vuelves a salir de aquí, te lo pones un día, aquí mismo… Porque también hay otra cosa… Mira en el fondo de la caja…

Elena mete la mano en el fondo, extrae dos altavoces.

—¿Y esto qué narices es?

—Pues verás...

David saca el iPod del bolsillo. Lo conecta a los altavoces, lo pone encima de la mesilla. Las notas de *You do something to me* de Cole Porter. La música se acerca, les va envolviendo, se va desgranando en notas o en gotas. No se puede contar en orden el desorden, ni contar en desorden el extraño orden de la música. El corazón de la música es inenarrable, inasible, y no se puede describir su espacio ausente, la eternidad que dura un abrir y cerrar de ojos, como la vibración infinita y armoniosa de la luz que aún recibimos desde las estrellas muertas. David siente que la música es un hilo que hace lo que nunca pudieron hacer las palabras. David siente que ese hilo le enlaza, por fin, a Elena, como una cuerda fina pero indestructible.

—Música, Elena, es música. Cuando quieras te pones el vestido y bailamos...

—No me lo puedo creer... Es que no-me-lo-puedo-creer. Es...

Los dos lo dicen a la vez:

—¡Maravilloso!

Ríen al unísono. Elena se seca las lágrimas que no se sabe si son de risa o de llanto.

Ríe, y su carcajada tiene notas de lágrimas fugitivas; llora, y en cada sollozo se presiente una carcajada. David se sienta en el sillón. Se acerca al iPod y baja el volumen de la música.

—Mira, Elena... Siento mucho lo que dije, de verdad. No tenía derecho. Eres una gran persona. La mejor que he conocido junto con Eva, te lo dije el otro día y te lo dije en serio, y no tenía derecho a hacerte daño.

—Pero, David..., tú casi no me conoces... No sabes si soy o no una gran persona.

—Claro que lo sé... Digas lo que digas, no creo que muchas mujeres hubieran tenido el valor, la..., la decencia de ir a ver a su marido a la cárcel después del escándalo. Y de hablar de él con la ternura, el respeto con el que hablas tú. Incluso, por muy bien que vivieras, ¿cuántas habrían seguido a su lado? No tantas. Tú has demostrado ser una gran compañera, una amiga...

—David, que creo que te estás equivocando...

—No, no me estoy equivocando.

—Mira, David, yo..., yo no estaba sola. ¿Entiendes?

—Pues... No, no entiendo. ¿Qué quieres decir?

—Había otro. Estaba casada pero tenía un amante. Eso hacía las cosas más fáciles...

—¿Un amante? ¿Como en las películas? Ah... Claro... Eso cambia todo. Y ¿quién era?, ¿el jardinero?, ¿el profesor de vela?

—No sueltes topicazos. Era un señor empresario, constructor.

—Ah..., y ¿dónde está ahora?

—A saber... Lo dejamos hace tiempo. Un año antes o así de que saltara el escándalo de Jaume. Está viviendo en Barcelona ahora, creo.

—Y ¿duró mucho tiempo? Vuestra historia.

—Ocho años.

—Pero eso... es más de lo que yo haya durado con ninguna de mis novias. Es una relación seria, vamos.

—Sí, eso creía yo... Ya ves... ¿Te puedes creer que él no ha venido nunca a verme, aquí, al hospital?

—Puede que no sepa que estás enferma.

—Lo sabe.

—Pues menudo cabrón...

—O menudo cobarde.

—Sí, claro...

—No sé, ayer, cuando me contabas lo de tu historia con la estatua, me hiciste pensar...

—¿Yo?

—Sí, cuando dijiste que te sentías mal porque ella te había obligado a dejar la cocaína y tú no querías dejarla... Creo que algo parecido nos pasó a nosotros.

—¿Él se metía coca también? Joder con los empresarios mallorquines...

—No, qué va... Pero estaba casado y yo quería que dejase a su mujer y él no quería dejarla. Aunque al final la dejó. Pero la dejó él, sin mí. No por mí.

—Yo también dejé la coca. Sin Eva. Y no por Eva.

—Ah, ¿sí?

—Sí. Llevo limpio cinco años.

—¿Cómo lo conseguiste? ¿Fuiste a un centro, a terapia?

—No, qué va. Me echaron del trabajo, me quedé sin novia... Y seguí metiéndome bastante tiempo porque al fin y al cabo tenía el dinero del paro y de trabajos que me iban saliendo, y las mujeres no me faltaban.

—Qué modesto.

—Bueno, ya imaginas... Cantidad no siempre es calidad. Pero al cabo de un tiempo toqué fondo... Me quedé sin un duro... Y me reencontré con una antigua amiga, una chica...

—¿Maravillosa?

—Pues... supongo que sí. Sí, muy maravillosa. Pero, bueno, no estaba yo como para ver si lo era o no, estaba destrozado por entonces. No podía ni pagar el alquiler, y al final me desahuciaron. El caso es que esta chica tenía, tiene, una casa en la sierra de Madrid, y allí nos fuimos. Y nos tiramos allí varios meses... Te lo puedes imaginar: náuseas, sudor, escalofríos, temblor, ansiedad, depresión, insomnio, pánico, ataques de angustia...

—Huy, eso lo he vivido yo.

—Pero ¿tú has consumido drogas?

—No, jamás en la vida, pero lo viví cuando me dejó Guillem.

—¿El señor empresario?

—Sí, ese, mi amante. Igualito, igualito que lo que estás contando... Lo mismo.

—El amor es una droga dura, dicen.

—No sé, nunca he probado las drogas. Pero el amor sí.

—¿Tan enamorada estabas de él?

—Más.

—Y... ¿cómo le conociste?

—Huy, le conocía de toda la vida. De antes de casarme. Esto es una isla, David. Nos conocemos todos, sobre todo en según qué ambiente.

—Y ¿cómo pasasteis de amigos a...?

—Pues por el perro. Nuestros perros eran del mismo criador, y a los dos nos gustan mucho los perros. Y los golden necesitan mucho ejercicio, salir a pasear una hora al día por lo menos. Así que yo salía a correr con los perros por un pinar que está cerca de mi casa y allí a veces me encontraba con él. Y una cosa llevó a la otra.

—Y así ocho años... ¿paseando perros?

—No, qué va. Verás. Una tarde nos sentamos allí, en un banco que hay en el pinar, y mientras los perros corrían a su aire me empezó a hablar de lo mal que iba su matrimonio. Y yo sabía que no mentía, porque conocía a su mujer y ella estaba siempre enferma, enferma de los nervios, con depresión...

—¿Con pastillas y todo eso?

—Sí, y a veces internada, estaba muy mal. Yo me sentí muy halagada porque él confiara en mí y me contara algo tan privado. Y me dijo lo mucho que había significado para él hablar conmigo, que nunca había hablado con alguien como yo… Y dos días después volvimos a hablar, esta vez durante una caminata por el pinar, y al final del paseo Guillem me besó.

—Qué romántico…

—Pues para mí lo era. Ten en cuenta que yo con Jaume ya no tenía nada, ni siquiera la ilusión del amor. Después de siete años yo ya me daba cuenta de que era imposible que mi marido me deseara. Pero sabía dos cosas: una, que me necesitaba; y dos, que nadie más le soportaría. Que o me tenía a mí o se quedaba solo. Y que por lo menos yo tenía garantizada su compañía. Por eso no me iba. Por pena, y porque estaba bien así. Pero no lo estaba, no estaba tan bien. Y cuando apareció Guillem, pues… fue increíble…

—Maravilloso.

—Exactamente. Me enamoré como una colegiala. Al poco tiempo él decoró un apartamento en la playa, en una de sus urbanizaciones, solo para nosotros, y nos veíamos allí siempre que encontrábamos un rato. Y mi vida comenzó a girar alrededor de ese tiempo que pasábamos juntos. Él me decía exactamente lo que yo necesitaba escuchar: lo especial y adorable que yo era...

—¿Y no te decía que eras maravillosa?

—¡Sí, claro! Lo maravillosa que era, cómo le hacía más feliz de lo que había sido jamás. Pero jamás me hizo promesas, nunca habló de dejar a su mujer. Ni yo, al principio, quería que la dejara. Yo quería crear un vínculo... puro. Que no tuviera nada que ver con el interés, sino con el amor, y me enorgullecía de no pedirle nada...

—Pero al final las mujeres siempre acabáis pidiendo.

—¿Tú crees?

—Al menos, en mi experiencia, sí. La chica que me dejó la casa en la sierra, Caroline se llama, al principio me decía lo mismo, que no quería atarme, que no buscaba compromisos..., y ya ves. No veas cómo se pone, qué exigente, qué celosa...

—O sea, que tienes novia.

—No, qué va, no somos novios. O sí... Bueno, no sé, la verdad. No le he puesto nombre a la relación... Estamos a gusto juntos, el sexo es bueno...

—Eso es lo que yo echo más de menos, el sexo.

—Pues tu prima Alexia piensa que poco menos que eres virgen.

—Qué va, hijo… Todo lo contrario. Lo que decías antes de cantidad y calidad. Pues yo cantidad no he tenido, pero calidad sí… Mucha. El poco tiempo que pasábamos juntos Guillem y yo lo pasábamos haciendo el amor. Cuando al fin estábamos solos nos arrojábamos el uno en brazos del otro. Era tan intenso, tan excitante, que a veces nos costaba creer que el sexo pudiera ser tan…

—Maravilloso.

—Eso es… Tan maravilloso para alguien más en el mundo. Y después, por supuesto, teníamos que despedirnos. Yo pasaba la mayor parte del tiempo que estábamos separados preparándome para volver a verlo. Me gasté fortunas en ropa interior y tratamientos de belleza, quería estar divina para él…

—Y ¿cuándo decidiste que querías más?

—Pues verás, lo curioso es que yo no quería que dejara a su mujer para que estuviera conmigo, sino porque le veía cada vez peor, más amargado, más triste. Y ella tampoco estaba muy bien. Ya te digo que siempre con las pastillas y las clínicas. Y entonces empecé a leer libros de esos de autoayuda, montones, los devoraba todos... Y llegué a la conclusión de que él estaría mejor, y ella también, si se atrevían a reconocer la verdad: que no se soportaban y punto...

—Pues suena completamente lógico. ¿Por qué no se separaban?

—Porque él sentía pena de ella, porque la veía siempre tan triste y deprimida que pensaba que si la dejaba, se suicidaría. O eso me decía...

—Parece un infierno.

—Sí... Bueno, ahora entiendes por qué yo tampoco le prestaba mucha atención a Jaume. Porque vivía obsesionada con Guillem. Y ya me venía bien que mi marido no estuviera nunca en casa, que no preguntara cuándo entraba o salía yo. Pero tampoco me quería separar porque Guillem no se separaba...

—Pero al final ¿se separó o no?

—Al final se fue con una chica de veinticinco años. Dio el campanazo.

—Increíble.

—Pues ayer, cuando contabas lo de que te fuiste tres días de marcha, pensé que la jovencita aquella fue un poco el equivalente de tus tres días de juerga. Que yo le presionaba demasiado y que él se hartó de mí, y que fue la forma más fácil que tuvo de mandarnos a las dos a freír espárragos, a su mujer y a mí: echar mano de una tercera.

—Es increíble toda la historia... Y pensar que la pobre Alexia se cree a pies juntillas el cuento ese de la Elenita abnegada que solo ha estado con dos hombres en su vida...

—¿Eso te dijo?

—Sí... Mira..., yo creo que deberías contarle la historia que me acabas de contar.

—Huy, ni de broma, jamás, ni loca...

—Pero es que ella sufre por ti y cree que te vas a morir sin haber conocido el sexo adulto, ni el amor, ni la vida ni nada, que has tenido una vida malgastada, anodina, estéril...

—Ya, pero a ella no se lo puedo contar.

—Elena, Alexia será todo lo pija que quieras, pero parece comprensiva.

—Mira, David, ese hombre es muy famoso en Palma, tiene mujer e hijos. Y conozco a su mujer. Y una cosa es que la mujer y los niños sepan que el señor se fue con una niñata, que es una cosa, quieras que no, medio normal y vista, y otra que se enteren de que tuvo un asunto nada menos que durante ocho años con una señora que era íntima de la familia, les dolería mucho. Y si yo se lo cuento a Alexia, te aseguro, te aseguro que la mujer de Guillem se entera. Garantizado.

—Bueno, visto así...

—Yo nunca he mentido a Alexia. Nunca.

—Pero ¿qué dices? ¿Cómo tienes el par de ovarios de decir eso...?

—Simplemente no le he dicho toda la verdad.

—Ah... Así cualquiera...

—Mira, David, ¿tú no mientes nunca?

—Sí, Elena, sí que miento. Últimamente más que nunca, la verdad. Pero no me siento bien haciéndolo. Lo que te puedo decir es que es como tú... Son mentiras piadosas.

—Perdona..., ¿qué hora es?

—Las siete y media.

—Pues entonces te tienes que ir. A las ocho viene la enfermera, y no querrás ver lo que me tienen que hacer.

—Vale, pues hasta mañana.

—Hasta mañana.

Él se levanta.

—David...

—¿Qué?

—Que te dejas tu iPod.

—Te lo presto, para que tengas música.

—Qué amable, muchas gracias.

—Así te acuerdas de mí.

—Me acordaría de ti de cualquier manera. Pero gracias.

La metamorfosis de Elena

Ya lo hemos contado antes:

«Fue en una fiesta un quince de octubre, festividad de Santa Teresa, la fiesta de cumpleaños de una amiga, celebrada por todo lo alto en el Club Náutico de Palma. Y allí estaba Elena, y allí estaban sus padres, y allí estaba toda Palma, y Elena se sentía pequeña, insignificante, poca cosa, y a espaldas de sus padres abordó a un camarero y se bebió de golpe dos copas de cava. Y entonces todo cambió de color y se tiñó de dorado, de un dorado burbujeante, y a ella le entraron ganas de reír y de hablar con todo el mundo y empezó a flirtear descaradamente con un chico que nunca le había gustado, pero al que ella sabía que sí le gustaba».

Y aquella historia se queda en un «si» condicional. Si Elena hubiera seguido flirteando con aquel chico, si no se hubiera besado con Jaume, ¿cómo habría sido la vida de Elena?

Y es que aquel chico, aquel chico que no pudo tenerla, porque Elena acabó besándose con Jaume, había seguido pensando en ella todos aquellos años. Pero Elena ¿cómo lo iba a saber?

Cuando Alexia le regaló el primer perro, Elena se enfadó. No lo expresó en voz alta, por supuesto, porque no quería hacer daño a su prima ni crear un conflicto, pero se le ocurrió lo que Alexia debía de haber pensado. Vamos a comprarle un perro para que le haga compañía, pobrecita, está muy sola, su marido nunca está en casa y ella, qué pena, no ha podido tener niños. Pero el enfado le duró poco. Sabía que el perro venía a sustituir al niño que no tenía, intentó resistirse al principio a encariñarse en exceso con él, pero no lo pudo evitar. A los pocos días, el perro ya dormía en su cama y la seguía por toda la casa. El perro le dio el amor que no encontraba en sus padres ni en su marido. Devoto, incondicional, paciente, entregado. Además, era su guardián y su defensor. Se atrevía a salir a hacer jogging con él a las seis y media de la mañana, cuando todavía no había amanecido, porque sabía que nadie intentaría atracarla o violarla si iba flanqueada por un perrazo de casi cuarenta kilos. Se lo llevaba a la tienda como posible defensa antiatracadores. En realidad, el perro era un buenazo y resultaba altamente improbable que llegara a atacar a nadie, pero era tan grande que imponía.

Dos años después, su marido le regaló el segundo perro, hembra esta vez. Cuando Alexia salía a correr por las mañanas no necesitaba siquiera llevar atados a los perros. La seguían, cada uno a un lado, flanqueándola, como una manada.

Cuando se encontró por primera vez a Guillem en uno de aquellos paseos ni siquiera se le ocurrió que aquello no hubiese sucedido por casualidad. Ni siquiera pensó que ella misma, en una terraza en el Club Náutico, cuando varios amigos se habían reunido para el aperitivo, había hablado de por qué le gustaba tanto correr y había detallado el itinerario que hacía cada mañana. No se le habría pasado por la cabeza jamás que Guillem se había hecho el encontradizo, que había planeado todo para hallar la ocasión de estar a solas con ella. Tampoco se le ocurrió que Guillem le robaba horas al sueño para poder estar con ella, que él, liado como estaba entre sus cien mil negocios y corruptelas, se acostaba tarde cada noche. No podía siquiera imaginar que desde hacía años, desde aquel quince de octubre, festividad de Santa Teresa, aquel día en el que la perdió por Jaume, Guillem se había prometido a sí mismo que algún día se acostaría con ella.

Aunque ahora sabe que todo es verdad, que era cierto que su mujer estaba enferma, medicada, que era cierto que su matrimonio ya no se sostenía, que era cierto que él era infeliz, sospecha o sabe que él utilizó la historia como señuelo, para conseguir que ella sintiera pena por él, que sintiera el impulso de protegerlo, de darle amor, de abrazarlo. No se dio cuenta de que él, calculadamente, como una araña que en la penumbra, con paciencia, compone una estrella para atrapar a la mariposa, estaba tejiendo una red de falsas verdades en la que cazarla a ella.

Elena, ingenua e inexperta, no se dio cuenta de nada.

Y así fue como una mañana, bajo aquellos pinos que tenían las ramas cargadas de rocío como festoneadas de diamantes, bajo la caricia silenciosa del aire entre las ramas, bajo la alta gloria callada de la brisa del mar entre los árboles y el clamoreo largo y sostenido de los trinos de los pájaros, bajo la hilacha verde de los ramajes profundos, que recortaban el sol en obleas desiguales y lo arrojaban, como puñados de purpurina, al camino por el que habían llegado corriendo, él, que ya sabía que había derribado sus defensas, puso en su boca, como un fruto extraordinario y ligeramente ácido, su primer beso adúltero.

—Todo esto me resulta... —dijo ella, apartándose—. No sé, ya lo sabes. Intimidante, raro...

Elena le escuchó respirar profundamente.

—¿Intimidante? Elena, nos conocemos desde hace..., de toda la vida. Los dos acabamos de confesarnos historias íntimas. Los dos estamos casados, pero en la práctica es como si no lo estuviéramos. Elena, no bajes la cabeza, por favor. Quiero verte la cara… Me gusta que te ruborices… Elena, tú quieres, ¿verdad que tú quieres?, ¿te he ofendido?

—No —contestó Elena con sinceridad.

—Bien.

—Pero tú eres un poco… arrogante.

Guillem alzó una ceja y Elena creyó advertir que también él se ruborizaba ligeramente.

—Suelo hacer las cosas a mi manera, Elena —murmuró—. En todo. A estas alturas deberías saberlo.

—Tengo que pensarlo. No sé si estoy preparada.

En aquel momento, Elena se alzó y salió corriendo, flanqueada por los dos perros. Él no la siguió. Se quedó allí, inmóvil. Ella no echó la vista atrás.

Y desde entonces ella vería el camino de siempre con otra mirada, y cambiaría la mirada de siempre por otro camino.

Regresó a su casa, se duchó, intentó olvidarlo, no pensar en él, en lo que había pasado, en que él era el marido de una amiga querida, en que él estaba casado, en que tenía hijos, en que las dos familias se conocían de toda la vida. No pensar en la gran copa negra de la sombra que llevaba guardada dentro de sí y que le ofrecía un vino exquisito pero prohibido. Pero no podía evitarlo, le venía a la memoria, conturbada e incierta, aquel beso. Como un barco cargado de promesas y de esperanzas que le ofrecía una vida más allá de la aburrida costa que ella ya conocía.

Empezó a soñar con él. Y cuando despertaba, sentía que le habían robado una fortuna, que la mañana la despojaba de un don inconcebible e íntimo, que el día deformaba algo más bello que reposaba en lo oscuro. No podía evitar pensar en él, ni en su nombre ni en sus besos, pero él no había vuelto a correr por aquel camino, ella no se había vuelto a topar con él. Ella no se había atrevido a llamarle, pese a que conocía su número. Y él tampoco la había llamado, pese a que sin duda también debía de conocer el suyo.

Elena intentó por todos los medios posibles decirse que aquel beso había sido un error sin importancia y que debía olvidarlo.

Pero el deseo puede mucho, y el aburrimiento y la frustración también. Y en los días de Elena, iguales unos a otros, repetidos, monótonos, Guillem había introducido un cambio, y ese cambio prometía un cambio mucho más grande aún, un cambio que habría de convertirla en una mujer más feliz, más plena, más sabia, más adulta.

Era martes, un martes de octubre. La tienda permaneció vacía casi toda la tarde. Ni una sola clienta. Elena había estado revisando facturas, albaranes, llamando a proveedores. Y entre unas tareas y otras Guillem se le seguía viniendo a la cabeza. Decidió cerrar la tienda antes de tiempo, cogió un biquini de entre los que vendía y se fue a la playa sabedora de que probablemente estaría vacía.

El agua estaba helada pero eso a ella le gustó. Quería despejarse, activarse, probarse a sí misma que podía aguantarlo. Estuvo nadando a brazadas enérgicas hasta que se cansó. Salió, se secó con la toalla, volvió a vestirse. Nadie la esperaba en casa. Jaume estaba en Madrid, en una reunión del partido, o eso era al menos lo que había dicho.

Frente a ella se alzaba un hotel construido a pie de playa, un mazacote de hormigón inmenso y blanco que tendría más de cincuenta años. En aquel hotel, recordaba Elena, había una piscina y un bar.

Caminó hasta allí, se acercó a la barra, pidió un mojito y se dispuso a contemplar la puesta de sol sobre el agua. Al mojito le siguió otro, y después otro. Se estaba haciendo de noche, tenía frío. En un impulso, buscó en la agenda del móvil el número de Guillem. No tenía claro siquiera por qué disponía de ese número. Nunca había tenido que llamarle. Recordó que en su día se lo había dado el propio Guillem, por algo de que si Elena necesitaba un veterinario, él podía ponerle en contacto con la mejor clínica de la isla. Fue tan simple como presionar una tecla y el móvil llamó solo.

—¿Elena?

Evidentemente le había sorprendido que ella llamara. A ella también le había sorprendido estar llamándolo.

—¿Guillem...? —le preguntó, arrastrando las sílabas.

—Elena, ¿estás bien? Tienes una voz rara.

—La rara no soy yo, sino tú.

—Elena, ¿has bebido?

—¿A ti qué te importa?

—Tengo... curiosidad. ¿Dónde estás?

—En un bar.

—¿En qué bar? —preguntó nervioso.

—Un bar.

—¿Dónde está Jaume?

—Yo qué sé dónde está Jaume... De viaje, en Madrid, una reunión. Bueno, eso dice él. A saber dónde está.

—Estás borracha... ¿Cómo vas a volver a casa? No vas a coger el coche así...

—Ya me las apañaré. Hay taxis.

—¿En qué bar estás?

—¿Por qué no me has llamado?

—Elena, ¿dónde estás? Dímelo ahora mismo.

El tono era autoritario.

—Eres tan... dominante. —Elena se reía.

—Elena, contéstame: ¿dónde cojones estás?

—¿Y a ti qué te importa? No me has llamado desde..., desde tú sabes cuándo.

—Voy a buscarte —dijo él.

Y colgó.

A los diez minutos, allí estaba Guillem Bosch. ¿Cómo había localizado a Elena? Ni idea. No le había dado tiempo a llamar a todos los bares y hoteles de Palma, eso seguro. Quizá alguien le había dicho que Elena estaba allí. Tiempo más tarde Elena sospecharía que Guillem le había instalado un localizador en el móvil. Había tenido millones de ocasiones para hacerlo, por supuesto, porque Elena, acompañada de su marido y a veces sin él, visitaba a menudo la casa de los Bosch y, puesto que no tenía nada que esconder, a veces se dejaba el bolso en cualquier silla o en el sofá.

Solo más tarde, cuando ya conocía mejor a Guillem, entendió que este era perfectamente capaz de hacer algo así, que tenía dinero y medios para hacerlo y, sobre todo, que poseía el carácter maquiavélico y controlador.

Cuando Guillem se presentó en el bar localizó a Elena inmediatamente. Ella estaba en la barra del bar, sola. Guillem le tendió la mano con los ojos encendidos y la boca burlona. Elena se la cogió, encantada. Estaba sorprendida de encontrarlo allí, maravillada de encontrarlo allí, y agradecida por encontrarlo allí. Y, además, estaba borracha.

Él tiró de ella hasta rodearla entre sus brazos. El movimiento le pilló a ella por sorpresa y de pronto sintió el cuerpo de él pegado al suyo. Notó su erección. Aspiró su olor. Gracias a Dios, no usaba Atkinsons. Olía a madera. No era muy alto, apenas más alto que Elena, y probablemente tampoco era mucho más fuerte, pero se comportaba como si lo fuera. Guillem le recorrió la nuca con los dedos, le agarró después de la coleta y tiró suavemente de ella para obligarla a mirarle.

—Guillem, ¿tú estás loco? ¿Qué haces? El camarero nos está mirando…

—Eres una idiota, Elena —le susurró—. Pero me tienes fascinado.

A Elena le ardía la sangre. Se paró a pensar que en el bar podía haber alguien que le conociera a él, o a ella, o a los dos. Él se inclinó, la besó suavemente y le mordió el labio inferior.

—Quiero morder este labio —murmuró sin despegársele de la boca. Y tiró de él con los dientes cuidadosamente. Elena gimió—. Elena, escúchame. Voy a ir a recepción y reservar una habitación. ¿Me entiendes?

—Sí, te entiendo.

—Me entiendes bien, ¿verdad?

—Por supuesto.

—Vale, pues espérame aquí. No te muevas de aquí. Regresaré en cinco minutos. Ni se te ocurra marcharte. ¿Entendido?

—Entendido.

Elena se quedó sentada en la barra del bar, confusa. Sabía lo que significaba una habitación de hotel. No estaba muy segura de querer hacerlo. Pero tampoco estaba muy segura de querer irse. La confusión la tenía allí, paralizada, muda, anhelante, con el corazón entre dos espasmos.

A los cinco minutos, como había prometido, Guillem regresó y la tomó de la mano.

—Vámonos.

Salieron del bar, atravesaron el *lobby* aún tomados de la mano —Elena no podía dejar de preguntarse si los recepcionistas no reconocerían a Guillem, o a ella, o a los dos— y se plantaron frente a los ascensores. Guillem pulsó el botón. Casi de inmediato las puertas se abrieron. Ambos entraron en la cabina. Ella se sentía hipnotizada, sin voluntad. Sabía que se estaba ruborizando. Bajó la mirada y descubrió que el ascensor tenía una moqueta de flores. Levantó la mirada de nuevo. Parecía que Guillem sonreía. Ascendieron en un silencio incómodo pero excitante, porque estaba preñado de promesas. Ella esperaba que Guillem volviera a besarla, pero él permanecía rígido. Quizá se estuviera arrepintiendo.

Las puertas se abrieron. Guillem la tomó de la mano. Tenía los dedos cortos, gruesos, calientes. Elena sintió el frío del contacto de la alianza matrimonial, y una extraña corriente eléctrica que le recorría el cuerpo. Avanzaron por un pasillo vacío. Guillem introdujo una tarjeta en la rendija y abrió la puerta. Era una suite.

Elena pensó que la llevaría a la cama, pero no. Guillem la empujó contra la pared entelada. Antes de que ella pudiera reaccionar, Guillem le había sujetado las dos muñecas con una mano, se las levantó por encima de la cabeza y la inmovilizó contra la pared con las caderas. Con la mano libre le agarró de la coleta, tiró hacia abajo para alzar el rostro de Elena y apretó sus labios contra los de ella. Elena abrió la boca para tomar aire. Él aprovechó la ocasión para meterle la lengua y recorrerle la boca. Sabía a dentífrico y Elena pensó que se había cepillado los dientes antes de ir a buscarla, en previsión de lo que pudiera pasar. La lengua de Elena acarició tímidamente la suya y se unió a ella en un carrusel vertiginoso de sacudidas y empujes. Él alzó la mano y agarró a Elena de la mandíbula para que no moviera la cara. En realidad Guillem no era tan fuerte, Elena se podía haber desasido si hubiera querido. Pero no quiso. Sentía su erección, firme.

—Tú quieres…, ¿verdad que quieres, Elena? —murmuró él entrecortadamente.

—Sí… —Elena en realidad no estaba tan segura, pero si había llegado allí no se iba a echar atrás—. Sí que quiero.

Él se apartó de ella y entonces Elena pudo ver por fin la cama. Era enorme, más grande de lo normal, con un dosel de cuatro postes y muchísimos almohadones.

—Deja que te desvista yo —dijo él.

Elena intentó recordar qué ropa interior se había puesto aquella mañana. Imposible recordarlo. Casi con seguridad un conjunto de algodón blanco, sin encaje. Nada especial ni sexy. Pensó que desentonaría con la cama enorme. Él le desabrochó la cremallera del vestido con una habilidad sagaz y rara que a ella le sorprendió. La dejó allí, en sujetador, medias y zapato plano.

—Elena… Estás todavía más buena de lo que había imaginado…

—Ah…, ¿me habías imaginado?

—Llevo años imaginándote, joder.

Elena se sintió halagada.

Muy parsimoniosamente, Guillem se deshizo del reloj y lo dejó encima de la mesilla de noche. Luego se quitó la americana y la colgó en el respaldo de una silla. Llevaba una camisa y vaqueros. Se quitó los mocasines, no llevaba calcetines. Elena no entendía muy bien a qué venía tanta lentitud estudiada después del arrebato en el que la había atenazado contra la pared.

—Supongo que no tomas la píldora —dijo él.

—Supones bien —respondió ella.

Le brillaban los ojos.

Muy lentamente, se quitó la camisa.

No era gran cosa. Desde luego, Jaume era mucho más guapo. Guillem estaba bronceado, eso sí. Pero tenía tripa. Y pelo en el pecho. Jaume se depilaba el pecho. Según él, porque le resultaba más cómodo para nadar. Elena fingía que se creía la mentira.

A Elena le resultó muy erótico el pelo en el pecho de Guillem, por contraste. Elena seguía sentada sobre el borde de la cama. Guillem se colocó frente a ella, de pie.

—Desabróchame el cinturón —le ordenó, y ella le obedeció—. Ahora desabróchame los pantalones.

Elena se sintió un poco ridícula, pero acató la orden. Desabrochó los botones de los vaqueros y luego tiró de ellos hacia abajo para dejárselos a la altura de los tobillos. Guillem se deshizo de los pantalones con dos movimientos y se quedó frente a ella en calzoncillos. La erección se notaba por debajo de los bóxers blancos de algodón, muy parecidos a los que Jaume solía llevar.

—¿Tú tienes idea de lo mucho que me apetece? —susurró él mientras le pasaba suavemente los dedos por la mejilla hasta el mentón—. ¿De cuántos años llevo pensando que algún día esto sucedería? —añadió, acariciándole la barbilla.

Se acerco a ella, la besó y la tumbó sobre la cama. Le pasó la mano por la espalda intentando desabrochar el sujetador. No lo consiguió. Se alzó, agarró el sujetador con las dos manos, cada una sobre una de las copas delanteras, tiró con fuerza, extrañamente concentrado, y partió el sujetador en dos.

—Pero mira que eres bestia —dijo Elena.

—Esto es solo el principio, Elena. Puedo ser mucho más bestia. —Elena se rio—. Sí, ahora te ríes, pero ya verás que no bromeo... Ya te darás cuenta.

—Sí, pero me has dejado sin sujetador.

—Te compraré otro. Otro a tu altura, que no parezca de monja. Con ese cuerpo que tienes, con esa piel... Mereces destacarla. Te compraré toda la ropa interior que tú quieras.

Guillem le agarró la coleta y la deshizo. A Elena le llegaba la melena hasta la cintura. Normalmente estaba muy orgullosa de su pelo, pero entonces estaba sucio, lleno de sal, enredado. Él metió las dos manos entre sus cabellos y se los enredó aún más. Le mantuvo sujeta la cabeza para besársela. Estaban los dos recostados sobre la cama. Él se colocó sobre ella. Elena sentía la erección contra la pelvis. Su marido nunca conseguía mantener la erección tanto rato. Cuando hacía el amor con Jaume, este tenía una erección intermitente, que iba y venía. Elena calculó que Guillem llevaba erecto

más de veinte minutos. Se preguntó si le dolería.

Él se alzó y se arrodilló frente a ella. Le
sujetó las caderas con las manos y le separó
las piernas. Elena se dejó hacer. Él le besó el
vientre, fue bajando con la lengua por su
ombligo y avanzó hacia el sexo de Elena.
Ella sabía qué era lo que iba a hacer. Guillem
se inclinó, le besó la parte interior de un
muslo, luego el otro, hasta llegar a las bragas. Tiró de ellas con las dos manos y las
partió también. Le resultó fácil porque se
trataba de unas bragas de algodón simples,
lisas, sin adornos ni encajes.

Elena nunca le había contado a nadie,
jamás, que a Jaume no le gustaba practicar
con ella el sexo oral. Lo habían intentado
una o dos veces y había sido una experiencia
decepcionante. Guillem la besó allá abajo
durante un rato. Elena estaba demasiado
nerviosa, y Guillem debió de advertirlo, así
que se alzó, se inclinó sobre ella, le agarró
de los tobillos, le separó rápidamente las
piernas y avanzó. Se quedó suspendido encima de Elena, enarbolando su erección imperturbable.

—No te muevas —murmuró.

Elena no se movió, no tanto porque quisiera obedecerle como porque estaba demasiado asustada. El movimiento es una sucesión de inmovilidades; siempre hay un instante infinitesimal que ya no es. Elena fingió una total inmovilidad y paralizó el instante, para conectar la orden de él a su deseo. El deseo de ambos no se alimentaba de amor ni de una relación recíproca, sino que en aquel momento se alimentaba del presente. Elena ya no estaba perdida en la disyuntiva del fui o seré. En aquel momento era ahora, el pasado no contaba y el futuro no podía siquiera imaginarlo. En aquel momento le daba igual a quién traicionara o las consecuencias de todo aquello. Decidió no sentirse culpable.

Su cuerpo respondió independientemente de su mente. Su carne inerte debajo de él expresaba elocuentemente lo que ella no podía decir: que tenía necesidad de amor, de contacto. Su corazón, de momento, se abstuvo. Deseaba contacto, pero no responsabilidades.

Guillem se tumbó a su lado y le acarició desde la cadera hasta debajo del pecho, pasando por la cintura. Después llegó a los senos. Elena sintió cómo los pezones se le endurecían. Guillem le chupó suavemente el pezón izquierdo y deslizó la mano al pezón derecho.

—Tienes unas tetas preciosas—suspiró admirado.

Los pezones de Elena se endurecieron todavía más.

Le chupó suavemente un pezón, deslizó una mano al otro pecho, con el pulgar rodeó suavemente el otro pezón y finalmente lo pellizcó, muy dulcemente. Dolía, pero era un dolor agradable. Guillem cerró los labios alrededor. Después, comenzó a mordisquearlo, mientras con el pulgar y el índice tiraba fuerte del otro. Ahora dolía en serio. Elena empezó a gemir en una mezcla de dolor y placer. Entonces Guillem dejó de hacerlo, bajó la mano hasta el sexo de Elena y lentamente empezó a masajearle el botón. Elena sintió claramente cómo se le hinchaba. Guillem introdujo entonces el dedo en su vagina. Elena se sorprendió al darse cuenta de lo mojada que estaba. El sexo se le abrió como una flor, se hizo cascada, olvidó su tristeza, y no intentó detener las traviesas cabriolas de aquel dedo corazón. Entre las piernas sentía un río, entre los muslos el tiempo detenido. «Un gozo en el alma, grande, y un río de agua viva en mi ser», era una canción que solían cantar en misa y que de repente le vino a la cabeza y se le antojó muy pornográfica.

Entonces él se quitó los calzoncillos. Elena le echó un vistazo al pene, curiosa. Era grande, pero no más que el de Jaume. Le sorprendía que aún siguiera erecto. Y le complacía mucho, le hacía sentirse bella, deseada, viva.

Después él se inclinó sobre ella apoyando las manos a ambos lados de su cabeza, de modo que quedó suspendido por encima de ella. Le levantó las piernas y colocó cada una de ellas por encima de cada uno de sus hombros. Elena no sabía siquiera que eso pudiera hacerse. Desde luego, Jaume no había hecho algo así jamás.

Guillem la penetró, retrocedió con exquisita lentitud, volvió a penetrarla. Elena empezó a mover las caderas para adaptarse a él. Su carne había adquirido propiedades de imán. Le estrechaba el cuello con sus brazos morenos y torneados de nadadora y se adhería a él con una violenta viscosidad de molusco. Abrió calladamente sus cálidas compuertas a aquel animal tembloroso que fue a hundirse dentro de ella en un arrebato a la vez cómplice y adversario. Él aceleró el ritmo, le agarró la cabeza con las manos, la besó y tiró del labio inferior con los dientes. Pese a que Elena estaba excitadísima, le dio tiempo a pensar que probablemente los labios se le hincharan y que no habría manera después de explicar el porqué. Con suerte, su marido ni siquiera repararía en el detalle.

Mientras ella pensaba en aquello, Guillem la había agarrado del pelo a la altura de la nuca y la había recolocado a cuatro patas frente a él. Con Jaume nunca lo habían hecho así. De esa manera se notaba mucho más, era muchísimo más placentero. Él trazaba círculos con las caderas, retrocedía, se detenía y volvía a empezar. Ella entendió por primera vez el sentido de la expresión «estar caliente», porque sentía que le ardía por dentro. Se estremeció, tembló, estalló, perdió la conciencia de dónde estaba, y entonces recordó cómo se decía en francés: *petite morte*. La felicidad de morir y renacer.

Y Guillem ya no era una persona sino un resplandor, una impronta, una herramienta, una llave para la cárcel en la que había estado encerrada tanto tiempo, la cárcel que le había privado de conocer aquello, de vivir una vida que se había deslizado en silencio y que ahora pugnaba por salir y hacerse notar, por recuperar su cuerpo recién estremecido, recién descubierto.

A los treinta y muchos años, Elena había tenido un orgasmo por primera vez.

Al cabo de un rato él anunció que tenía que marcharse. Elena supuso que en casa le esperaban a cenar. Se vistió con tranquilidad. Le dijo a Elena que lo mejor era que bajaran cada uno por separado. A ella le pareció bien.

—Nos vamos a volver a ver. —Él no preguntaba, afirmaba.

—Claro, por supuesto.

—A solas, quiero decir.

—Sí, bueno…, sí.

—Pero si vamos a seguir juntos, tengo que saber algo. Te tengo que hacer una pregunta, Elena.

—Dime.

—Cuando me dijiste que no te acuestas con tu marido, ¿era verdad?

—Sí, ¿por qué te iba a mentir?

—Y ¿hay alguno más?

—No. Solo he estado con Jaume... y antes con un chico con el que estuve en Madrid. Pero no hicimos mucho, los dos éramos inexpertos.

—No hay nadie más, entonces.

—No, ya te he dicho que no.

—Muy bien, porque quiero que tengas muy claras dos cosas. La primera es que yo nunca voy a dejar a mi familia, por mucho que te quiera. No puedo hacerlo. ¿Te queda esto claro?

—Sí, claro, y yo no te lo he pedido.

—No me lo has pedido ahora. Pero tampoco podrás pedírmelo en el futuro. Nunca.

—Vale. ¿Cuál es la segunda?

—No puedes estar con nadie más que conmigo. No lo soportaría. No quiero que te toque nadie más. Y quiero que eso lo tengas muy claro.

—Y tú... ¿qué? ¿No te vas a acostar con tu mujer?

—Hace tiempo que ya no lo hago. ¿Sabes? A mi mujer no le gusta el sexo. Lo tolera, como mucho. Claramente no le gusta.

Y a tu marido, está claro, no le gustan las mujeres. Se deberían haber casado entre ellos.

—Y tú y yo nos debíamos haber casado entre nosotros.

—Quizá no. Creo que tú y yo nacimos para amantes, no para marido y mujer. Y si te lo digo precisamente es porque te amo.

Elena pensó que era una broma. Pero Guillem lo decía muy en serio. Ella se daría cuenta más tarde de que Guillem confundía amor con posesión.

Al principio, ella no estaba segura de querer convertirse en su amante. Se resistió. Cuando ella intentó alguna vez, presa de la culpa que la arrastraba, dejarle, él suplicaba y amenazaba. Cuanto más furioso se ponía él, cuanto más la insultaba, más se retraía y enmudecía Elena. Él insistía en que quería poseerla, en cuerpo y alma. Que tenía que sentirla suya porque solo eso le tranquilizaría sobre la sinceridad de su compromiso.

Cada vez que quedaban, él le quitaba el móvil para ver los mensajes. Se peleaba a menudo con Elena ante cualquier signo de independencia que ella demostrase. Si no se ponía la ropa o los zapatos que él le regalaba, si se dejaba suelto el pelo... Él insistía en que solo se soltara la melena en la cama (literal y metafóricamente), para él, y que en su vida diaria la llevara recogida, para que nadie más pudiera disfrutar de la contemplación del cabello libre de Elena. Ella acababa cediendo en todo.

Para Elena, dejarse caer a plomo en aquella relación tan agobiante, tan intrusiva, fue un acto temerario. Se zambulló sin calcular lo rápido que se ahogaría, lo duro que estaría el fondo cuando golpease contra él.

A partir de entonces ella empezó, lenta, inexorablemente, a paralizarse, a entregar su voluntad. Día a día, mes a mes, año a año, sentía que Guillem cada vez tomaba más de su vida y que cada vez le quedaba menos de ella misma. Él la llamaba todos los días, varias veces al día. Quería tenerla siempre controlada, saber dónde estaba. Guillem empezó a llenarlo todo. El tiempo de pensar, el de trabajar, el de arder, el tiempo de los días de herrumbre en los que no estaba con él. Esos días en los que ella esperaba, enredada en sus nervios, que las horas y una pastilla le regalaran el alivio del sueño, para volver a soñar con él. El tiempo de Elena, vacío de contenido sin Guillem, lo llenaba Guillem.

Lentamente, Elena empezó a retraerse de su familia, de sus amigas, de su vida, e incluso de la tienda. Contrató una dependienta para no tener que depender del horario comercial y estar siempre disponible para Guillem por si él encontraba un rato que compartir con ella. Elena no pensaba en nadie más. A veces, se sentía muy culpable, pero Guillem la tranquilizaba. «Hay reglas que se aplican a la mayoría de la gente, pero hay gente que está al margen de las reglas, y nosotros lo estamos —le decía Guillem—. Tienes que confiar en mí. Viniste a mí por algo, la vida te trajo a mí». Guillem estaba convencido de que Elena era suya por derecho natural, suya en la distancia y en persona, suya para hacer de ella lo que quisiera, y la convenció a su vez de que era así. Guillem era astuto, sabía exactamente con qué lazo de palabras anudarla. Conocía bien el carácter de Elena, su fragilidad, su dependencia. Inició una destrucción de todas sus barreras internas. Y así, sin Guillem, la vida de Elena no tenía carácter, propósito o satisfacción alguna, presa de un amor tan voraz que la consumía y la enajenaba.

Para poder mentir, para poder comer en casa de los Bosch sin que se notara que ella se acostaba con el padre de familia, para poder mirar a la cara a la mujer de Guillem, para poder incluso sonreírle, escucharla, se escindió en dos. Una era la Elena de pelo recogido y la otra la Elena de pelo suelto. Una era la amante de un hombre casado, la otra la esposa de un respetable concejal. Una era Elena, la otra era Julieta. Porque Julieta era el nombre que él le había buscado. «Porque nuestro amor es clandestino, porque va en contra de nuestras familias y nuestro entorno, porque florece en la sombra, como las violetas», le dijo él. Guillem tenía su número grabado en el móvil con el nombre de Julieta, porque su mujer a veces le miraba los mensajes. Le pidió a ella que si le escribía un mensaje o le enviaba un correo, firmara siempre como Julieta. Si su mujer descubría algo, al menos imaginaría a otra mujer, sudamericana probablemente, exótica y lejana, no a la rubita frágil que comía con ellos de vez en cuando y que los domingos de buen tiempo paseaba en su velero, a veces acompañada de su marido y a veces no.

Y así la Elena escindida pudo aguantar aquello, el tener que mentir constantemente, el hacerse pasar por quien no era, el no saber dónde empezaba Elena, dónde acababa Julieta. La mujer del concejal, la amante del constructor. La señora en el salón, la puta en la cama ajena. Cada día, cada mentira, suponía un paso más hacia toda la dicha y hacia ninguna. No estar nunca segura de nada. Afilar diariamente los cuchillos del engaño, jugarse el pulso en la aventura. Dejar que pasara el tiempo, el río de la vida, sin decidirse a arribar en una orilla u otra. Siguiendo los pasos de otros para ocultar los propios. Continuar avanzando pisando huellas, recogiendo sonriente las sobras de la vida conyugal de otra mujer. Sin orgullo y sin conciencia.

Con intuición casi profética, se le reveló la realidad: había llegado al fondo. Más bajo no podía llegarse. No tenía nada suyo. Vestía como Guillem quería, se peinaba como Guillem quería y había perdido hasta su nombre. Y si deseaba conservarlo debía hallar en ella misma la fuerza de obrar de tal manera que, detrás del nombre, algo suyo, algo de lo que había sido, permaneciera.

Y luego llegaron los celos. Sabía que Guillem no hacía el amor con su mujer, pero despertaba a su lado, vivía en su casa. Era su mujer la que compraba las camisas que ella a veces había desgarrado, las corbatas de Hermès con las que él más de una vez la ató a los postes de la cama. Era su mujer la que le había dado hijos, la que había decorado su casa, la que le cuidaba cuando estaba enfermo, la que cenaba con él en Nochebuena, la que le acompañaba a las fiestas.

Pero Elena recordaba su promesa. No podía pedirle que la dejara.

Y por eso volvió a mentir, una mentira más apilada sobre todo un edificio de mentiras. No es por mí, es por ti. Es por vosotros. No sois felices. Va a ser mejor para todos si la dejas.

Acabó confundiendo la realidad y el engaño hasta que ya no sabía quién era.

Elena era Elena. Elena era Julieta. Julieta era Elena. Julieta era Julieta. Ahora bien, la cuestión radica en que no es algo que sea precisamente lo que es. Ahí damos con el punto principal y a la vez el más controvertido. De hecho, tendemos a pensar que todo lo que es, es, y no nos es fácil admitir que algo pueda no ser lo que es. Elena se enfrentó a la experiencia de una pérdida de identidad radicalmente concebida. Pero no era una aniquilación. La que perdió su identidad seguía ahí, siendo, siendo sin nombre, pero siendo, aunque no siendo algo identificable. No encajaba consigo misma. No había desaparecido Elena, tampoco se había transformado en Julieta. Sentía que había perdido su identidad, algo sustancial a sí misma.

Quizá su identidad.

Quizá su humanidad.

Al principio de la relación, cuando aún Elena pensaba en volver a ser la que era, cuando aún pensaba que podía dejar a Guillem, que nunca sería Julieta, Elena tenía la esperanza de reingresar en el género humano.

Cuando fue pasando el tiempo se veía a sí misma como una cucaracha.

EL AMOR ESTÁ HECHO
DE CURIOSIDAD

Delgada es esta tarde de julio que decae con dulzura, con tanta dulzura condensada en una espectacular puesta de sol que ni David ni Alexia están alerta del paso de las horas ni saben cuánto tiempo llevan allí mirando al mar. Sentados uno junto al otro presienten ya en la tarde la noche que va a llegar tras la luz en calma, la noche que está desnudándose de los últimos jirones de luz, sensual y silenciosa.

—La verdad es que este sitio es precioso, con la vista al mar y todo… Muchas gracias por traerme.

—No las des. La heladería es mía.

—¿También te la llevaste en el divorcio?

—Exactamente.

—¿Tu marido era millonario?

DIOS NO TIENE TIEMPO LIBRE

—Y lo sigue siendo que yo sepa. Si a muchísimo le quitas la mitad de muchísimo el resultado sigue siendo muchísimo. Pero no te preocupes por él, que es felicísimo. Se ha vuelto a casar con una chica que casi tiene la edad de mi hija mayor, o sea, que tan feliz. En fin…, no le dediquemos a ese señor ni dos palabras más… Además, como decía mi padre, no hay como los poetas y las mujeres para tratar el dinero como se merece.

—Yo no soy poeta.

—Pues a mi prima le escribías unos poemas preciosos.

—De eso hace tiempo… No he vuelto a escribir poesía. Oye… ¿Me dejas probar tu capuchino? Me encanta la nata.

—Sí, claro.

Alexia, exquisita y correcta como siempre, se dispone a darle nata, pero está claro que no usará su propia cucharilla —eso sería de pésimo protocolo—, así que hace una seña al camarero para que le traiga otra. David se adelanta, mete el dedo en la nata, se lleva el dedo a la boca y la paladea despaciosamente. No es glotonería lo que transmite sino insinuación. Alexia le mira con ojos desmesurados pero sin que tiemble un

224

solo nervio de su largo cuerpo de impecable diosa.

—Y tú ¿no tienes... asuntos? ¿Amores? —pregunta él.

—No, quiero ser libre.

—¿Y para conseguir la libertad tienes que abstenerte del amor?

Él acerca su silla a la de ella.

—Es que yo no veo la libertad como un fin sino como un medio para desarrollar mis fuerzas. Es decir, no estoy sola para ser libre sino que para poder ser libre tengo que aprender primero a estar sola.

Sutilmente Alexia va apartando su silla.

—No sé si lo pillo.

—Que si no aprendo a estar sola entraré en las relaciones por necesidad y no por voluntad, y convertiré cualquier relación en una cárcel.

—Eres demasiado profunda.

—Vaya, creía que el artista y el intelectual eras tú.

—He de reconocer que te había infravalorado. Es lo que me suele pasar con las mujeres guapas: lo que son me distraen de lo que dicen.

—Eso es de Salinas.

—¡Pues sí que te había infravalorado! Al principio pensé que eras guapa, luego vi que eras lista, resulta que también eres culta…

—Perdona…, ¿debo entender tus afirmaciones como un intento de flirteo?

—Pues no exactamente, aunque… si tú quisieras… Vamos, a una mujer como tú no creo que las ofertas le falten.

—Es muy amable de tu parte, pero tampoco sobran. —Él le intenta tocar la mano. Ella la aparta, visiblemente incómoda—. Cambiando de tercio: he estado esta mañana con Elena y, por la manera en la que le brillaban los ojos al hablar de ti, diría que le gustas mucho…

—Hablando de Elena: la conoces mucho menos de lo que tú crees.

—Ah, ¿sí…?, ¿y qué te hace pensar eso?

—Bueno, tú me contaste esa historia de que solo había habido dos hombres en su vida, Jaume y yo… Y resulta que había habido un tercero.

Alexia abre desmesuradamente los ojos, y se queda blanca y rígida como si de pronto le hubiera alcanzado el disparo de una cerbatana.

—¿Tú te…, te refieres a Guillem?

—Ah, pero ¿tú lo sabes? Ella cree que no lo sabes.

Alexia, claramente nerviosa, se aparta de David y, al hacerlo, tira la taza de capuchino.

—Ay, no, por favor…, qué desastre… Y sobre la falda de Moschino.

David saca un pañuelo del bolsillo, lo moja en un vaso de agua que hay sobre la mesa y se dispone a limpiar la falda.

—Trae, que eso hay que limpiarlo mientras aún esté mojado.

Alexia pega un brinco de corza sobresaltada.

—¡No me toques!

—Mujer, tampoco hay que ponerse así.

—No…, es que…, bueno, puedes extender más la mancha. Déjalo así, déjalo así…, ya la llevo al tinte, no te preocupes. Es solo una falda. —Se vuelve a sentar muy digna, recuperada la fiera aunque ordenadas la compostura y la entereza cortés. Hace una seña al camarero—. Otro capuchino, por favor.

—¿No quieres que nos vayamos?

—No, qué va, no pasa nada. Ya te he dicho que es solo una falda. Será por faldas… Olvídalo. En cuanto a lo que decíamos antes…

—¿Lo del tal Guillem?

—Sí, lo de Guillem. Bueno, yo algo sospechaba pero…, pero hasta que tú no me lo has dicho no lo creía.

—¿Tú a él le conoces?

—Sí, sí le conozco, claro.

—¿Y era tan fantástico como ella dice?

—No, no lo era. Para nada. —Alexia se muestra grave, seria—. Es un tipo normal, del montón, barrigón… Es inteligente, creo. Pero yo, sinceramente, creo que sin dinero no sería nadie. Ya sabes, al perro con dinero le llaman Señor Perro.

—Pues tu prima parecía loca por él.

—¿Y eso te ha puesto celoso?

—No, yo no soy celoso.

—Pues entonces no has estado nunca enamorado.

—«Si los celos son señales del amor es como la calentura del hombre enfermo, que tenerla es señal de tener vida, pero vida enferma y mal dispuesta».

—Oh, olvidé que eras actor —dijo ventilando de nuevo su elegante y descreída ironía de mujer rica—, qué bien declamas...

—Cervantes.

—Así que no estás celoso. Entonces ¿por qué preguntas sobre Guillem?

—Curiosidad.

—Pues el amor, precisamente, está hecho de curiosidad.

—¿Tú crees?

—Sí. Por eso se explica que la convivencia mate el amor, porque satisface enteramente la curiosidad.

—Sí, pero hay diferentes clases de curiosidad. Una, la que viene del interés, y esa sería la curiosidad amorosa. Pero hay otra que viene del orgullo, y es la que está movida por el deseo de saber lo que otros ignoran.

—¿Y cuál es la que te mueve a ti?

—A mí me despierta curiosidad, por ejemplo, la relación que hay entre tu prima y tú: me despierta curiosidad el que tú estés tan, tan preocupada por su bienestar, hasta el punto de que hayas llegado a buscar a su primer novio y a contratarle. Y empiezo a sospechar que debajo de tu apariencia de mujer frívola y cosmopolita lo que hay es una bellísima persona.

—David…, ¿tú has querido a alguien en tu vida?

—Sí, claro, supongo que sí…

—Pues no lo parece.

La lealtad no se regala

Alexia camina —arrolladora y triunfante en su hermosura— por el pasillo del hospital, taconeando firme como si avanzara pisando cabezas. Trae un álbum bajo el brazo e irrumpe en la habitación en agitado torbellino, tal que un huracán que arrebatara al alto bosque las hojas marchitas.

—Hola, Elena.

—Hola, ¿cómo estás? ¿Qué traes ahí?

—Un álbum de fotos.

—Ah…, ¡es verdad! ¿Vamos a ver fotos? ¡Qué bien, qué idea más divertida! —Le arrebata el álbum con avidez de niña. Lo hojea—. Qué fuerte…, aquí solo hay fotos de nosotras dos. Tuyas y mías… —Sigue hojeando—. Sí, mira…, ¡toda nuestra vida!… Mira…, qué monas…

Alexia se sienta a su lado, en la cama.

—Mira, aquí, en la piscina de los abuelos, con aquellos bañadores con faldita…, ¿te acuerdas?

—¿Cómo no me voy a acordar? Y… ¿esta? ¿Esto cuándo era?

—Esta… A ver… Esta era una barbacoa que hicimos por mi cumpleaños, debíamos de tener… entre doce y quince.

—Ay, los pantalones de campana…, qué tremendos… Mira esta, mira esta, mira esta… ¡Mi puesta de largo!

—Con ese moño amerengado que te hicieron… Qué espanto.

—Esta es ideal, la de la playa… Y mira, qué mona esta, en tu boda… Qué guapa estabas…

—Pues sí…, estaba guapísima. Quién iba a decir que la cosa iba a acabar así.

—Ya… Pero bueno, fue lo mejor, que acabara.

—¿Tú crees?

—Sí, Alexia, estoy convencida, fue lo mejor. Te casaste con el hijo del mejor amigo de tu padre, más por complacer a tus padres que porque estuvieras enamorada. Y él… pues más o menos lo mismo…

No os gustabais, no había química entre vosotros...

—¿Tan segura estás?

—Sí, segurísima. Si estaba clarísimo.
Estabais juntos por guardar las apariencias.
Y por... un cóctel. Educación católica, inseguridad, baja autoestima, miedo a la libertad...

—Y tú, Elenita... ¿cómo lo sabías?
¿Por qué lo tienes tan claro?

—Bueno... Era evidente...

—Evidentísimo, claro...

Alexia, violenta, desatada, en un estallido de borrasca como un huracán recién
parido, que parte ramas, abate firmes árboles y establece su imperio a soplidos, le arrebata el álbum de las manos y lo estampa
contra la pared.

—Pero..., Alexia, ¿qué haces? ¿Qué
mosca te ha picado? ¿Qué te pasa?

—¿Que qué me pasa? ¿Quieres que te
diga lo que me pasa? Que estoy enfadada.
Más aún: indignada, que es la palabra de
moda. Aún te digo más: cabreada, y eso que
nunca uso tacos. Pero los voy a usar, mira tú
por dónde: estoy que me salen chispas por
el mismo coño, mira lo que te digo.

Elena está herida y asombrada por todo lo que un golpe precipita.

—Pero, Alexia, ¿qué te ha dado de pronto? ¿Qué te pasa?

—Que acabo de descubrir que mi marido me era infiel.

—Eso ya lo sabías.

—Que acabo de descubrir que mi marido me era infiel… con mi prima.

—Vaya, eso no lo sabías.

—Pero lo sospechaba. Lo sospeché siempre pero me decía a mí misma: «Qué va, imposible, fantasías tuyas… ¿Cómo va a estar Guillem con Elenita? ¿Con Elenita la dulce, con Elenita la santa, la que nunca ha roto un plato en su vida?». Y me decía a mí misma: «No, no, qué va, con ella no. Qué malpensada eres, Alexia». Hay que ser mema…

—Te lo ha contado David, ¿no?

—Claro.

—Menudo cabrón.

—No, el cabrón no es él. La hija de puta y la mentirosa eres tú.

—Hija de puta no. Puta en todo caso. Deja a mi madre, que es tu tía, fuera de esto, gracias.

—No tengo por qué sacar la cara por ese miserable, pero no le ha hecho falta contármelo. Yo lo sospechaba, pero nunca quise creerlo, y cuando él me ha contado que tuviste un amante, solo he tenido que decir que ya lo sabía y que él se llamaba Guillem. Y ahí se ha retratado.

—Sí, fui idiota por no cambiar el nombre cuando le conté la historia.

—No, no eres idiota. Querías que me enterara. Te remordía la conciencia y no querías irte con eso al otro barrio. Eres igual que tu exmarido cuando pagaba a los chaperos con la tarjeta del Ayuntamiento. El sentimiento de culpa católica, la necesidad de absolución y confesión te traiciona. Y ¿qué quieres que te diga yo ahora? ¿Ego te absolvo, Elenita? ¿No te preocupes, puedes morir tranquila? Pues no, no esperes mis perdones.

—Pues mira, Alexia, no, no me siento culpable. ¿Tú has visto lo bien que estás ahora, lo guapa, lo contenta que estás ahora? Pues cuando estabas con él estabas gorda como una vaca, te vestías como una ursulina y llevabas siempre cara de entierro en un día lluvioso. Fue divorciarte y adelgazar veinte kilos, plantarte en Madrid, ponerte botox y ácido hialurónico y… feliz como una perdiz, oye. Y pudiendo hacer lo que te da la gana.

—¡Serás cínica!

—Alexia, la cínica eres tú. Tú nunca le quisiste. Lo sabré yo… Y él a ti tampoco…

—Pues te creerás que a ti te quería mucho. Pero no. No, querida, no. No viviste ese gran amor que tú crees, qué va. No eras su única amante, para que lo sepas. Yo sabía que él tenía otras mujeres. No otra mujer…, no. Otras mujeres, en plural. Esas cosas se saben. Cuando dormía le miraba el móvil y veía los mensajes. Elena, no eras la única… Y no se ha casado contigo, se ha casado con Miss Palma.

—¿Cómo sabes que yo no era la única?

—Mi marido tenía el ordenador en casa y él no sabía que yo conocía la clave de su correo electrónico. La averigüé enseguida.

—¿Averiguaste la clave? ¿Cuál era? ¿La fecha de su nacimiento? ¿El nombre de vuestros hijos?

—Seguro que tú también intentaste averiguarla…, ¿a que sí?

—Sí, te lo confieso. Sí.

—De forma que tú también sospechabas que había otras.

—Sí.

—La clave era Rocco241997. Ya sabes tú mejor que nadie que adora al perro. Ni tú ni yo ni Miss Palma. Su gran amor es Rocco.

—Vaya, qué sentimental. Rocco nació el dos de marzo de 1997, ¿no?

—No, es la fecha en la que llegó a casa.

—Mira que probé el nombre del perro, pero ni imaginé lo de la fecha.

—¿Ves…? No estabas casada con él. Yo sí. Por si no te habías dado cuenta. Pues sí, se había abierto una cuenta solo para charlar con sus amantes. Igual que hiciste tú, Elena. ¿O debo llamarte Julieta1967? Porque Julieta eras tú, ¿verdad?

—Sí, era yo.

—He de reconocer que tus mails eran preciosos. Unos mails tan bonitos… —Con ironía amarga de mujer traicionada—. Muy razonados, muy bien escritos. De entre todas, tengo que decirte que Julieta era la única que escribía bien. Las demás solo mandaban fotos. Fotos muy explícitas, por cierto. Las de Miss Palma eran particularmente explícitas. Pero Julieta, claro, era otra cosa. Julieta era tan comprensiva... Le intentaba explicar por qué debía separarse. Ella le veía a él fatal, deprimido, y a mí también. Yo por entonces estaba en terapia, y muy medicada..., como tú sabes bien. Una noche en la que Guillem no estaba, porque se suponía que se había ido de viaje de negocios, la pasé leyendo todas las cartas de Julieta, una detrás de otra, y me di cuenta de que la tal Julieta tenía razón, de que yo tenía que vivir mi propia vida, atreverme a desafiar la opinión de mis padres y de mi entorno. Crecer. Ser adulta. Me di cuenta de que para ser feliz tenía que salir de ese matrimonio desgraciado que se había convertido en una cárcel. Porque yo era una madre de cuatro hijos pero seguía siendo una niña que no había tomado jamás una decisión propia...

—¿Y de todo esto te diste cuenta leyendo las cartas de Julieta? O sea..., mis cartas.

—Bueno, la psicoterapia ayudó también, no creas...

—¿Ves como te hice un favor?

—Mira, Elena, cuando leía las cartas en muchos momentos sospeché que la tal Julieta pudieses ser tú. Me conocías demasiado bien, tan bien como solo podía conocerme mi prima, mi mejor amiga desde la infancia... Pero no, me repetía, no puede ser ella...

—Alexia, yo no te robé al marido. Él y tú no teníais nada. Surgió, sin más. Pero tú misma dices que te era infiel.

—Una cosa es que me sea infiel con cuatro pelanduscas y otra que tenga una historia larga con mi prima. Lo de las otras eran unos polvos..., lo tuyo...

—Lo mío iba en serio.

—No, iba a decir que lo de las otras era unos polvos y lo tuyo una traición rastrera.

—Una traición tan rastrera como la de falsificar una carta para hacerme creer que mi novio me había dejado por otra. ¿O te crees que nunca lo supe?

—¿Qué? ¿Cómo? ¿Cuándo te enteraste?

—Mira, Alexia. Cuando recibí la carta me creí lo que ponía. Como tú bien sabes, me pasé un mes llorando. Y no volví a contactar con David... durante un tiempo. Pero más tarde, dos meses antes de casarme con Jaume, me asaltaron las dudas. Ya entonces, por muy pava que fuera yo y muy poco que supiera de la vida, notaba que Jaume..., bueno, tú sabes. No llegué a pensar que era homosexual, porque entonces no me atrevía siquiera a pensar algo así, pero no estaba segura. Y entonces escribí otra carta a David. La última. Y tres semanas después me llegó la respuesta. Él no me había escrito carta alguna ni había recibido mi última carta. Solo había recibido una carta en la que yo decía que le dejaba, la carta que mi padre me obligó a escribir. Porque tú nunca enviaste la otra carta, la segunda, la que yo te pedí que echaras al correo...

—No, no la envié.

—Y tú le contaste al padre Alemany que yo tenía un novio en Madrid y tú sabías que mi padre había falsificado una carta de David... Me lo contó mi madre. La puse entre la espada y la pared y acabó por contarme la historia entera.

—Vale... ¿Y? ¿Ahora va a resultar que te acostabas con mi marido porque te querías vengar de una estupidez que hice con dieciséis años? ¿Que querías que perdiera a mi marido porque por mi culpa tú perdiste a tu primer novio?

—No, me acosté con tu marido porque me enamoré de él, pero nunca sentí que te debiera una lealtad que tú no me habías demostrado.

—Cuando colaboré en el montaje de tus padres era casi una niña y era muy ingenua, creía que te ibas a condenar... No es lo mismo.

—¿Ingenua? ¿Ingenua tú? Anda ya... Mi prima, que me enseñó a mí a dar besos con lengua... ¿Ingenua? No mientas. Me delataste porque estabas celosa. No querías que tuviera novio.

—No estaba celosa. Yo podía tener más novios que tú si quería. Siempre he sido la más guapa de las dos.

—Y la más humilde... Pero he dicho celosa, no envidiosa. No he dicho que tuvieras envidia porque yo tuviera un novio guapo. He dicho que tenías celos, que es muy distinto.

—¿Estás sugiriendo lo que yo creo que estás sugiriendo?

—Tú sabrás... Yo no sé si era muy normal lo de insistir tanto en besar a tu prima «solo para que luego sepas cómo hacerlo cuando un chico te lo pida».

—Aquello eran tonterías de adolescentes. Todas las chicas lo hacían en el colegio.

—Ah, ¿sí? Pensaba que habíamos ido al colegio Nuestra Señora de la Esperanza, no a Nuestra Señora del Sagrado Bollo.

—¡Elena! No te consiento que me hables así.

—Oh… Resulta que tú me puedes consentir o no lo que yo haga. Pues resulta que me la repampinfla tu consentimiento, porque me queda muy poca vida y evidentemente lo que me digas tú o no me digas no va a cambiar ya mucho las cosas. Admítelo de una vez: estabas enamorada de mí. Si no, ¿a qué viene hacer un álbum con fotos de las dos?

—No es eso. Te admiraba, te quería, te quiero. Te quiero incluso si eres una puta y te acostabas con mi marido. Te quiero porque eres mi prima y porque hemos crecido juntas. Pero yo no soy lesbiana.

—Muy heterosexual tampoco eres, según contaba Guillem. Tuviste menos sexo con él que yo con Jaume. Pero, claro, tú tuviste la inmensa suerte de quedarte embarazada…

—¿Y Guillem qué narices podía saber? Por supuesto que no me gustaba hacer el amor con él, pero eso era porque él no me gustaba, no porque no me gusten los hombres.

—Pues si te gustan los hombres explícame por qué no se te ha vuelto a ver con ninguno desde que te divorciaste.

—A ti no te tengo por qué dar explicaciones. Mira, Elena, te voy a perdonar las tonterías que estás diciendo por una razón muy simple: porque estás enferma. Porque te pasas el día ahí, en la cama, sola, y tienes demasiado tiempo para pensar.

—O sea, que como te doy pena no vas a pelearte conmigo. Muy buena excusa, la pena: «No argumento con mi prima porque la pobre me da pena» es siempre mejor que decir «No argumento con mi prima porque puede que tenga razón». Mira, Alexia, desconfío de tu compasión y de tu caridad. Se habla siempre de caridad allí donde no hay justicia.

—No me vengas con sermones morales. No estás en condiciones de dármelos... Tú..., tú... —se aturulla—. ¡Adúltera!

—Oh, por favor, Dios mío, santa Alexia bendita que en el cielo está escrita se permite insultarme.

—Mira, bonita: me voy porque no te aguanto. No hay quien te aguante. Nadie te aguanta. Y el único que te aguanta lo hace... ¡porque le pagan por hacerlo!

Alexia recoge su bolso y se marcha dando un portazo. Tras ella queda Elena en la habitación aséptica. Pero la amargura de Alexia se ha quedado allí, como un efluvio, como un vaho denso que fuera infiltrándose en hilos penetrantes por la habitación fría; y deja un poso angustioso e incierto que envenena todo lo que fue entre ellas. La campana de la catedral, muy oportuna, resuena para las doce con son fúnebre y Elena piensa que pronto estará lejos de la vida, libre del deseo, lejos de las envidias y las mezquindades.

Blanco sobre blanco

A Alexia todo le había salido bien en la vida. Las mejores notas en el colegio. Premio Extraordinario de Piano en el Conservatorio. Una amazona excelente a la que sus padres le compraron incluso un caballo propio. Después, estudió tres años en Suiza, en una escuela de comercio de Lausana. Cuando regresó a Mallorca, todo el mundo esperaba que se casara. Y se casó. Con una boda por todo lo alto, con un chico estupendo. No demasiado guapo, puede, pero de buena familia, educado, que había sacado la carrera con las mejores notas de su promoción. Todo parecía ir bien, encauzado.

Se quedó encinta prácticamente en la noche de bodas. No era algo que hubiera planeado. Ella quería trabajar en uno de los hoteles de su padre, soñaba incluso con dirigir uno. Hablaba tres idiomas, se había formado en Suiza. Pero sufrió un embarazo de riesgo y estuvo obligada a pasar en cama prácticamente los últimos tres meses de gestación. Para colmo, Cati nació prematura y con una salud especialmente delicada. Y por supuesto podría haber dejado a la criatura al cuidado de chicas o enfermeras, tenían dinero de sobra para eso, pero la presión social se impuso. A sus padres, a sus suegros, no les parecía bien que ella saliera a trabajar mientras Cati fuera pequeña. Una niña enferma, además. Y después llegó el segundo niño. Y después el tercero, y el cuarto. No recuerda cuándo aparcó el sueño de ser directora de hotel y acabó quedándose en esposa y madre. Pero fue así.

Cuando ya era madre de cuatro hijos, tuvo que aceptar que las cosas no habían salido como había planeado.

Al principio Guillem la llamaba «ángel», «cariño», «amor mío» y empezaba con un apelativo cariñoso prácticamente cada frase dirigida a Alexia. Pero poco a poco los ecos de las campanas de boda se fueron desvaneciendo y la verdad se impuso. Él se mostraba a menudo tenso sin motivo, miraba con frecuencia el reloj y el móvil cuando estaba con ella, rehuía o evitaba las relaciones íntimas, ya no se enfrascaba en largas conversaciones con ella cuando los niños se habían acostado, tenía que hacer horas extras, salía de viaje demasiado a menudo, las reuniones se alargaban y en ellas Guillem tenía que dejar el teléfono desconectado. De pronto, Alexia descubrió que los domingos su marido se levantaba temprano para salir con los perros, cosa que nunca había hecho hasta entonces. Los perros siempre los sacaba ella o el servicio. Y también reparó en detalles como que Guillem prestaba una atención excesiva a su aspecto físico (y sin embargo cuando eran novios era Alexia la que le tenía que decir que se cuidara más), que le interesaban nimiedades como que el color de las corbatas armonizara con la raya de la camisa, que recibía SMS a todas horas y que los eliminaba de forma inmediata…

Era evidente que él era infiel.

Pero a ella no le interesaba conocer los pormenores, saber el cómo, el dónde, el con quién. Sabía que él no pensaba dejarla, eso lo tenía clarísimo. Suponía que había otras, pero tenía la firme intuición de que entre esas otras no había una otra especial.

A Alexia le habían enseñado a ser delicada. Delicada, pero indiferente; atenta y cordial, pero distante; acogedora y comprensiva, pero impertérrita. «Fina y delicada» era la expresión que solían utilizar en su entorno para referirse a una mujer de bien, una mujer entera. Fina y delicada para captar y vivir al pie de la letra todo aquello que indicaban, que pedían, que inculcaban sus directores espirituales, como portavoces del Padre. Pero a la vez insensible y capaz de aguantar y de pasar por encima de según qué sentimientos y convenciones. Ser delicada implicaba no montar escenas, no gritar, no quejarse, no reclamar en exceso. A una mujer delicada le duele que le sea infiel su marido. Le duele, pero eso no le basta para romper un matrimonio.

Sí, Alexia sabía que probablemente Guillem estaba con otras. Eso no hacía sino confirmar que su relación se había ido deteriorando desde hacía tiempo, quizá sin una conciencia clara por parte de Alexia, o de él, o de ambos. En realidad, si él estaba con otras, si había dejado de acostarse con ella, eso no era más que otro eslabón en una cadena de eventos, circunstancias y coincidencias: se habían casado demasiado pronto, sin conocerse mucho el uno al otro, siendo ella virgen. No habían pasado verdadero tiempo de calidad hasta la luna de miel. Hasta entonces ni siquiera habían dormido juntos jamás, y por supuesto no habían viajado juntos nunca. Su relación había estado siempre supervisada por otros: sus padres, la Obra, sus amigos.

Empezaron a salir juntos cuando ella regresó de Suiza. Y durante los tres años que transcurrieron desde que él se declaró hasta la boda se vieron prácticamente todos los días. Pero nunca durmieron juntos. Ella se quería casar virgen y él quería casarse con una virgen. Se suponía que los hombres tenían necesidades y que si él quería satisfacerlas ya buscaría la manera de hacerlo con otra mujer. Eso no se afirmaba nunca de forma explícita pero sí era una idea que corría en el aire. Su confesor, su padre espiritual, el mismo que le había sonsacado la verdad de la historia de Elena y David, le había dicho a Alexia textualmente en incontables ocasiones que «los hombres son débiles ante las tentaciones de la carne». Pero eso no se aplicaba a las mujeres. El mismo confesor le prohibió viajar con su novio porque, según él, a veces resultaba difícil estar «con la otra persona como si fuera un hermano» (la frase era textual, el confesor la repetía tantas veces que Alexia se la sabía de memoria) y porque «con la cercanía se van deseando más muestras físicas de cariño» (la frase también era textual).

Y de esa forma Alexia aprendió que las muestras físicas de cariño eran algo malo en sí mismo.

La Alexia madre de cuatro hijos no se parecía mucho a la Alexia de dieciséis años y había dejado de creer en muchas cosas. Aun así, decidió contarle sus dudas sobre su situación a un confesor. Cierto que no al mismo al que le había referido la historia de las cartas de su prima. Porque aquel ya había fallecido. A uno más joven, que Alexia creyó que sería más comprensivo.

El confesor le dijo que la fidelidad es un compromiso y que en el caso del matrimonio, máxime si es católico, ese compromiso es definitivo e irreversible y que por ello Alexia debía reflexionar sobre el significado de la palabra. Compromiso. En lo bueno y en lo malo, en la salud y en la enfermedad.

«Tu marido —le dijo el confesor— está enfermo, moralmente hablando, tú me entiendes. Y ahora tu marido está en un mal momento, porque peca, porque se ha apartado de Dios. Y puesto que tú has jurado ante el altar que estarías junto a él en lo bueno y en lo malo, en la salud y en la enfermedad, tú debes seguir a su lado. Él ha roto su compromiso y está pecando. Eso no te legitima a ti para que tú rompas el tuyo. Alexia —prosiguió el sacerdote, muy serio—, Alexia, tal vez nunca pensamos que nos ocurrirá aquello que no planeamos y que sea adverso, pero lo cierto es que al ser libres, somos imprevisibles. Y, por tanto, lo que le ha ocurrido a él te podría haber ocurrido a ti y el engañado ser él. Por esto, por nuestras miserias, el matrimonio, además del contrato natural y civil, goza de la ayuda del sacramento, del orden de la gracia, para que Dios nos ayude en nuestra debilidad, pues solos es muy difícil salir airosos de las dificultades. No hay recetas para el misterio del dolor y el mal en el mundo, Alexia, así que no te olvides del poder curativo de la oración, que no solo da paz al alma, sino consejo y luz en la desorientación, pues Dios mismo deja notar su Misericordia a sus hijos que confían en las pruebas, como en tu caso... Lo primero —continuó el confesor— es encomendarte a Dios y rezar por que tu marido cambie de conducta. Pide con fe a Dios ese milagro. La oración es omnipotente, y estás en uno de esos momentos, tan duros en la vida, en los que también tu fe está siendo probada. Reza y no desconfíes de Dios, que es tu padre y que ha respetado la decisión de tu marido de usar tan mal su libertad. Ante Dios, él es tu marido y tú su mujer para siempre».

Igual que para disfrutar de una obra de teatro o de cine hay que suspender por un rato la incredulidad y creer que lo que sucede en la pantalla o en el escenario es cierto, en el amor también hay que suspenderla. La obra de teatro, la película de cine, en algún momento se terminan. Y en algún momento hay que entender que el «puedes pedirme lo que quieras» o el «daría la vida por ti» no son más que metáforas, que existe un punto en el que uno no puede pedirle al otro lo que quiera porque el otro no tiene tanto para dar. Y aunque el confesor no se lo había dicho así, eso fue lo que Alexia entendió. Que había llegado una desilusión necesaria, una desilusión que le imponía el trabajo de aceptar a Guillem con sus defectos, de ayudarle a cambiar, de incluso ayudarse a cambiar ella misma.

Pero era duro entenderlo así, porque Alexia era una perfeccionista y la tremenda sensación de inseguridad de Alexia exigía que su matrimonio fuera perfecto. Para sentirse ella más tranquila hubiera querido que Guillem cumpliera aquella promesa de amarla y respetarla. En cierto modo, siempre había sentido que ella en realidad no se merecía a Guillem, y cuando él eligió a otras mujeres no hizo sino confirmar sus temores más profundos.

Sus esperanzas frustradas fueron degenerando en una ira decepcionante. Era intolerante con los errores y debilidades, no sabía reírse de ellos, no podía aceptarse a sí misma como un ser sometido al ensayo-error. Su perfeccionismo la tenía inmovilizada y la propia forma de negarlo era un síntoma de la enfermedad. Ella no podía admitir que toda la vida había vivido con expectativas y esperanzas muy poco realistas porque eso la desenmascararía. Es decir, porque probaría que Alexia era una persona poco sensata y que por tanto no era la Alexia fina y delicada que ella quería ser, sino una ilusa infantil. Alexia creía que su valor se medía por sus resultados y que cada error le restaba valor personal. Y su valor personal se había perdido, creía ella, desde el momento en que su marido no le hacía ningún caso.

Pero la infidelidad de su marido no fue causa de nada, sino un síntoma. A partir de que Alexia se dio cuenta de que su marido le era infiel se percató de que en su relación iba a haber una escisión constante.

Desde entonces habría dos tipos de relaciones sexuales: las de dentro de la pareja y las de fuera. Dos tipos de vínculo: el sexual y el familiar. Dos tipos de promesas: las que se hacen en la cama y las que se hacen en el altar. Dos caras: las que se tienen ante la sociedad y las que uno ve en el espejo.

Pero lo cierto es que desde el inicio mismo del noviazgo todo había funcionado así, dividido en dos.

Ya desde el noviazgo, Guillem vivió dos vidas. La vida que tenía con ella y la que tenía sin ella, esa vida que ella no conocía, esos viajes que hacía sin ella porque su confesor le había prohibido a Alexia que viajaran juntos. En realidad, el Guillem casado no había hecho sino seguir con la rutina que habían establecido desde antes del matrimonio.

Había una vida con Alexia y una vida sin Alexia, había una distancia entre los dos, física y emocional.

Así que Alexia no dijo nada. No hizo preguntas, no pidió explicaciones, no habló de sus sospechas. Esas sospechas que eran casi certezas.

Al principio, rezó. Se encomendó a Dios. Esperó que las cosas cambiaran. Pero no cambiaban. Entonces se resignó. ¿Se resignó? No. No fue una simple *resignación*: esa palabra no le parecía del todo cristiana. Prefería pensar en una aceptación. La aceptación rendida y gozosa de la Voluntad de Dios que le traería necesariamente la paz. Si Dios había querido que las cosas fueran así, por algo sería. Así, Alexia volvía a ser una mujer perfecta. Así, volvía a ser valiosa. Así, volvía a ponerse por encima de los demás.

Y es que Alexia no era tan humilde como para resignarse.

Alexia quería ponerse a otro nivel, al nivel de los elegidos. Prefería considerar la infidelidad de su marido como una prueba que le enviaba Dios. Y si superaba esa prueba heroica, triunfantemente, volvía a ponerse al nivel de la niña que fue Premio Extraordinario en el Conservatorio y que sacaba sobresaliente en todo, no al de una simple cornuda.

El orgullo la movía, una vez más.

Pero esta etapa no duró mucho porque alguien se le cruzó en el camino.

Alexia llevaba a sus hijos al colegio cada mañana. Después, se iba a tomar un café, sola, en *su* heladería, la heladería propiedad de su marido. Y suya también, pues por algo se habían casado en gananciales. Le gustaba ir sola, aunque sabía que muchas madres la miraban mal por eso. Porque entre las madres que no trabajaban (la gran mayoría) existía un ritual de ir a tomar café en grupos tras dejar a los niños en el colegio. No pertenecer a uno de los grupos era un problema. Había que formar parte del grupo. Porque los niños iban a las mismas actividades extraescolares, al mismo club, y convenía ser amigas las unas de las otras, para llevarlo todo bien organizado. Pero a Alexia las otras madres le aburrían, no podía evitarlo.

Y una mañana, en la heladería, entró aquel hombre alto. Era imposible no fijarse en él. Llevaba años fijándose en él. Porque aquel hombre alto era el único hombre —hombre solo— que llevaba y recogía a sus hijas en el colegio, el mismo colegio al que también acudían las hijas de Alexia. Solo por ese detalle habría sido imposible no advertirle. Pero es que además era un hombre muy guapo. Y en aquel momento, mientras Alexia se preguntaba qué demonios hacía aquel hombre en *su* heladería, se dio cuenta de que le había clavado la mirada, y él le respondió con una sonrisa. Y se acercó a su mesa.

—Hola, perdone…, yo a usted la conozco, ¿verdad? Usted lleva a sus hijas al colegio Aixa…

—Sí…

—Yo también, la he visto a usted a menudo. ¿Me puedo sentar con usted?

A Alexia no le dio siquiera tiempo a pensar en una razón para responderle con una negativa, aunque entendía que no estaría bien que se pusiese a charlar con un desconocido así como así. No era de persona fina y delicada. Sin embargo, era imposible resistirse a aquel desconocido y a su conversación. Él le estaba contando que su mujer trabajaba («¿Su mujer trabajaba? Qué raro en aquel ambiente», se dijo Alexia) y que por eso era él el encargado de llevar a las niñas al colegio. Dirige un hotel, le dijo él, y la envidia le encendió a Alexia por dentro. Odiaba a aquella mujer desconocida que había cumplido el sueño que a Alexia se le había escapado y que tenía un marido tan guapo y tan atento.

—Dirige el hotel Son Serra —explicó él—. Tengo entendido que es propiedad de su marido, el de usted.

—Sí, somos accionistas —respondió Alexia, puntualizando el «somos».

—Pues ella trabaja en el hotel y yo pinto —prosiguió él—. ¿Quiere usted ver mis cuadros? Están expuestos ahora mismo en una galería, aquí cerca.

Y antes de que Alexia pudiera darse cuenta de cómo o cuándo había dicho sí, estaba allí, en la galería, contemplando las obras. Alexia conocía la galería. Era una de las más reputadas de Palma y a cada *vernissage* de inauguración acudía lo más granado de la sociedad de la isla. De hecho, ella había estado allí numerosas veces, con su marido. La galería tenía fama de conservadora. No exhibía arte de vanguardia. Solo el tipo de arte decorativo que las buenas familias de Mallorca y los extranjeros con dinero querrían colgar en los salones de sus casas frente al mar.

Alexia no podía decir si aquellos lienzos eran buenos o malos. Eran «bonitos». Es decir, eran ornamentales, agradables a la vista, bien hechos. Pero no le sugerían nada. La mayoría eran paisajes de Mallorca. Islas, llanuras, montañas. La Tramuntana, el Cap de Mar, Formentor, Valldemosa. Muy bien pintados, sí, pero Alexia pensó para sí que no tenía mucho sentido pintar paisajes con tanto realismo existiendo la fotografía. Se cuidó mucho de decírselo a aquel hombre.

Entonces su mirada se detuvo en uno que era un poco diferente del resto. Se trataba también de un paisaje, pero había una particularidad. En él se veía a una niña en la playa, jugando con una muñeca, en la puesta de sol. Recordaba vagamente a un cuadro de Sorolla. Alexia pensó que en breve iba a ser el cumpleaños de Elena y que a Elena, una mujer que lo tenía todo, era difícil regalarle algo. No se le podía regalar ropa porque tenía una tienda. No se le podía regalar joyas porque su marido ya le había regalado muchas, y además casi nunca se las ponía. Pero Elena, que tenía una casa increíble, una verdadera mansión, apenas tenía cuadros en casa. Elena estaba orgullosa de haber decorado ella misma la casa, sin ayuda de ningún profesional, y no había colgado obras en la pared no porque no le gustaran, sino porque no entendía mucho de arte. Pero ese lienzo quedaría perfecto en el salón de la casa de Elena. Alexia se había dicho muchas veces que a aquel salón le faltaba algo, que era sobrio en exceso.

—Me gustaría comprar este.

—¿Este? Esta niña es mi hija pequeña, ¿sabes? Le tengo mucho cariño a esta obra. Pero te tengo que decir algo... —Y aquí el hombre alto pasó de pronto al tuteo y se acercó a susurrarle al oído, permitiendo a Alexia aspirar su perfume amaderado, en un gesto de intimidad que hizo que a Alexia se le disparara el corazón—. El galerista se lleva el cincuenta por ciento del precio de la obra. Si quieres conseguir el cuadro a la mitad de precio, puedes comprarlo en mi estudio. No este exactamente, pero uno casi idéntico. Hay una serie de cuadros dedicados a mi hija, y no pudimos exponerlos todos. Ven al atelier y te lo enseño.

La cabeza de Alexia se puso a calibrar a toda velocidad. Podía ser que la proposición fuera inocente y que aquel hombre simplemente le estuviera ofreciendo un trato mejor. O podía ser una excusa para estar con ella a solas en un entorno íntimo. Pero ¿y qué? ¿Qué tenía ella que perder yendo a su estudio? Evidentemente, no podía violarla.

—Está bien —le respondió Alexia—. Vamos cuando quieras.

—¿Ahora mismo?

—Bueno... Si quieres...

—Está fuera de Palma, a una media hora. ¿Tienes que volver a comer o algo?

—No, no me espera nadie.

—Entonces, me encantaría enseñarte mi obra.

Aunque él propuso que fueran en su coche, ella insistió en ir en el suyo. Así sería imposible que él la retuviera contra su voluntad. En menos de media hora, tal y como él había prometido, llegaron al estudio, que estaba en una nave industrial a las afueras de la ciudad. Era grande, cálido y estaba bañado con luz norte a través de una ventana alta, de forma que la luz directa del sol no incidía sobre las pinturas. Se encontraba claramente separado en dos ambientes. Uno que correspondía al lugar de trabajo y otro en el que se almacenaban los cuadros. Hacía frío, había una estufa portátil, apagada. Olía a química: a disolvente, a trementina, a óleo, a alcohol. Las paredes estaban pintadas de blanco y el suelo se veía sucio, con restos de pintura y barniz. El artista la acompañó hacia la parte del fondo, en la que se amontonaban los lienzos unos sobre otros. Extrajo tres que se parecían mucho al cuadro que ella había contemplado en la galería.

—¿Qué te parecen? —preguntó él.

—Me encantan, pero en realidad no es a mí a quien le tienen que gustar. Quiero regalar uno y creo que le va a encantar…

—¿Se lo vas a regalar a un hombre?

—No, a una mujer. A mi prima. Pero... ¿importa mucho eso?

—No, lo preguntaba porque... Sí, creo que es un cuadro muy femenino.

—¿Femenino?

—Quiero decir que es luminoso, dulce, optimista... Sí, creo que le gustaría a una mujer.

En ese momento Alexia se fijó en un cuadro que estaba en la esquina del estudio, recostado contra la pared. Era un lienzo blanco. De hecho, lo sorprendente fue que cuando Alexia se fijó en el lienzo, cayó en la cuenta de que tenía muchos tonos de blanco. Y le hizo pensar en que hasta entonces ella hubiera dicho que solo existía un color blanco. Pero existen muchos matices en un solo color. Se acercó al lienzo y se percató entonces de que era parte de una serie, que el lienzo estaba amontonado sobre otros muy parecidos.

—¿Puedo ver esta serie? —le preguntó a él.

—Sí, claro.

Él colocó todos los cuadros ordenados apoyados contra una pared.

—Me recuerdan a..., ¿cómo se llamaba? ¿Malevich? El cuadro aquel... *Blanco
sobre blanco.*

—¿Conoces a Malevich?

—¿Por qué no le iba a conocer?

—Pues... Por nada. Claro, por qué no
le ibas a conocer...

Alexia leía mucho y era una mujer muy
culta, que iba a exposiciones a menudo y que
había recorrido los museos de casi todas las
capitales de Europa, pero probablemente aquel
hombre la prejuzgaba por la simple razón de
que no trabajaba y llevaba a sus hijos a un colegio de educación segregada. Solía suceder.

—¿Por qué no estaba esta serie en la exposición?

—Esa galería no trabaja abstracto, y
además estos cuadros no se venden, y los paisajes sí...

—Pues es una pena, porque este cuadro
me gusta mucho más. Pero me parece que a
mi prima le gustará más el lienzo de la serie.
¿Cuánto cuesta?

—Mujer, te lo regalo.

—De ninguna manera. No puedo aceptarlo. Además, quiero regalarlo, y no se puede regalar un regalo.

—Bueno, pues entonces, para ti, seiscientos euros.

—Pues me parece baratísimo. Eso no amortiza ni los materiales...

—Y ¿me permites regalarte uno de los cuadros blancos?

—No, de verdad, no lo puedo aceptar...

—Pero, mujer, si al final se van a quedar aquí criando polvo...

—No, lo siento, de verdad, no puedo aceptarlo, en serio...

—Bueno, pues hagamos una cosa: me lo pagas invitándome a cenar.

—Tú sabes que estoy casada, ¿verdad?

—Sí, y sé quién es tu marido. Lo sé de sobra. Y creo que a tu marido no le importará que cenes conmigo. Tengo entendido que no duerme mucho en tu casa. De hecho, tiene reservada una habitación en el hotel de forma permanente, o eso me ha contado mi mujer.

Alexia se ruborizó de pura humillación. Habría querido abofetear a ese hombre, pero eso no iba con una mujer fina y delicada como ella.

—Donde duerma o no duerma mi marido es exclusivo asunto de nuestra incumbencia, creo yo. Y no entiendo por qué tu mujer tiene que comentarte esos datos.

—No sabía que se tratara de un dato confidencial. Los registros del hotel son públicos. De todas formas, lo siento, no pretendía ofenderte, daba por hecho que tú ya lo sabías... Quiero decir, que pensaba que... No sé cómo decirlo. Verás, mi mujer y yo vivimos juntos, claro, pero tenemos un acuerdo... Y creí, malinterpreté... Bueno, creí que tu caso era parecido. Lo siento, de verdad, no era mi intención ofenderte. Te ruego que aceptes mis disculpas.

—Las acepto, pero creo que es mejor que regresemos a Palma.

—¿Todavía quieres el cuadro? El del paisaje de la playa y la niña.

—Por supuesto.

—¿Y me permites que te regale el cuadro blanco?

—De ninguna manera.

—Y creo que ya no me permitirás que te lo cambie por una cena. Pero quizá podrías invitarme a comer. Como y me reúno con muchos compradores, no hay nada poco respetable en ello.

—Déjame pensarlo. ¿Crees que podría llevarme el cuadro ya?

—¿Los dos?

—De momento el cuadro de la niña en la playa. ¿Cómo debo pagarte? ¿Me haces una factura?, ¿te hago una transferencia?

—¿Necesitas factura? Yo, personalmente, preferiría que lo pagaras en B. ¿Te supone algún problema?

—Ninguno. Entonces, si no te importa, me llevo el cuadro ahora, quedamos a comer y te lo pago en mano.

—Si quedamos a comer, ya te puedes llevar el cuadro blanco.

Alexia se rio. Sabía de sobra que aquello era un flirteo en toda regla. Sabía que una mujer fina y delicada no debía permitir algo así, mucho menos quedar a comer con aquel hombre. Pero aquel hombre le había confirmado lo que ya sabía: su marido le era infiel. Su marido tenía incluso una habitación reservada para sus conquistas.

Y sí, le había gustado jugar un rato a la esposa casta que aceptaba la voluntad de Dios, pero el juego era aburrido.

El juego que le estaban proponiendo ahora le resultaba mucho más interesante.

Y de la misma manera en la que jugó al primer juego por orgullo, por sentirse importante, elegida por Dios, una heroína, decidió jugar al segundo juego también por orgullo, porque le dolía la infidelidad de su marido, y porque saberse cortejada por un hombre guapo e interesante le hacía sentirse, de nuevo, especial, elegida, heroica y triunfante.

El problema de invitar a aquel hombre era que Alexia era muy conocida en Palma y si se citaba con un hombre que no fuera su marido en un establecimiento público, al día siguiente lo sabría toda Palma. Pero si se veían de día, en un restaurante conocido, demostrarían que no tenían nada que ocultar. Sí, se habría encontrado con un hombre casado. Pero se trataba de un artista conocido al que le había comprado un cuadro. No, no veía fácil poder explicarlo en su círculo.

Así que se le ocurrió otra idea.

Comerían en el hotel.

En el mismo hotel propiedad de la empresa de su marido en el que este tenía una habitación siempre reservada. En el mismo hotel que estaba dirigido por la esposa de su comensal.

En semejantes circunstancias, nadie podría dudar de que aquello no fuera una cita respetable.

Cuando llamó al artista, él no pareció en absoluto sorprendido de la elección del sitio. El hotel tenía un restaurante excelente en una terraza muy agradable. De hecho, él le presentó a su esposa, que ya había sido advertida del acontecimiento, pero que se excusó por no acompañarles debido a razones de trabajo. A Alexia el hecho de que ella no se sentara a su mesa le pareció muy perverso.

—Es muy agradable, tu mujer —le dijo Alexia.

—Sí, lo es. Ya te conté que tenemos un acuerdo.

—¿Qué tipo de acuerdo?

—Verás, cuando yo la conocí, de eso hace… veinte años, ella no era como sus padres. Yo había estudiado Bellas Artes en Barcelona, vine aquí a pasar el verano, pensaba volver allí, no quería quedarme en la isla, y la conocí. Y sabes…, verano, playa. Yo estaba muy enamorado, de verdad, pero jamás pensé quedarme en la isla, yo quería

vivir en Barcelona. Pero la dejé embarazada. Yo entonces no tenía dinero para mantenerla. Pero sus padres sí. Quizá les conoces…
—Sí, Alexia conocía el apellido. Los padres de ella eran gente bien. No tan bien como Alexia y Guillem, pero bien—. Nos compraron la casa y me presentaron al galerista. No al que has conocido hoy, a otro. Pero de alguna manera gracias a ellos organicé mi primera exposición y vendí todos los cuadros. A amigos y familiares de los padres de mi mujer, por supuesto… Y, bueno, nos quedamos a vivir en Palma. El caso es que hace tiempo que mi mujer y yo no estamos juntos. Yo, de hecho, vivo en el estudio. Paso los fines de semana con mis hijas, en casa de mi mujer, en otra habitación, y entre semana vivo en el taller. Pero nos llevamos bien, así que de puertas para fuera, sobre todo de cara a los padres de mi mujer, que son muy conservadores, fingimos. No nos hemos divorciado, aunque mi mujer ya sale con alguien. Y, de momento, estamos todos bien así.

—¿De verdad? No sé, me suena un poco raro…

—El sueldo que a ella le pagan es muy bueno, pero hasta hace poco no cobraba eso.

En cuanto a mí, hago una exposición al año, si la hago, y no vendo todos los cuadros. Yo no puedo mantener su tren de vida. De forma que durante años hemos dependido de la ayuda de sus padres. Y ella sigue dependiendo de ellos, no económicamente, pero sí que se siente en deuda... y de momento no quiere una confrontación abierta... Ellos no aprobarían un divorcio. ¿Entiendes la situación?

—Sí, pero... ¿no te parece un poco duro que tus hijas vayan a un colegio católico si luego en casa no las vais a educar según los mismos principios?

—Por mí no irían a ese colegio, pero es que el colegio lo pagan, precisamente, sus padres... Es una situación complicada. Pero a mí me viene bien. Tengo mucho que perder en un divorcio. Ahora veo a las niñas cuando yo quiero. Y aporto dinero cuando puedo. Un divorcio sería complicado para todos. A mí me impondrían una pensión alimenticia y un horario de visitas. Estamos bien así...

—¿El novio de ella está bien así?

—El novio de ella está casado. Creo que es el primer interesado en que todo siga como está.

—Verás, lo que te diría cualquier persona católica es que mientras estés casado tienes un compromiso y que debes serle fiel a ese compromiso...

—Sí, pero yo no soy católico, la católica es ella. Yo me comprometí a educar a nuestras hijas en la fe católica, y a nada más.

—Y perdona si te hago una pregunta muy personal pero... ¿tú también estás con otra mujer?

—No, ahora no.

—¿Eso quiere decir que ha habido otras?

—Sí, pero solo después de que me enterara de que mi mujer estaba con ese hombre.

—Y cuando me invitaste a ver los cuadros querías..., ¿querías...? En fin... No sé cómo decirlo...

—¿Que si quería ligar contigo?

—Sí, eso.

—Alexia..., ¿tú no sabes quién es el novio de mi mujer?

—Pues no, la verdad, ¿por qué iba a saberlo?

—Y entonces ¿por qué has querido que nos veamos precisamente en este hotel?

—Bueno, pues precisamente porque tu mujer trabaja aquí. Así nadie pensaría que esto podría ser una cita romántica, que nos escondíamos de ella. —Él se echó a reír a carcajadas—. No sé por qué te ríes, no le veo la gracia, la verdad.

—Alexia, por favor…, ¿por qué sabía yo que tu marido no dormía en tu casa?, ¿por qué han ascendido a mi mujer a directora del hotel?, ¿por qué mi mujer te ha mirado con esa cara y no ha querido sentarse a comer con nosotros?

—¿Estás insinuando que tu mujer y mi marido…?

—Creía que lo sabías, Alexia, creía que lo sabías desde el principio, creía que por eso habías escogido comer aquí… Lo siento, Alexia, no podía imaginar que no lo supieses.

—¿Y por eso te acercaste a mí? ¿Por morbo? ¿Por pagarle a él con la misma moneda?

—Al principio sí. En un impulso, seguí tu coche. Te seguí hasta la heladería. Y entré allí para buscarte, no te lo voy a negar. Pero ahora me interesas por ti misma.

Alexia se quedó callada durante un rato, intentando procesar la información que acababa de recibir. En realidad, el artista no le había contado nada que ella no supiera. Siempre había sabido lo que pasaba. Pero no conocía los detalles. El cómo, el cuándo, el dónde. Aunque los detalles eran accesorios.

—Quiero saber una cosa... ¿Cómo te enteraste?

—Pues verás... A mi mujer le dio por montar a caballo... Sí, sé lo que estás pensando, tú montas a caballo...

—Fui campeona de Baleares...

—Creo que ella lo sabe y creo que por eso decidió montar. Me da la impresión de que pensaba que eso le daría... más clase. O que quería competir contigo. No sé. El caso es que es una pésima amazona y se cayó del caballo. Tuvo una caída seria, una contusión grave, trauma craneoencefálico creo que es el término técnico. Y... ¿sabes por qué se cayó?

—No, claro que no.

—Estaba hablando por el móvil, respondió a la llamada subida al caballo. Y ahora llega lo increíble de la historia. El móvil no se rompió. Se rompió la pantalla, pero el móvil siguió operativo, intacto. Una casualidad enorme. Y en el hospital, como mi mujer estaba inconsciente, y grave, me dieron a mí, en una bolsa de plástico, sus efectos personales. El bolso, su ropa..., bueno, todo. Y lo curioso es que el móvil seguía encendido. Y yo verifiqué la última llamada. Cuando se cayó, estaba hablando con tu marido. Y el móvil estaba lleno de mensajes...

—Explícitos, supongo...

—Lo suficiente.

—Supongo que lo pasarías muy mal.

—Al principio sí, mucho. Estaba muy enfadado, no creo que puedas ni imaginarlo. Pero como mi mujer tardó varios días en volver en sí, me dio tiempo a procesarlo. Y al final me sentí..., ¿cómo decirlo? Aliviado.

—¿Aliviado?

—Sí, verás..., te tengo que explicar. Como te he dicho, yo me casé porque la dejé embarazada, y de alguna manera me quedé en Mallorca a mi pesar. Hice varias exposiciones y reconozco que fue gracias a mi familia política. Y también gracias a sus contactos he trabajado en decoración, reformando bares y también casas particulares. No se me ha dado mal. Pero tanto a mi mujer como a su familia lo que yo hacía les parecía poco serio... Ellos querían que yo trabajara en la empresa familiar, y yo a eso me negué. Y eso siempre fue un problema, porque yo hay meses en los que gano mucho y meses en los que no facturo nada, y por eso mi mujer estaba obligada a trabajar. Empezó en este hotel como recepcionista...

—Veo que se le da bien ascender —observó Alexia irónica.

—Pues sí... Pregúntale a tu marido, él debe de conocer muy bien sus capacidades y su dedicación al trabajo —respondió él, no menos irónico—. En fin, que lo cierto es que yo no era feliz en mi matrimonio, pero me quedaba por obligación, por complejo de culpa, por mis hijas... Cuando descubrí lo que pasaba vi la ocasión perfecta para separarme, y pude..., no sé cómo decirte. De repente, sentí que yo llevaba la mano ganadora. Podía imponer mis condiciones. Si yo hubiera pedido el divorcio, si el juez me hubiera impuesto una pensión alimenticia, un horario de visitas... Bueno, no podría ni mantener el taller. Y ahora, sin embargo, todo me va bien. O sea, que le tengo que estar agradecido a tu marido, en cierto modo.

—Es una forma de verlo.

—Quizá con el tiempo tú acabes por estar agradecida a mi mujer.

—Ni agradecida ni lo contrario. Tu mujer no tiene ningún compromiso conmigo. Es mi marido el que lo tiene. Es él quien lo ha roto.

—Alexia, si te sirve de algo, en todos los mensajes que leí nunca leí un «te quiero». Allí había una historia, una aventura, pero no era una historia de amor. Mi mujer se acercó a tu marido atraída por su dinero y su poder. Ella es muy ambiciosa y él…, no sé, supongo que ella se lo puso fácil…

—Y ella es una mujer guapa, claro. Y él es un hombre, y los hombres tienen sus necesidades…

—No tan guapa como tú. Y lo digo en serio.

—Eso no es verdad. —Alexia mentía, sabía de sobra que ella era cien veces más guapa que aquella mujer, pero su educación le exigía modestia—. Hablando de tu mujer, me siento incómoda. Creo que lo mejor es que nos vayamos. Y no te preocupes por la cuenta. Irónicamente, la pagará mi marido. Siempre que como aquí el personal sabe que la cuenta corre a su cargo.

Cuando salieron del comedor Alexia sentía que las miradas de los camareros y del *maître* se abatían sobre ellos. Supuso que todos comentarían la extraña situación. Pero se esforzó en salir con la cabeza bien alta, la barbilla alzada al cielo, aparentando dignidad. Fina y delicada.

En la puerta del hotel, mientras esperaban a que el aparcacoches trajera el Mercedes de Alexia, el pintor le dijo:

—Alexia, me gustaría mucho volver a verte. ¿Crees que es posible?

En aquel momento llegaba el coche. Alexia le tendió la mano y le respondió:

—No sé, me lo pensaré.

Ya dentro del coche, de camino a casa, se dio cuenta de que el sobre con el dinero seguía allí, en su bolso.

No le había pagado el cuadro.

Alexia decidió esperar al momento más adecuado para confrontar a su marido. Él la había invitado a cenar a uno de los restaurantes más elegantes de Palma, para celebrar su cumpleaños. El ambiente era tan neutro, tan relajante, que Alexia consideró que se trataba del entorno ideal para discutir con calma una cuestión tan espinosa, de una manera fina y delicada. Las mesas y los paneles eran de madera decapada, blanca. La mantelería y las servilletas tenían tonos neutros —arena, crema, ámbar—, la cubertería era de plata, las copas de cristal de Bohemia, los espejos de las paredes reflejaban las llamas de cientos de velas. «Es imposible que aquí se ponga a gritar o monte una escena», pensó Alexia, y con voz pausada, de manera fina y delicada, le explicó que se había enterado de que mantenía una historia con la directora de su hotel.

Guillem ni siquiera intentó negarlo.

—Es una pena que te enteres ahora, justo cuando se ha acabado. Ya no estoy con ella.

—¿Y por qué tendría que creerte?

—No tienes por qué creerme, pero es la verdad. También es la verdad que jamás pensé en dejarte, ni a ti ni a nuestros hijos. Nunca estuve enamorado de ella.

—¿Y eso me tiene que hacer feliz? ¿Me tengo que sentir tranquila u orgullosa?

—Alexia, yo no estoy orgulloso, para nada. Pero tienes que entender una cosa: los hombres tenemos necesidades. —«Otra vez con los hombres y sus necesidades», pensó Alexia—. Y un hombre acaba por buscar fuera de casa lo que en casa busca y no encuentra.

—En casa siempre que me has buscado me has encontrado.

—Alexia, tú me entiendes...

—¿Qué te ha faltado? He estado siempre a tu lado, he procurado ser una buena compañera, una buena madre para tus hijos, una buena gestora de la casa...

—Sí, pero no estabas para mí..., en la cama, tú me entiendes.

—He estado siempre, siempre que has querido. Siempre.

—Estabas ahí, físicamente, pero tu cabeza estaba siempre en otra parte.

Alexia no iba a responder a eso, porque sabía que era verdad.

—Mira, Guillem, los dos sabemos que el matrimonio es esfuerzo. Esfuerzo por cuidar la vida familiar, las relaciones conyugales, la educación de los hijos... Esfuerzo por sacar económicamente adelante a la familia y por asegurarla y mejorarla, esfuerzo en el trato con las otras personas que constituyen la comunidad social, esfuerzo por llevarse bien con la familia del cónyuge, esfuerzo por mantener la armonía en la nueva familia que se crea entre los dos. No todo es... lo otro.

—Eso que tú llamas «lo otro» es tan importante como para que un matrimonio se pueda declarar nulo si se demuestra que «lo otro» no ha existido.

—Pero en nuestro caso lo ha habido.

—Sí, pero para ti ha sido siempre una obligación, no un placer. Ni siquiera una expresión de cariño.

—Sí, pero tú sabes que esas cosas son cosa de dos, y yo solo he estado contigo, así que algo tendrás tú que ver.

—Puede, Alexia, pero esas cosas, como tú las llamas, parten de una disposición natural, de un instinto. Tú no les has tenido que enseñar a tus hijos a beber de tu pecho, ni a llorar reclamando la comida, ni a gatear, ni a jugar. Se nace con ello, para sobrevivir. Se nace también con el deseo. Si no naciéramos con ello, la raza se extinguiría.

—¿Estás diciendo que yo soy antinatural?

—Estoy diciendo que siempre te he visto fría, distante.

—No veo por qué tienes que humillarme de esta manera.

—No era mi intención, lo siento. Alexia, yo sé que me quieres, mucho, muchísimo, y yo también te quiero a ti. Y me encanta estar contigo y quiero pasar la vida a tu lado. Todo debería ser sencillo, pero no lo es. Es un desastre. Y los dos sabemos por qué... Alexia, yo te pido que seas generosa, compasiva incluso. Que me perdones, que entiendas mi debilidad...

—Pero ¿tú estás arrepentido?

—Sí, por supuesto. Nunca fue mi intención herirte, no quería arriesgar nuestro matrimonio.

—Es decir, te arrepientes de no haber sido discreto, pero no te arrepientes de haberme sido infiel...

—Alexia, ya te he dicho, los hombres tenemos necesidades.

—Y dale con las necesidades. Bonita excusa tienes tú con las necesidades. Mira, Guillem, yo no tengo nada que reprocharme, ni ante ti, ni ante Dios, ni ante nuestros hijos, ni ante mí misma. No me hagas a mí culpable o responsable de tu debilidad o de tus vicios. Por supuesto, no voy a divorciarme, porque no creo en el divorcio, y voy a perdonarte, porque sí creo en el perdón. La caridad, más que en dar, está en perdonar. Dios está presente en mi vida, presente también y precisamente en los momentos difíciles, y yo sé que todo, incluso las cosas incomprensibles, incluso esto, forma parte de un designio superior, y lo acepto.

—Alexia, yo he pecado, no lo niego, pero tú eres tan pecadora como yo.

—¿Yo? ¿Qué me estás echando en cara ahora?

—Yo soy infiel, pero tú eres una soberbia.

No se divorciaron, por supuesto, y además la actitud de Guillem cambió radicalmente tras aquella conversación. Se volvió increíblemente atento. Llamaba a Alexia todos los días solo para preguntar cómo se encontraba, le enviaba rosas cada semana, se dirigía a ella siempre en tono cariñoso… Pero seguía estando sobrecargado de trabajo y paraba poco por casa. Alexia empezó a encontrarse cada vez más cansada. Le costaba levantarse de la cama por las mañanas, se sentía abatida, desmotivada, le dolía la cabeza. Necesitaba café a todas horas, se encontraba débil y sin fuerzas, apática.

De todo lo que le había dicho Guillem en aquel restaurante había algo que se le había quedado en la cabeza. Mucho más que la acusación de soberbia, le dolía la acusación de fría. Ella era fría. Lo era. Lo había sabido siempre.

La verdad es que a ella el sexo no le gustaba, o al menos no le gustaba el sexo con Guillem, porque no había conocido el sexo con nadie más. Es más, podría perfectamente vivir sin sexo, y sería más feliz. Le resultaba un engorro, la tarea más ardua de su por otro lado bastante fácil matrimonio, pues Guillem y ella no discutían jamás. Ni siquiera lo habían hecho en aquel restaurante. Los dos eran finos y delicados.

Los primeros años se dejaba hacer. Él disponía, ella aceptaba. Decía que no a ciertas cosas y punto. Ni sexo oral ni posturas raras. Él parecía contento y ella estaba contenta si él lo estaba. Con el tiempo dejó de apetecerle. Se le ocurrían argumentos más o menos creíbles para evitarlo (cansancio, dolor de cabeza) y si no quedaba otro remedio, echaba mano de un truco que lo hacía más tolerable.

Cuando Guillem se acercaba, ella se ponía de costado, de espaldas contra él, como dos cucharas. Él la aferraba por las caderas y la penetraba. Así Alexia evitaba que él la besara y la raspara con la barba, y que le tocara los pechos.

Hasta la conversación del restaurante, él no se había quejado nunca.

Ella sentía que no tenía remedio, que en lo concerniente al sexo era un caso perdido. No solo era que no le gustaba, sino que no lo necesitaba. Simplemente, lo sentía como algo externo a ella, que no formaba parte de su ser. Pero puesto que su experiencia sexual se limitaba a Guillem, no sabía bien si es que ella era frígida o si simplemente se había casado con el hombre equivocado.

De Guillem le había atraído, desde el principio, su cabeza, y jamás había pensado en él como otra cosa. Las relaciones sexuales, según le habían enseñado a ella, las había concebido Dios para un uso noble y maravilloso como era el de expresar el amor entre marido y mujer y el de engendrar nuevas vidas. Dos usos que se fundían en uno. In-

separables eran los dos aspectos: unión y pro-
creación. Una intrínseca conexión entre los
dos significados del acto conyugal, una conexión que Dios había querido y que una
pareja no debía romper por propia iniciati-
va. Porque, efectivamente, el acto conyugal,
por su íntima estructura, mientras unía profundamente a los esposos los hacía aptos
para la generación de nuevas vidas. Por lo
tanto, utilizar el sexo para satisfacer solamente sus instintos egoístas significaba en-
vilecer tan alta función.

Por eso, Alexia nunca había contemplado el sexo como instinto o como placer.

Pero quizá un pudor tan escrupuloso
como el que se enseñaba en la Obra, lejos de
desviar la atención del tema del sexo, la
acentuaba aún más. Es como si en vez de
utilizar un monedero para guardar un billete de cien euros utilizásemos una caja fuerte;
es probable que el posible ladrón vea en la
caja de caudales aquello que en realidad no
hay. Quizá por eso Guillem se había ido con
otras mujeres. Quizá le concedía demasiada
importancia al sexo porque en la Obra, al
insistir en negársela, se la acababan dando.

Alexia no olvidaba al pintor. No podía olvidarlo. Se lo encontraba muchas mañanas en la puerta del colegio. Los dos apenas inclinaban la cabeza el uno hacia el otro en señal de reconocimiento. Ella nunca se atrevía a llamarle.

La vida seguía.

Y así hubiera seguido si no fuera porque un día Guillem, después de una comida dominical particularmente copiosa, se quedó dormido en la tumbona del jardín y el teléfono se resbaló del bolsillo de los pantalones y fue a caer sobre el césped. Alexia se acercó a recogerlo temiendo que la humedad lo dañara. Guillem seguía dormido. Alexia, intencionadamente, tosió para despertarle. Guillem no lo había notado. De hecho, roncaba ligeramente. Alexia se puso a ver los mensajes.

Y así descubrió que la aventura no había terminado.

Le dio tiempo a leerlos todos. Y confirmó que, como le había contado el pintor y como le había asegurado su marido, aquello no era una historia de amor. No había te quiero ni frases similares. Solo «estuvo bien lo de ayer», «me gustaría repetirlo», «he

pensado en ti todo el día y… mmmmm».
Tonterías. Pero la historia seguía.

No tenía sentido organizar una escena.
Ni despertar a Guillem. Y sí, sabía lo que él
diría. Que buscaba fuera lo que no se le daba
en casa. Y como ella no quería darle más, en
el fondo debía admitir que le venía bien si él
lo buscaba fuera. Si solo se trataba de una
aventura sin importancia, en la que no había
sentimientos mezclados, ¿no era mejor hacerse la tonta y dejarlo pasar?, ¿no era mejor
preservar la armonía y la paz? Se sentía
enormemente confusa, no sabía qué hacer.
Se fue a su habitación, se tomó una pastilla
y se fue a dormir.

Al día siguiente, en la puerta del colegio, vio al pintor. Él le clavaba los ojos turquesa con insistencia. Ella le devolvió la mirada y le sonrió. Cuando regresó al coche,
ella envió un mensaje. «Me gustaría hablar
contigo». La respuesta le llegó de forma casi
automática: «Donde y cuando quieras». Ella
le dijo: «En media hora, tomemos un café en
la heladería».

Él ya sabía que los dos seguían juntos.
Más concretamente, él sabía que nunca habían dejado de estar juntos. No es que hubie-

ran vuelto después de una ruptura entre amantes, sino que nunca había habido una ruptura entre amantes. Guillem le había mentido. Y ella había sido idiota por creerle.

Quedaron más veces. Alexia intentaba convencerse a sí misma de que todo era inocente. Fingía ante sí misma que, dentro de su limitada experiencia, aquella situación no era extraordinaria. Lograba no pensar al respecto, la mayor parte del tiempo. A ella le emocionaba, casi le impactaba, que en sus citas él no intentara ningún acercamiento, que la tratase con respeto. A veces, casi con reverencia. Quedaban siempre fuera de la ciudad. El riesgo de que se encontraran con algún conocido, pese a todo, era alto. La isla era pequeña. No hablaban casi de sus respectivos marido y mujer. Ya no importaba. Hablaban de sus aspiraciones. Él se explayaba sobre sus proyectos, sobre su idea de seguir experimentando con cuadros monocromáticos, de buscar otro galerista. El calor estaba cargado de olor a hierba fresca y a flores silvestres. Más tarde, Alexia solo recordaría fragmentos de esos encuentros. Determinadas imágenes, como postales viejas. La inclinación de su barbilla, sus brazos torneados, su piel áspera y morena. Sus jerséis de punto fino anudados por encima de los hombros, su elegancia, su risa que le reclinaba la cabeza, su mirada concentrada y lenta, alerta aunque no suspicaz, pendiente pero no impositiva. Alexia recordaría más tarde esas citas casi borrosas en las que sentía siempre una inquietud, una angustia latente, un calor que se confundía con el calor del ambiente, un inclinación hacia él, una disposición afectiva, un cariño, una afinidad muy fuerte. Y las palabras del confesor: lo cierto es que al ser libres, somos imprevisibles. Y, por tanto, lo que le ha ocurrido a él te podría haber ocurrido a ti y el engañado ser él.

Sucedió porque tenía que suceder, porque estaba cantado. Porque él se había enamorado de ella, porque a ella la animaba una curiosidad descontenta y soberbia, enemiga de contemplaciones y respetos, inspirada en un anhelo equívoco y en una simpatía vehemente por los seres abatidos y confusos como ella misma.

¿Cómo no ser curiosa? ¿Cómo no hacer apuestas a favor o en contra hasta que la vida pronunciara el no va más? Henchida de curiosidad, receptiva como un pino al sol de los tantos que les dieron sombra en sus largas caminatas, ávida de entender, de despejar incógnitas y miedos. Esclava de su orgullo, de su ansia de venganza, de su indomable ansia de saber.

Así que el día en el que por fin la besó, en un camino forestal cercano a Deià, en el mejor marco posible, bajo un pino callado, envuelta en el aroma a flores silvestres y en el cálido arrullo del sol de la tarde, ella se dejó hacer, como una res que se deja llevar al altar sacrificial.

Y cuando él propuso que la siguiente cita tuviera lugar en su estudio, no dijo que no.

Él había adecentado y limpiado el estudio, ella reparó en ello. La primera vez que lo había visitado no se había fijado en una puertecita al fondo. Daba a una habitación de tamaño pequeño, menor que el cuarto de baño de Alexia. Allí había una cama y un armario. Todo escrupulosamente limpio, la cama hecha con esmero. Las paredes blancas, las sábanas blancas, el armario blanco. Hasta la mesilla y la lamparita eran blancas. A Alexia le gustó. Pensó que él, probablemente, había preparado así la habitación en honor a ella.

Se besaron y se tumbaron en la cama. No había música de fondo, no habían bebido. La luz clara y limpia entraba a raudales por la ventana, tamizada por un visillo —blanco, por supuesto— que impedía que nadie les viera desde fuera. Nada parecía allí pecaminoso, sucio o grosero.

Alexia pensó que sería fácil.

Cuando él acercó su mano a la entrepierna de ella, Alexia, involuntariamente, en un acto reflejo, cerró las piernas. Le resultaba vergonzoso el hecho de que su cuerpo no pudiera ocultar sus emociones. En vez de seguir avanzando, él empezó a acariciarle suavemente el muslo. Ella experimentó una especie de vértigo. Supuso que eso quería decir que el asunto le gustaba, que todo iba bien, pero se sentía atrapada entre esa sensación cálida y el fardo de su ignorancia en temas mundanos. Sintió el alivio de sentirse normal, una mujer normal, con deseos.

Pero a pesar de la sensación agradable y del alivio, por debajo de aquello latía el miedo, la culpabilidad e incluso un poco de asco, un muro alto que le resultaba difícil demoler. Le habría gustado quedarse allí, en los preliminares, pero tenía claro que, si habían llegado hasta allí, tenían que acabar. Una cosa debía llevar a la otra.

Él estaba claramente excitado, las fosas nasales ensanchadas, las pupilas dilatadas y brillantes, los labios entreabiertos, el rostro ruborizado, la respiración entrecortada, irregular, rápida. Se puso a susurrar su nombre. Alexia, Alexia, Alexia... Ella pestañeó y separó los labios para alentarle a que la besara. Él empezó a despojarle de las bragas con la mano libre. Ella se sintió tensa, pero aun así le ayudó, alzando las nalgas y doblando las rodillas. Se besaron. Ella sentía náuseas. Él se alzó, se desabrochó dos botones de la camisa y luego se la sacó por encima de la cabeza. Ella evitó mirarle. En cuestión de segundos él se despojó de los pantalones, los calcetines y los zapatos y se quedó en calzoncillos. Ella llevaba aún puesto el vestido de seda, sin las bragas. Sentía frío entre las piernas. Él se apretó contra

ella y Alexia sintió en la cadera la presión de
la erección. Él bajó la cabeza y se besaron.
Mientras lo hacían, le subió el vestido y le
dejó el vientre al descubierto. A Alexia le resultó absurdo llevar aún el sujetador puesto.
De pronto, en un rápido movimiento atléti-
co, rodó por encima de ella y, aunque cargó
su peso sobre todo en los codos y en los
antebrazos plantados a ambos lados de la
cabeza de Alexia, ella se notó inmovilizada,
sofocada e incómoda. Él todavía llevaba los
calzoncillos puestos. Se siguieron besando un
largo rato. Después se apartó de nuevo.

—¿Cómo se quita tu vestido?

—Ya me lo quito yo —dijo ella.

Le daba algo de vergüenza porque no
tenía los pechos bonitos. Había parido y
amamantado a cuatro niños. Pero si habían
llegado hasta allí, había que seguir hasta el
final. Él aprovechó para quitarse los calzoncillos. Ella ni siquiera quiso mirar.

Retornaron a la posición anterior, esta
vez desnudos. Después, todo fue fácil. Ella
alzó las caderas y él la penetró. Dolió un
poco al principio, pero nada más. Igual que
hacía con Guillem, cerró los ojos y pensó en
agua, en olas. Se imaginaba a sí misma ceñi-

da de luz blanca de los pies a la cabeza. Las olas a su alrededor se alzaban, la embestían, la hacían nacer azul en el alma, y mientras él se balanceaba sobre ella, ella se mecía tranquila entre aquellas olas que la besaban y la buscaban; que la lamían inquietas, que le lanzaban airosas su espuma nevada, que la atraían hacia sus salas húmedas. Cerraba los ojos y se evadía. Pensaba en olas, en agua, en el mar, en el infinito. Pero muy en el fondo, era incapaz de reprimir su repugnancia primaria, su secreto vergonzoso, su íntimo grito de repulsión por lo que estaba haciendo. Su asco, su culpabilidad, su vergüenza. Una seca sensación de tenso encogimiento, miedo a lo que él pudiera pedirle que hiciera, pánico ante la perspectiva de decepcionarle y de revelarse como un engaño. Él no parecía darse cuenta de nada y seguía moviéndose sobre ella.

Y así transcurrieron unos veinte minutos, él entrando y saliendo, como un murmullo lento y largo, paciente, monótono, concentrado; ella aguantando sus embestidas, hasta que la cosa acabó. Él se desinfló sobre ella, resoplando, temblando, gimiendo, jadeando como un animal que escarbara buscando una salida, y ella notó una especie de légamo viscoso entre las piernas y se sintió dos personas, una asqueada al sentir ese líquido caliente resbalando y una segunda que se detestaba por su comportamiento, porque hubiera querido disfrutar de todo aquello y ser cariñosa.

Y en aquel momento fue cuando le escuchó decir:

—Alexia, creo que estoy enamorado de ti.

Al poco tiempo ella le envió una carta. No un mail, por entonces ella ni siquiera tenía dirección de correo electrónico. Una carta cuya redacción había necesitado de muchos borradores previos. Una carta en la que le decía que había sido muy bonito pero que se sentía incapaz de seguir. Una carta en la que repetía lo que el confesor había dicho: «Mi marido está enfermo, moralmente hablando. Porque peca, porque se ha apartado de Dios. Y puesto que yo he jurado ante el altar que estaría junto a él en lo bueno y en lo malo, en la salud y en la enfermedad, debo seguir a su lado. Él ha roto su compromiso y está pecando. Eso no me legitima a mí para romper el mío. No me siento feliz con lo que he hecho y no deseo seguir haciéndolo. Lo siento».

Mentía, por supuesto. Ella sabía bien que mentía. Esa no era la razón real. Pero así le haría a él menos daño y todo sería más fácil.

La mecanografió, no la firmó, no incluyó ningún nombre propio. Incluso la dirección estaba mecanografiada. No quería dejar rastro, constancia.

Él intentó llamarla, le escribió cientos de mensajes. Ella nunca contestó. Y a partir de entonces, cuando llevaba a las niñas al colegio, jamás se bajaba del coche.

Intentó olvidar todo lo que había pasado. A veces estaba contenta pero de pronto le venía una intromisión de blanco en el recuerdo y el doloroso silencio que le apagaba la sonrisa con pesadez de plomo persistía largo rato. Se quedaba muda y fría, transida, como mirando un punto vago en la pared blanca. A su alrededor nadie decía nada, pero todos pensaban lo mismo. La veían distinta, apagada.

Se sentía triste y melancólica, una auténtica fracasada como persona. Ya no esperaba nada de su matrimonio, ni de Guillem, ni de la vida. Su día a día le aburría cada vez más. Lo encontraba tedioso y monótono. Cuando miraba hacia atrás se sentía culpable, arrepentida e inútil, se daba asco. Lloraba a menudo, había perdido el interés por salir y relacionarse, se despertaba en mitad de la noche y le costaba volver a dormirse, se pasaba el día comiendo chocolate, que era lo único que le apetecía, no quería maquillarse ni se sentía con ganas para vestirse con elegancia o esmero. El fatigoso contacto con la rutina diaria la dejaba exhausta, sin fuerzas.

Fue el propio Guillem el que la acompañó al médico que le diagnosticó una depresión y le recetó pastillas. Tomaba las píldoras en medio de una envolvente bruma de desesperación que no le permitía ver más allá.

Cada vez que Alexia recordaba aquella tarde luminosa y blanca se avergonzaba y sentía que quería desaparecer, como una nube en el cielo azul y blanco de Mallorca.

Sabía que vivía una vida de mentira, que ella misma era mentira.

Instalada en su cómoda y vacía vida de sepulcro blanqueado, rica en muchas cosas, pero sobre todo en hipocresía.

ESA LARGA PERPLEJIDAD

En su habitación de hotel David está garrapateando algo en un papel. Escribe una frase. Tacha. Murmura.

—No, esto no. Queda exagerado.

Sigue escribiendo y garrapateando hasta que parece que lo encuentra de su gusto. Entonces respira muy hondo, como si se preparara para acometer una tarea hercúlea o para ofrecer su mejor interpretación, y se engalla con épico atrevimiento: marca, uno a uno, inhalando profundamente, los dígitos del teléfono.

—¿Eva? Hola, soy yo...

—(...)

—David, soy David, ¿quién voy a ser? ¿Ya no me reconoces la voz o qué?

—(...)

—No seas irónica.

—(…)

—No, no quiero hablar con el chaval. He llamado para hablar contigo.

—(…)

—No, mujer, que no me pasa nada… Que solo he llamado para hablar contigo, nada más.

—(…)

—Pues que…, tengo algo que decirte. —David coge el papel y lo lee en tono muy declamatorio y de carrerilla, sintiendo que avanza cuesta abajo y embalado, con la conciencia que invita a lo heroico, o a lo temerario—: «Eva, tengo que decirte que lo siento. Que me comporté como un cabrón. Que no te lo merecías. Que fui un cobarde. Que te fallé. Que eres una gran mujer. Que nunca podría compensarte en toda una vida que viviera, pero que lo voy a intentar». Eso.

—(…)

—¿Que parece el vídeo de disculpas del Rey…? Bueno, igual tienes razón. Pero no lo sé hacer mejor…

—(…)

—Que no, Eva, que no te quiero pedir nada…

—(…)

—Que no necesito dinero, qué va, todo lo contrario, tengo un trabajo cojonudo…

—(…)

—Pues sí, claro que te las tenía que haber pedido hace quince años, pero más vale tarde que nunca, ¿no?

—(…)

—Pues… porque eres la madre de mi hijo, porque te lo debo, porque me gustaría quedar a cenar contigo algún día, a hablar…

—(…)

—Bueno, vale, pues si no quieres no quieres, pero tampoco hacía falta ser así de borde…

—(…)

—Sí, claro, y ya de paso yo bombardeé las torres gemelas, no te jode…

—(…)

—Pues mira, yo lo he intentado, ¿eh? Que te conste. Pero si tú te lo quieres tomar así, pues mira, tú sabrás…

—(…)

—Pues adiós.

Devuelve el auricular a su cuna de plástico y corta la comunicación. El otro que ya ha sido, el otro que está siendo, se enfrenta a la memoria como a un espejo parabólico descoyuntado por infinitos puntos de fuga de imágenes dispersas, imágenes de aquel amor que no pudo sobrevivir a lo real. Se pregunta dónde quedó el lugar de la emoción ansiosamente buscado si ahora todo está suspendido a esa enorme extrañeza, a esa larga perplejidad.

—Pues sí que se me da bien a mí pedir disculpas.

No hay que tenerle tanto miedo al miedo

David entra por la puerta y se encuentra a Elena esperándole, sentada en la cama, vestida con el traje que él le ha regalado. Ella se incorpora para que él la vea bien. Y él se pregunta dónde residirá la fuerza de su esplendor inerme, si en la piel espléndida y blanquísima, esa piel de color imposible, de tersura dolorosa para cualquier tacto, o en el cuello liso y vertiginoso como un tobogán inmóvil, o en los pómulos suaves, altos e intocables, o en la barbilla al límite de un rostro sin límite, o en la inscripción azul de los ojos de esfinge... o en el sufriente silencio esperanzado con el que ella habrá atravesado la noche para emerger tan bella y tan deseable.

—Elena... Pero ¡qué guapísima estás!

—¿Has visto? He tenido que pagar a una enfermera para que saliera a comprarme las medias y los zapatos.

—Pues ha merecido la pena. Estás preciosa.

—Estoy ¡maravillosa! Mira lo que tengo también...

Saca una caja que estaba disimulada debajo de las almohadas, se la enseña.

—¿Velas?

—Son velas falsas, en realidad funcionan con una bombilla, pero dan el pego, ¿verdad?

—Sí, las había visto ya en algún bar...

—La música la tenemos, que me la has traído tú..., y ¿qué es lo que nos falta?

—No sé... ¡Champán!

—¡Exactamente! Mira debajo de la cama.

Él mira y, efectivamente, saca una botella de champán y dos copas.

—Pero tú no puedes consumir alcohol.

—Claro que no, ni loca, con la quimio ni de broma... Pero es que no tiene alcohol... Es ¡cava sin alcohol! En el anuncio de internet dicen que es para que los niños y las embarazadas puedan brindar en las fiestas.

Nadie mencionaba a los enfermos de leucemia, pero bueno… Abre la botella, anda…

Él abre y sirve el contenido en los dos vasos.

—Chin, chin.

Chocan.

—Brindo por la amistad.

—Pues yo brindo por la esperanza. Por la esperanza de que te cures pese a todo.

—Claro que sí… La esperanza es lo último que se pierde… Creo que va después del pelo.

—Y mientras hay vida, hay esperanza.

—Eso mismo.

David deja el iPod y los auriculares en la mesilla de noche. Suena la canción de Cole Porter.

—¿Bailas?

David se incorpora, la toma de la mano ceremoniosamente y bailan.

—Cuando me he visto con el vestido, delante del espejo… Y me he tenido que subir al taburete…

—¿Qué taburete?

—Hay un taburete en el cuarto de baño. Creo que lo ponen para que te duches sentado si quieres. Bueno, pues que cuando me he visto, lo primero que he pensado ha sido: «Hace un año yo no cabía en este vestido». Porque no cabía. Pesaba setenta kilos. Y ahora debo de andar por los cincuenta.

—¿Veinte kilos? ¿Has perdido veinte kilos?

—Más o menos. Cuando me dejó Guillem, cuando se fue con la niñata, yo no hacía más que comer y comer. Chocolate, sobre todo. Helado de chocolate. Desarrollé una verdadera adicción. Y entretanto la mujer de Guillem adelgazaba y adelgazaba. Era como si estuviéramos conectadas por vasos comunicantes: todo lo que ella perdía yo lo ganaba.

—Sospecho que seguís conectadas por vasos comunicantes.

—Entonces ya te has dado cuenta de quién era la mujer de Guillem.

—Pues sí. Debí de haberlo visto desde el principio.

—Pues poco después de que Guillem se fuera fue cuando empecé a enfermar, y a sentirme mal, y se me fue el hambre. Y yo pensaba que era por la pena. Y estaba siempre cansada, y creía que estaba deprimida. Y soy tan tonta que cuanto más adelgazaba, más guapa me veía, no veía que me estaba poniendo muy enferma... Y mira, cuando me he visto en el espejo he pensado: «Igual toda esta enfermedad tiene algún sentido porque yo tenía que ponerme este traje, porque yo tenía que volver a bailar con David». Era el Destino.

—¿Y crees de verdad que tu enfermedad tiene un sentido? ¿Eres capaz de vérselo...?

—Reencontrarte a ti.

—¿Lo dices en serio, Elena?

—Sí, en serio.

—Verás, yo he llegado a pensar lo mismo, pero si tú no lo hubieses dicho antes jamás me habría atrevido a decirlo.

—¿Por qué?

—Porque suena, no sé, tremendo... Por muy increíble que sea nuestra amistad, que lo es, tener que haber pasado por la enfermedad, el dolor, para poder encontrarla...

—¿De verdad crees que nuestra amistad es increíble?

—Claro.

—Pero tú casi no me conoces.

—¿Y qué?

—Yo, ¿sabes, David?, me siento como si te conociera de toda la vida, como si no hubiéramos pasado tantos años separados.

—Yo siento lo mismo.

Muy lentamente, se besan, un beso sin estrenar que está diciendo me muero, y otro que intenta que ese me muero se ahogue en saliva. Entrelazados los alientos, perdida en el vacío la cordura, un beso que habla lenguas vivas y lenguas muertas enfrentadas en un ritmo inverosímil. Un sube que sube a tientas escalones de miedo entre las vértebras. Es un beso radiante en su ilusión de eternidad frente a lo inevitable.

—¿Esto es peligroso?

—¿En qué sentido?

—Si se supone que ni siquiera puedo tocarte, ¿puedo besarte?

—La leucemia no es contagiosa… Eres tú el que me puede contagiar un virus, un resfriado, lo que fuera. En mi estado, me mataría. Eso dice el médico. Pero tú no pareces resfriado.

Le vuelve a besar. Y bebe en su saliva un trago de abismo.

—Sí es peligroso… para mí. Y no físicamente… Elena, si me enamoro de ti, esto me va a acabar destrozando…

—Que me beses no va a hacer que te enamores más o menos… David, si hay alguien que tiene claro en este mundo que solo se vive una vez, esa soy yo. No hay que tenerle tanto miedo al miedo.

Él la acerca hacia sí y la vuelve a besar. Y se enredan en besos punzantes, oscuros, como túneles de donde no se sale vivo, besos deslumbrantes como el repentino estallido de la fe y la esperanza.

Besos dolorosamente mortales.

COMO SI ME HUBIERAN ILUMINADO

David marca los dígitos del teléfono. En la mesilla hay tres botellas de ginebra de minibar, vacías, y dos latas de tónica. Tiene un vaso en la mano, está bebiendo. Lleva bebiendo desde que recuerda, intentando macerar sus dudas melancólicas y sus remordimientos en conserva de alcohol. Relámpagos de alcohol le cortan la oscuridad de las pupilas. La habitación de hotel gira y navega. Pero un chorro de alcohol no cauteriza esa herida profunda que no cierra.

—¿Caroline? Hola...

—(...)

—¿Ya no estás enfadada?

—(...)

—Pues porque me colgaste el teléfono.

—(...)

—Sí que me lo colgaste. Y desde entonces no me has vuelto a llamar.

—(...)

—Sí, claro que te podía haber llamado
yo, pero es que la que colgaste el teléfono
fuiste tú, Caroline.

—(...)

—Bueno, pues lo que tú digas... ¿Cómo
estás?

—(...)

—Claro que me importa, me importa
mucho.

—(...)

—Pues bien. Estupendo. Fenomenal...
¡Maravilloso!

—(...)

—Noto un poco de ironía en tu voz.

—(...)

—Mira, Caroline, no tiene sentido que
nos peleemos así, de verdad.

—(...)

—Vale, no te estás peleando. Pero no
tiene sentido esto que estamos haciendo...

—(...)

—Pues esta relación que no se sabe hacia dónde va...

—(...)

—No, yo no sé hacia dónde va, Caroline, claro que no. Tú, todos estos años, has sido la mejor de las amigas, me has dado casa cuando la necesitaba, compañía, afecto, un hombro donde llorar... Bueno, es que no te puedo estar más agradecido...

—(...)

—Por supuesto, Caro, por supuesto que sé que me has dado más que eso. No quería ser grosero mencionándolo. Precisamente por eso, porque me has dado más, no sé dónde hemos puesto el límite entre la amistad y..., y otra cosa. Que tú y yo siempre dijimos lo mismo, que no había compromiso, que no había exigencia, siempre lo hemos dejado muy claro...

—(...)

—Pues te cuento todo esto ahora porque, bueno, porque no veía a qué venía preguntar si estaba aquí con otra o no...

—(...)

—No, no estaba aquí con otra. Pero... me ha pasado algo. He conocido a una chica... Bueno, una chica no. Una mujer. Y me ha hecho pensar. Me ha hecho pensar muchas cosas...

—(...)

—No, no tiene nada que ver con eso. No estamos juntos, ella y yo no podemos estar juntos. Es todo muy complicado. Esta mujer está..., está enferma, muy enferma. Es muy largo de contar. Pero me ha hecho pensar...

—(...)

—Pues me ha hecho pensar en si tiene sentido o no pasar por la vida así, sin querer comprometerse en serio con alguien, sin atreverse a querer de verdad, a implicarse. Yo... no sé..., he estado bien contigo todos estos años. Pero con quien no estoy bien es conmigo, me doy cuenta de eso. No te he dado nada porque no tenía nada que darte. Porque estoy vacío, completamente vacío. Vamos, es como si el aire me atravesara. No sé si lo entiendes. Y de pronto, ahora, por primera vez... he sentido algo.

—(...)

—No, Caroline, no estoy enamorado. No sé..., quizá esté... fascinado. Pero te digo que ella está muy enferma. Seriamente enferma.

—(...)

—Leucemia. No le queda mucho. Y su claridad de ideas, su serenidad, su generosidad, me han hecho replantearme muchas cosas. Lo corta que es la vida, joder. Y cómo me he empeñado en destrozar la mía. Y la de los demás, de paso. La tuya incluso.

—(...)

—Gracias, pero yo sé que sí que te he hecho daño. Te lo he tenido que hacer, siempre he sido un borde contigo, siempre he sido frío, distante. Cruel, si me apuras. Y cuanto más cariñosa y más dulce eras tú, más chungo y más cruel me ponía yo. Es que ahora lo veo claramente, como si hubieran iluminado mi interior con una linterna.

—(...)

—Pues eso, que me han iluminado con una linterna y no he visto nada. Nada, porque estoy vacío.

—(...)

—Sí, claro que he bebido.

—(...)

—Te dije que no iba a volver a beber, pero, vamos, que esto no es una borrachera, que estoy de lo más tranquilo, en la habitación del hotel, me iba a dormir.

—(…)

—Pues no sé cuándo voy a volver. No tengo ni idea de lo que va a pasar.

—(…)

—Qué manía tiene esta mujer con colgar el teléfono.

ESE DULCE ACENTO FRANCÉS

La primera vez que la vio en la distancia, se esperaba lo peor. Había quedado con ella para hablar de un posible trabajo. Caroline había escrito el guion de un corto y un amigo común les había puesto en contacto con la idea de que David podría ser el protagonista. Pero le había advertido a David de que Caroline podía ser muy intensa.

Muy intensa.

Y cuando la vio, a lo lejos, una imagen borrosa, con la melena despeinada y la minifalda cortísima, intensa fue la primera palabra que le vino a la cabeza.

Intensa, peligrosa, loca, impredecible.

David aún vivía con Eva pero de cuando en cuando, muy de cuando en cuando, no tan de cuando en cuando, flirteaba con otra mujer. Con alguna mujer. Con cualquier mujer.

«Bueno —se dijo David—. Será media hora y poco más. Y se me da bien escuchar, así que me limitaré a hacerlo y punto».

Solo cuando la figura se fue haciendo, a medida que David se acercaba, más concreta, se dio cuenta de que en realidad se trataba de una mujer guapísima. Vale, puede que no fuera guapísima. *À chacun son goût.* Pero a él le parecía guapísima. De hecho, pensaba que la había visto antes. Estando en el bar frente al teatro, un mes antes, más o menos, había entrado en el local una mujer alta, con los ojos azules y el pelo castaño, y pensó inmediatamente: «Este es exactamente el tipo de mujer que quiero para mí». Pero como aún vivía con Eva no hizo ningún intento de acercamiento. Y de repente la Divina Providencia le envió a la mujer del bar. Y estaba allí. Frente a ella. Era una señal.

Ella le tendió la mano, le clavó los ojos. Hicieron las presentaciones en la puerta del bar y entraron. Se sentaron cerca de un ventanal. El sol reverberaba en su cabello, como miel fundida.

Y David se limitó a sentarse frente a ella y dejarla hablar. Tenía una voz bonita y ¿de qué hablaba? De cine, de teatro. De un antiguo novio. De otro antiguo novio. De su guion. De semántica cromática. De elementos formales. De producción. De distribución. De exhibición. De todos sus palacios en el aire, de todos los locos proyectos que Caroline nunca llevaba a cabo. De sus castillos de arena, de sus fosos de espuma, de sus ciegas y locas fantasías que corrían arrastradas por el vértigo de su imaginación.

David se limitaba a mirar y sonreír y a darle temas de conversación de cuando en cuando. No pensaba en realidad que aquello fuera a más. Demasiado guapa para David en cualquier caso.

Fueron a otro bar. Caroline le miraba a los ojos, cosa que le sorprendió mucho. Tenía las pupilas dilatadas, cosa que aún le sorprendió más. Le recordó a una cena, hacía muchos años, cuando él era muy joven y muy ingenuo, cuando La Mujer Más Guapa del Mundo (o la que entonces David creía que era La Mujer Más Guapa del Mundo) le miró de una forma parecida, con unos ojos parecidos, también muy azules, y las pupilas dilatadas, y en aquel momento David supo que iban a acabar en la cama (pero él no sabía entonces que en la cama ella le llamaría «bebé» y que aquello le iba a resultar profundamente decepcionante). Pero cuando esta segunda Mujer Más Guapa del Mundo (o tercera, o cuarta, o quinta, o quién sabe el número, a David las mujeres guapas siempre le parecen La Mujer Más Guapa del Mundo cuando las ve por primera vez) le clavó sus ojos de dilatadísimas pupilas, no pensó que fueran a acabar en la cama. No pensó nada, en realidad, porque por entonces vivía anestesiado.

Una anestesia autoinducida.

La anestesia de su vida con Eva.

Tras la charla, David le acompañó a su portal y después le envió un mensaje en el que le decía lo mucho que le había impresionado. ¿Pretendía seducir a Caroline? En realidad, no. Aún amaba a Eva. Pero quería dejar constancia. Que ella lo supiera, que no lo olvidara tan rápidamente.

El corto nunca llegó a rodarse.

La segunda vez que se vieron le volvió a impresionar a primera vista. Fue en la cola del cine. David iba con Eva y se comportó de una forma muy torpe. Presentó a Eva, como «Eva», no como «mi novia». Eva, te presento a Caroline. Caroline, te presento a Eva. Fue bastante desmañado. Temerario incluso. A la salida del cine, Caroline estaba allí. Había ido sola, charló con ellos. Fueron a un café cercano, comentaron la película. El café cerró. Hacía frío. El caso es que acabaron en el salón de su casa, los tres. Caroline bebía, fumaba, hablaba. Pensaba David que antes o después se iría. No se iba. Tampoco Eva le pedía que se marchara. En un momento dado la situación le superó y anunció que él se iba a la cama. Eva no le siguió. Si ellas querían seguir jugando, que jugaran. No estaba para juegos de estrategia que hacía años que tenía abandonados.

A la mañana siguiente Eva dormía a su lado.

Nunca sabrá de qué hablaron ellas dos o si se acostaron juntas. Ahora sabe que ni se acostaron juntas ni se besaron, pero entonces pensó —más bien fantaseó con— que bien podía haber sido así. No sería la primera vez que dos personas que tienen en común el desear a una tercera descubren que

ese deseo común les une y que pueden trans-
formarlo en deseo de uno por el otro. La
literatura está llena de historias así y la vida
de David también. David había hecho muchos tríos, y pensaba que si Caroline se había unido a ellos a la salida del cine y Eva le
había alentado era porque algo así podría
surgir. David se acordaba de aquellas noches
de juventud en bares oscuros y densos de
humo que acababan en besos oscuros y densos de saliva a tres y a veces, más tarde, en
historias a tres, historias oscuras y densas de
morbo. Pero no. Aquella noche Eva se quedó a hablar con Caroline pero solo para conocerla mejor, para hacerse su amiga, para
neutralizar la amenaza, porque creía que si
Caroline se hacía su amiga, no intentaría seducir a David.

Nunca hubo un trío con Caroline y
Eva.

Pero sí es cierto que fue como si Eva le
pasara el relevo a Caroline.

Le gustaría poder contar las demás ocasiones en las que vio a Caroline, todas las
ocasiones, una por una, antes de reencon-
trarla aquella noche, bar adentro, antes de la
noche que lo cambió todo. Le gustaría po-

der contarlas, una por una, pero realmente no las recuerda todas. Todas las veces en las que se la encontraba por el barrio, en el supermercado, en un bar, en la panadería, sin que ella diera la más mínima señal de interés, pero sin que tampoco se percibiera un claro desinterés. Cómo él la contemplaba en la distancia, sin imaginar siquiera que algún día se acostaría con ella. La tarde en la que la vio leyendo en la barra de un bar y le tomó una foto robada, sin que Caroline se diera siquiera cuenta de cómo se quedó embobado mirándola ni de que le sacó fotos. La primera vez en la que se sentaron en una mesa juntos, cuando coincidieron en un café y ella le invitó a compartir mesa con ella. Supone que se vieron muchas veces pero no podría contarlas todas.

Tiene recuerdos, pese a todo. Siempre de lo mismo: los ojos azules y la sensación clarísima de que la deseaba pero que no quería nada concreto de ella. En primer lugar, no estaba muy seguro de querer serle infiel a Eva. En segundo lugar, sí estaba muy seguro de no querer enamorarse de alguien como Caroline. No porque fuera demasiado guapa. Eso siempre crea cierta inseguridad, por supuesto, pero David ya había estado con mujeres guapas y algunas más guapas que Caroline.

Las razones eran otras.

Caroline fumaba hachís de forma compulsiva, bebía mucho, era inestable en todos los sentidos (geográfico, emocional, económico). Caroline se parecía demasiado a David y muy poco a Eva. Y David amaba a Eva porque era diferente a él y temía a Caroline porque se le parecía demasiado. Pero tampoco tenía que pensar mucho en ella, en Caroline. Ella nunca hizo el menor gesto de querer acostarse con él. Nada de roces casuales en el hombro o en la mano. Nada de insinuaciones del tipo «si tú quisieras» o «un hombre tan guapo como tú…», nada de referencias sexuales, esas historias que se cuentan sobre otros hombres para que tú te hagas a la idea de lo que podrían hacer contigo si les dejases, del tipo «está mal que yo lo diga pero yo soy verdaderamente buena en…, bueno, tú me entiendes». Nada.

Así que David supuso que Caroline simplemente se aburría mucho en una ciudad a la que no acababa de coger el punto, que se encontraba sola y que le hacía gracia chocarse día sí y día no con ese vecino que parecía tan desocupado y tan perdido como ella. Que encontraba divertido y probablemente también estimulante darse cuenta de cómo ese vecino empezó a ir cada día, a la misma hora, al mismo café en el que ella desayunaba. Si hubo un cortejo, si Caroline esperaba más de él durante todo este tiempo en el que él vivía con Eva y la admiraba en la distancia, David no supo verlo.

Lo más parecido que hubo a una insinuación fue lo siguiente. Una mañana, cuando habían coincidido una vez más, así como de casualidad (jamás fue una casualidad, él sabía de sobra por qué iba a aquella cafetería y ella tenía que suponer por qué él bajaba allí siempre a la misma hora; los dos sabían que él la buscaba), cuando ella le contaba que su madre era francesa y vivía en París y que ella misma había vivido en París varios años, él le dijo que nunca había estado en París y que le encantaría ir alguna vez.

«Te voy a decir dos cosas —pausa dramática—: una, eres la persona más interesante que he conocido desde que estoy en España. Dos, si quieres que te lleve a Francia, ponte las pilas».

Para colmo, se lo dijo al oído.

Y en ese momento sí que David deseó, lo deseó muchísimo, acostarse con Caroline. Le excitó su voz.

Pero ella se fue después de decir aquello, pagó la cuenta (le invitó a él, sin preguntar, y él no tuvo nada que objetar) y David se quedó allí, de pie, junto al velador de mármol, sin saber si aquello lo había dicho en serio o no, porque Caroline no le había tocado. Nada. Ni siquiera le había rozado el hombro, al desgaire, como por descuido, como de casualidad.

Acabó sucediendo, y aquí hay diferentes versiones de cómo sucedió. Sí, fue en el bar, aquella noche. Según Caroline, David «saltó sobre ella». Eso es cierto. Él sabe que fue él quien la agarró de la cintura, la atrajo hacia sí y la besó. Reconoce que lo hizo, pero en su versión, en la versión de David, él la atrajo hacia sí solo después de que ella le dijera que él tenía toda la pinta de ser «un tigre en la cama». Y claro, si alguien te dice algo así, tú te consideras con todo el derecho a besarle.

En la versión de Caroline, sí, sí que lo dijo, pero solo después de que él la besara. En algún momento, antes de besarse, David había dicho, y eso lo recuerda perfectamente, que existía entre ellos dos un problema de tensión sexual no resuelta. En cualquier caso ambas versiones coinciden en que después todo fue muy rápido. La droga, la música, el sentirse el uno parte del otro, la sensación de que aquel momento parecía irrepetible en su perfección.

Después de todo el desastre de Eva, aún convencido de que volvería con Eva, cuando Eva estaba en casa de sus padres, cuando él estaba completamente destrozado, se pasó por casa de Caroline. Pasarse por casa de Caroline a saludar, a hablar, pasarse por casa de Caroline sin ninguna intención de volver a acostarse con ella. Intención paradójica porque sí que quería acostarse con ella: David se había puesto sus mejores calzoncillos (negros, de firma) en un «por si acaso» que en el fondo era un «ojalá». Ponerse tan nervioso y ser tan estúpidamente torpe que la propia Caroline acabó diciendo: «¿Por qué no vamos a mi dormitorio?».

Tras el desastre con Eva, David encontró un piso pequeño, apenas un cuartucho sin luz en Lavapiés, a un precio lo suficientemente bajo como para que pudiera pagarlo haciendo trabajos espóradicos. Una sesión de publicidad aquí, un monólogo en un bar de mala muerte, poner copas en un bar, un papel pequeño en un capítulo de una serie de televisión... Trabajos iban saliendo.

No firmó nada con Eva. Eva nunca le pidió un euro porque sabía de sobra que él no lo tenía.

Los primeros meses, pese a todo, intentó recuperar a Eva. Por el bebé, por el niño que estaba en camino. Pero sabía de sobra que ya no la amaba. Dudaba incluso sobre si la había amado alguna vez. Porque pensaba demasiado en Caroline aunque apenas la veía. Se la encontraba a veces en los bares de costumbre, pero ella no le hacía demasiado caso. Habían tenido un fin de semana increíble. Un fin de semana increíble que le había costado el trabajo y la novia.

Pero Caroline no parecía haberse tomado aquello muy en serio, y él quería recuperar a su novia, a su Eva.

Aun así pensaba en ella, en Caroline, y la deseaba.

Eva era la promesa de una familia, de la estabilidad, y Caroline representaba la pasión y la aventura.

Eva era Penélope y Caroline, la más bella de las sirenas.

Y el tiempo siguió su curso, y pasaron dos años, y David aprendió que por vagar en la noche la noche no se vuelve hermosa. Pero le llamaba el canto de las sirenas, y de una sirena en particular. Y durante esos dos años hubo asuntos de una noche, varios, muchos, no sabría contarlos, pero ninguno borraba el recuerdo de Caroline, y hubo mucha cocaína, y muchas copas, y mucha farra, y muchas madrugadas en las que vio salir el sol desde una cama ajena, y mucha distancia de su propio centro. Y después de esos años David creyó acercarse al horizonte de la esperanza y dio a Eva por definitivamente perdida.

Y una noche, una de tantas, ciego perdido, puesto de cocaína y de alcohol hasta las cejas, volvió a encontrarse a Caroline en la barra de un bar, en El Juglar, a las cuatro de la mañana, y sintió de pronto que sonaba una música que solo ellos dos podrían compartir y entender, sintió que la había buscado en cada bar y en cada mujer durante aquellos dos años, y sintió que ella era el último fondeadero para el hombre que él era —picado de angustias, de insanas costumbres—, sintió que aquellos ojos azules eran augurio y refugio, que no podía aceptar de otras manos y de otro cuerpo lo que ella pudiera darle. Sintió que la amaba, como un fogonazo. Quizá fue la cocaína que le encendía las ideas, quizá fue la necesidad, la desesperación, el miedo, pero allí estaba ella, gloriosa en su belleza, con sus ojos azules brillando en la oscuridad, ojos como faros que prometían llevarle a puerto seguro.

Y cuando la besó se dijo que aquella vez ya no la dejaría escapar.

Todas las cosas que no le gustaban de ella, todas las cosas en las que se diferenciaba de Eva: que fumara tanto, que bebiera tanto, que tuviera un pasado tan inestable y tan misterioso en el peor sentido de la palabra (entre que no tenía amigas, que había vivido en veinticinco ciudades y que tenía una relación tan rara con el dinero —a veces tenía mucho, a veces nada—, David llegó a pensar que minoreaba con drogas), que hablara de sus conquistas (una larguísima sucesión, un rosario enlazado de nombres que se confundían unos con otros) como si no les concediera la menor importancia, como si apenas recordara los nombres (desgraciadamente, Caroline le recordaba a David lo peor de sí mismo). Que nunca se supiera de dónde venía ni adónde iba, en el sentido metafórico y literal. Que fuera tozuda. Que todo fuera blanco o negro. Que dijera «pues a todos los hombres que han estado conmigo les gustaba» (y les gustaba precisamente lo que a David no le gustaba). Que pudiera ser en la cama a la vez tan increíblemente tierna a ratos y tan increíblemente perversa en otros y a veces tan egoísta, aunque ella jurara que el egoísta era David. Que no recordase lo que le había dicho la noche anterior.

Muchísimas cosas que le gustaban de ella. Que no tuviera televisión. Su aura increíblemente sexual. Ella odiaba que se lo dijera, parecía que le sentaba mal («es mentira, no soy tan sexy, soy muy elegante como para ser sexy»), pero iba con ella, no podía evitarlo. La forma de andar, lenta, segura, sólida. La voz. Los ojos, por supuesto. La piel (a ella ya se lo habían dicho muchísimas veces). La seguridad en sí misma (impostada, por supuesto, en el fondo era muy insegura). Su impecable gusto en música. El hecho de que cuando David estaba con ella, daba la impresión de que para ella no había nadie más. Ni miraba a otros hombres (jamás la pilló mirando a otros cuando estaba con él, jamás se le escapó una mirada, pese a que a ella la miraban allá donde iba) ni se enfadaba por una tontería y le dejaba tirado en un bar, cosa que Eva hacía a menudo. El hecho de que nunca, nunca jamás, gritara o siquiera elevara la voz.

A Caroline le sentaban mal observaciones que a David le parecían de lo más pertinentes. Si se enfadaba, y se enfadaba muchas veces, se limitaba a lanzarle una mirada de soslayo y se la clavaba intensamente durante segundos quizá, quizá un minuto entero (en algún libro David había leído que los psicópatas no parpadean). «Pero ¿tú te das cuenta de lo que me acabas de decir?», le preguntaba. Normalmente David no se había dado ni cuenta.

El amigo que se la había presentado (el que concertó aquella primera cita a ciegas) decía de ella que tenía muchísimo morbo. Un segundo amigo le dijo que nadie en su sano juicio podría fiarse de una mujer que nunca había sabido quedarse en una sola ciudad. Un tercero le comentó: «Es muy amable, pero es demasiado guapa, le tendrías que poner una correa para que no se abalanzaran sobre ella».

A David le encantaba dormir con ella. No le había gustado, en su día, dormir con Eva. Eva roncaba, rodaba de un lado a otro de la cama, hablaba en sueños. Caroline, sin embargo, era tranquila, dormía como un ángel, como un bebé. Con ella era muy fácil dormir. No se movía. Roncaba ligeramente pero de una forma casi imperceptible. Y tenía una piel maravillosa, una piel delicada, preciosa, tibia, finísima, sutil, dulce, pálida, mágica, casi irreal, una piel que tenía la contextura, el color, el perfume de una magnolia.

Una piel como David no había tocado nunca y como casi con seguridad nunca volvería a tocar.

Le gustaba dormir con ella pero no despertarse a su lado. El complejo de culpa, por una parte. El culparla a ella del desastre con Eva pese a que él sabía que si había un culpable solo podía ser él. Y por la otra, Caroline tenía uno de los peores despertares que había visto en una mujer. Se levantaba de un mal humor terrible.

Nunca hicieron el amor al despertarse. Nunca.

De las cosas más bonitas que recuerda, del principio de aquella relación, un cruce de mensajes: «Espérame, tardo cinco minutos, llego tarde, lo siento muchísimo». «Te he esperado treinta y cinco años, puedo esperar cinco minutos más».

Estar sentado a su lado en el teatro viendo una obra absolutamente horrible y que ella le susurrara al oído: «Estoy con el hombre más interesante de toda la sala». Ir a cenar con ella, tras encontrarla esperando a la salida de la función («me dijeron que estabas muy bien en el papel y he visto que era verdad»), en un restaurante que abría hasta las tres de la mañana, y ponerse tan nervioso que tiró el vaso de agua (¿o era de vino?) sobre el mantel.

El olor de Caroline. No olía a perfume. Quizá era la única mujer con la que David se había acostado que no usara perfume. Pero Caroline tenía un olor especial, tan suyo, feromona pura. Ese perfume intenso de su carne, ese perfume dulce, inidentificable, especiado, mareante, denso, a sudor y a vainilla, a mujer, a sexo, a magnolia, que a él le volvía loco y le hacía perder el sentido, los sentidos.

Jamás albergó ningún sentimiento de posesión sobre ella ni tampoco hizo planes de futuro. Como bien le dijo a Elena, nunca puso etiquetas a la relación. Caroline había vivido en veinticinco ciudades diferentes, con seis hombres diferentes. Se había acostado con hombres y mujeres. David jamás pensó que Caroline pudiera dar más de lo que daba, pero lo que daba le resultaba valioso, y por eso seguía buscándolo. Caroline le escribió una vez que «si alguien tiene miedo no se entrega, y si no se entrega, no ama».

Pero nadie puede darse si ni siquiera se posee a sí mismo.

Hubo un verano maravilloso, de cine, de teatro, de besos, de sexo, de bares, de parques, de entradas y salidas, de fiestas hasta la madrugada, de largas conversaciones, de champán, de cocaína, de *gin-tonics,* de estrellas fugaces, de recorrerse de arriba abajo un Madrid vacío y ardiente. Un verano inolvidable al cabo del cual los dos se comprometieron a dejar la cocaína, un verano en el que él descubrió que Caroline era rica —o, mejor dicho, que su familia lo era— y que ella podía jugar al juego de ahora escribo un guion, ahora una obra de teatro, ahora ruedo un corto, ahora me voy a París a estudiar cine, ahora vengo y ahora voy, sin preocuparse por pagar el alquiler o las facturas, porque puntualmente llegaba una transferencia a su nombre, cada primero de mes.

Hubo un otoño en el que ambos se fueron a una casa de piedra que era propiedad de la familia de Caroline, dos meses en los que no bebieron una copa ni esnifaron una raya, dos meses en los que Caroline escribió una obra de teatro que él hubiera debido protagonizar, dos meses en los que se pelearon como fieras, dos meses de indolencia, de navegar sin rumbo, a la deriva, dos meses de preguntas, dos meses de querer saber cada uno del otro, dos meses de decepción de saberlo por fin, dos meses de amarla, dos meses de no aguantarla, dos meses de odiarla porque ella pagaba todas las facturas (o, mejor dicho, las pagaba su familia), dos meses de sentirse a salvo porque ella pagaba todas sus facturas, dos meses de cólera secreta, dos meses de ansiedad y sudores fríos, dos meses de buscar su piel cada mañana, dos meses de gula voraz y de insólita lujuria, dos meses de asco profundo y náuseas, dos meses de avidez nocturna por su cuerpo para olvidar la avidez por la cocaína, dos meses junto a ella, dos meses de amor y odio, dos meses de calor y frío, dos meses inestables que marcarían para siempre el muy inestable rumbo de una relación que nunca tuvo nombre ni etiqueta.

La idea original era la de vivir permanentemente en aquella casa y mantener la casa de Caroline en Madrid como base de operaciones en caso de que a cualquiera de los dos le surgiera un trabajo en la capital. Pero después de aquellos dos meses decidieron que su convivencia era imposible. Caroline retornó a su casa de Madrid y David se fue a vivir con un amigo y empezó a trabajar como camarero en el mismo café en el que tantas veces había desayunado con Caroline en el pasado, a la espera de algo mejor.

Por supuesto, Caroline dejó de desayunar allí.

Pero su relación no se rompió.

Habían sustituido una adicción por otra.

Era una necesidad por ella que surgía desde muy dentro, una necesidad afectiva, una necesidad económica, una necesidad que aunaba expectativas y carencias, una necesidad abstracta, inconsumible, como la costumbre de respirar. Necesitaba la eficacia de su boca, la frenética embestida de las lenguas, necesitaba tragar luz cada vez que la mordía, y necesitaba muchas veces, también, pasarse por su casa a la hora de comer simplemente para comer con ella porque ella sabía cocinar y él no y porque él andaba tan mal de dinero que ni siquiera podía pagar un restaurante. Necesitaba la compañía, necesitaba sentirse admirado, o al menos visible. No sabía estar solo y cada vez le resultaba más difícil encontrar mujeres dispuestas a acompañarle en los bares, ahora que era menos famoso y más mayor y ahora que la cocaína no le dictaba frases de apertura para abordarlas.

Cuando todos los velos se habían descorrido, cuando no había nada oculto para las manos o los ojos, cuando los dos sabían y ya no imaginaban, cuando solo quedaban cenizas de lo que antaño fuera chispa ardiente, cuando ya no quedaban más que escombros del palacio de amor que alguna vez intentaron edificar juntos, aún entonces, necesitaba a Caroline.

Caroline también le necesitaba a él. En poquísimo tiempo, al dejar la cocaína, había engordado tanto como para que apenas le quedaran restos de su antigua belleza deslumbrante. De repente, de la noche a la mañana, se le empezó a notar la edad. Era mayor que David.

Y de alguna manera se invirtieron las tornas.

Al principio, David había sido el enamorado, el perseguidor, el perro faldero, el sufriente, y ella la desdeñosa, la segura, la poderosa, la más bella y la más rica de la pareja. Pero, sin espejito que se lo confirmara, dejó de ser la más bella. Y un día también dejó de ser la más rica. Caroline tuvo una pelea con su padre y este cortó el grifo. Ella no tenía que pagar alquiler, pues vivía en una casa que había sido de su abuela, y eso suavizaba un poco la situación, pero de pronto se encontró con que los trabajos esporádicos que hacía —las traducciones, las adaptaciones, las obras que montaba en teatros pequeños del circuito *off*— apenas le daban para comer.

Y cuando la pobreza entra por la puerta, el amor y el deseo salen por la ventana.

Abrumados de tedio y desengaño, como galeotes que agitan los remos en el mar de la decepción, bravío y hondo, contra viento y tormenta, empeñados de alguna manera en seguir juntos porque no había nadie más a la vista, cada uno germen de su propio daño, seguían siendo ¿novios?, ¿amigos?, ¿amantes?, en una relación sin nombre ni etiqueta.

Y entonces, llegó la llamada de Alexia.

CUANDO LA VERDAD AGITA LOS BRAZOS

David entra por la puerta con un paquete enorme, adornado con un lazo no menos enorme. Y trae una bolsa de viaje colgada al hombro.

—¡Ah! ¡Otro regalo! ¿Qué es?, ¿qué es?

Desenvuelve muy ansiosamente, rasgando el papel. Es un cuadro. Un cuadro de flores que estallan de rojo y de alegría. Es de Georgia O'Keefe. Pero David intuye que Elena no tiene ni idea de quién es Georgia O'Keefe.

—Como no te podía traer un ramo de flores, pues he pensado que podríamos colgar estas… ¿Qué te parece? —Extrae de una bolsa un paquete—. Mira: he traído alcayatas. —Va sacando paquetitos de la bolsa y enumerando su contenido—: Hembrillas… Escarpias… Cinta métrica… Martillo… Alambre y…, *last but not least*…, ¡un taladro!

—¿Te has pasado la mañana en la ferretería?

—Pues sí. ¿Dónde quieres que lo cuelgue?

—David, que esto es un hospital, que nos van a matar, que no puedes ir redecorando…

—¿Cómo que no? Tú, cuando yo te diga, pon la tele muy alta para que no escuchen el taladro… Además, si nadie se pasa por aquí y esta habitación está aisladísima…

—Ya, pero luego verán el cuadro.

—Y nos lo agradecerán, porque va a quedar precioso. Y te va a hacer la vida a ti muy agradable, y a quien venga después…

—En eso precisamente he estado pensando… En quien venga después.

—¿En quien venga después a ocupar esta habitación? Pues mira, tendrá un cuadro muy chulo.

—Y en quien me sobreviva…

—¿Lo dices por lo que pasó ayer?

—Sí… Pero no solo por eso. Mira, hay algo importante de lo que quería hablar contigo. Si quieres, deja las cosas ahí y hablamos…

Lucía Etxebarria

David acerca la silla a la cama, Elena arregla las almohadas y se incorpora en la cama hasta quedar sentada frente a él, están muy cerca. Cada uno midiendo la respiración del otro, la cadencia de un tiempo sin urgencias. Podrían derretir el poco tiempo que les queda simplemente mirándose. La existencia transitiva de cada uno cobra sentido en los ojos del otro. Son dos espejos frente a frente, un espejismo duplicado.

—Mira, en circunstancias como las mías, lógicamente, una piensa en hacer testamento.

—Claro.

—Y yo, evidentemente, lo he pensado, claro… Tú sabes que soy hija única, claro.

—¿No me dijiste que tenías sobrinos?

—Por parte de mi exmarido, no míos.

—Ya, pues no lo sabía.

—Claro que lo sabías, cuando salíamos juntos te lo dije.

—No me acordaba.

—A mí siempre me pareció raro serlo. Ser hija única. A mi alrededor no había más hijos únicos. Ya sabes que en la Obra se exige que se tengan todos los hijos que Dios te envíe… A veces pensaba que era adoptada.

He fantaseado mucho con esa idea de que en algún sitio vivía mi verdadera madre, que era mucho más cariñosa que la mía...

—Todos hemos fantaseado alguna vez con algo así...

—Sí, pero para mi desgracia yo soy hija de mi padre.

—¿Cómo que «para tu desgracia»?

—Porque mi padre no me cae bien, qué quieres que te diga. Le quiero y le respeto porque es mi padre y tal, pero nunca me ha demostrado cariño...

—Mujer, a mí tu prima me contó la historia de la falsificación de la carta... De mi carta, quiero decir. Pues no me pareció muy bonito, qué quieres que te diga.

—Mira, ¿sabes por qué mis padres no tuvieron más hijos? Por la misma razón que no los tuve yo con mi marido.

—¿Tu padre es gay? —pregunta él muy asombrado.

—Pues no, no lo creo. No lo sé. Pero sí que sé que no hacía el amor con mi madre. Desde que yo recuerdo, han dormido en habitaciones separadas. Y prácticamente no se hablaban. Tú no sabes lo que eran las comidas en esa casa: «María, pásame el pan»,

«Elena, los codos no se apoyan en la mesa», «Claudia, por favor, ¿puede usted traer el segundo plato?». Era una situación... glacial. Tuve una infancia satisfecha en lo que a comodidades se refiere. Una habitación enorme, un armario lleno de vestidos, todos los juguetes que quería... Pero no fue una infancia feliz. Fue muy triste. No hubo violencia, ni desatención, pero era todo tan... triste.

—Lo siento, Elena. De verdad.

Ella le toma de la mano con la cauta serenidad, el aplomo blindado, con la emoción serena de quien hace tiempo perdió el pudor y los nervios.

—¿No encuentras raro que cuando vienes aquí yo siempre estoy sola? Creo que otros padres se quedarían todo el día a mi lado. Pero los míos no. Ellos vienen cada mañana. Mi madre reza el rosario y mi padre mira por la ventana un rato. Y eso es todo. Es muy deprimente.

—Ay, Elena...

—Bueno, ya pasó. No es importante. Pero estaba hablando del testamento...

—Ah, sí, es verdad.

—No sé si sabes que en ausencia de cónyuge, sin hermanos y sin descendientes, mis padres se llevan la mitad de mis bienes, aunque yo no quiera. No hay forma de desheredarles.

—¿La mitad? ¿No era un tercio?

—Sin cónyuge, la mitad.

—Joder...

—Mira, mi marido era muy rico. Era rico ya cuando me conoció, pero se forró gracias a la especulación inmobiliaria. Y antes de obtener la nulidad eclesiástica, nos divorciamos. Y él me legó la casa. No discutió nada, por supuesto, estaba demasiado avergonzado. La casa se ha revalorizado, cuando la construimos ya fue cara, pero ahora el precio se ha disparado porque está enfrente de la playa... ¿Sabes cuánto cuesta?

—Seis millones de euros. Me lo dijo Alexia.

—Veo que se te quedó la cifra.

—Como para olvidarla. También me dijiste que tu coche costaba cien mil euros.

—Ciento veinticinco mil euros para ser exactos. Es un Mercedes clase E. Y están los muebles, y las joyas. Y alguna que otra obra de arte que compró Jaume por aquello de invertir.

—Dios...

—Pues eso. Y mis padres no necesitan ese dinero para nada. Primero, porque no les queda vida para disfrutarlo. Segundo, porque aunque les quedara, ellos no saben disfrutar de la vida, no sabrían gastarlo en otra cosa que en misas y novenas. Tercero, porque ellos ya tienen dinero, mucho, y no les hace falta más...

—Ya veo.

—Y como ellos a su vez no tienen descendientes, cuando ellos fallezcan, ¿sabes adónde irá ese dinero?

—No.

—A la Obra. A la misma Obra responsable de todas mis desdichas. De que te perdiera a ti, de que mi marido acabara cocainómano, de que yo no tuviera capacidad ni valor para divorciarme.

—¿Estás segura?

—Segurísima. Mis padres son supernumerarios, conozco su testamento, sé lo que me digo.

—Joder...

—Así que te quiero pedir una cosa...

—¿Que mate a tus padres?

—No. Que te cases conmigo.

—¿Qué?

—A ti te vendrá bien el dinero, ¿no? No veo que estés muy boyante…

—Ya Elena, pero… no sé… Me parece una total locura lo que estás diciendo.

—Mira, si no eres tú va a ser el primer mendigo que me encuentre por la calle y que me dé el sí. Ya lo había pensado antes de que aparecieras, le había dado muchas vueltas al tema. Solo que no sabía a quién elegir. No tengo muchos amigos, la verdad. Relaciones, conocidos…, todos los que quiera. Pero amigos, lo que se dice amigos de verdad, pocos. Cuando salió a la luz el escándalo de Jaume me convertí en una paria. Adiós invitaciones. Gente que se decía íntima me negaba el saludo por la calle. Ni siquiera me vienen a ver al hospital. Me casaría con Alexia, en serio, pero cuando se lo propuse pensó que estaba loca, y se niega. En su círculo se le arruinaría la reputación. Pensé en Guillem, pero se va a casar con su niñata… Y… entonces apareciste tú.

—Elena… Pero yo… No puedo aceptar.

—¿Por qué no? Yo te hago un favor enorme y tú me lo haces a mí.

—Elena… Yo… Yo tengo que confesarte algo… Yo…

De nuevo entierra la cabeza entre los brazos y se queda callado. Elena le acaricia la cabeza. Él la saca de entre las manos y la mira, intentando sobreponerse a la culpa y la vergüenza.

—David… David…

—Elena. Elena…, yo… no puedo aceptar. Yo no me merezco esto… Yo… Yo…

—Lo sé. Tú te llamas David Arias, pero no eres mi David Arias.

—¿Lo sabías desde el principio?

—Bueno, sí… y no.

—Pero te juro, Elena, que no te he mentido en nada más. Nunca he sido más sincero con alguien que como lo he llegado a ser contigo, nunca le había contado a nadie mi vida, nunca me había abierto así, en canal… De verdad…

—Creo que me pasó un poco… lo que le pasó a mi marido. Uno no ve lo que no quiere ver. No lo quise ver. Quería creer que eras tú. ¿Tú sabes la historia de la chica aquella a la que secuestraron, Anabel Segura?

—Y ¿a qué viene esa historia precisamente ahora?

—Los secuestradores enviaron una cinta cuando la chica ya estaba muerta. No era ella la que hablaba, era la mujer de uno de los secuestradores. Las voces ni siquiera se parecían, y en la cinta la mujer llamaba «padres» a sus padres, cuando Anabel siempre los llamó «papás». Pero ellos estaban tan desesperados por agarrarse a la creencia de que su hija estaba viva que pasaron todo por alto. Y a mí creo que me ocurrió lo mismo...

—¿Cómo te diste cuenta?

—Mi David era más bajito y había demasiadas cosas que tú no recordabas.

—Y ¿por qué me seguiste el juego?

—Porque me aburría, David. Porque estaba aquí triste y sola todo el día, porque eras guapo, simpático, amable... Dime, Alexia te contrató, ¿no?

—Sí, me paga.

—Ya. Ella me lo dijo. Pero, por favor, esto es muy importante para mí, muy importante. Ella ¿sabe la verdad? ¿Sabe que tú no eres mi David o a ella sí que la engañaste?

—Fue un malentendido desde el principio... Ella me confundió con otro y yo le seguí el juego por la misma razón que tú. Porque me aburría, y porque ella era muy guapa, porque me atraía, y porque yo me sentía solo, y por curiosidad, o por desesperación, o por instinto suicida... Yo qué sé. Pensé que después de tantos años la gente puede cambiar hasta el punto de hacerse irreconocible. Y luego me contó tu historia y...

—Otra mentira piadosa más... Lo que te he dicho, debería casarme con ella. Pero ella no quiere. Así que, de nuevo, te lo ofrezco a ti. Es la oportunidad de tu vida, David, no la desaproveches.

—Tú estás loca, Elena, muy loca.

—Para nada. Estoy muy cuerda. David, ¿sabes lo que es el matrimonio in extremis?

—No.

—Es el matrimonio religioso que puede efectuarse antes que el civil cuando se acredita el peligro de muerte de uno de los cónyuges o contrayentes. En este caso, el mío. Te casa un cura en el hospital y al día siguiente basta con ir al Registro Civil y el Registro Civil lo valida. Es muy fácil, muy rápido, muy pocas formalidades. Y ¿sabes otra cosa, David?

—¿Qué?

—En este hospital hay una capilla, y un capellán.

CUANDO EL AMOR
ESTÁ PRESENTE

Por las noches, en una habitación de hospital callada y sola, a Elena le bastaba con pronunciar un nombre y ese nombre la acompañaba. Sentía que ese nombre cabalgaba en el latido de la sangre enferma, y la energía que movía esa sangre se encendía y la animaba un calor de bienestar.

Para poblar el aséptico desierto de una habitación de hospital bastaba y sobraba con decir una palabra. Y la habitación empezaba a hacerse inteligible porque aquella palabra la iluminaba y, una por una, las cosas, la mesa, la cama, las medicinas, el cuadro, recuperaban su contorno y la oscuridad desaparecía mientras se disipaba el sueño inducido por la morfina. Y hasta la muerte, que no tiene palabras, parecía huir con solo repetir una. O unas cuantas: amor, esperanza, confianza. Y la vida permanecía gracias a esos nombres, porque esos nombres —y sobre todo un nombre, el de él— sostenían a Elena, con emoción. Su vida entera permanecía con ella porque ella podía recordar el nombre y porque sabía que aquel nombre tampoco la olvidaba.

Mientras Elena no conocía esas palabras y no podía invocar aquel nombre como suyo, la soledad era más honda que el silencio. Para las cosas de este mundo estaba muerta, muerta en vida, desahuciada, tanto por los médicos como por su corazón. En aquel tiempo las noches eran largas y oscuras y los días de esas noches, lentos y tristes. Pero desde que pudo repetirse ese nombre cada noche, en las noches de hospital, Elena sentía la vecindad de David como si estuviera allí, tomándole la mano. Porque cuando el amor está presente nunca se le siente lejano.

Y ese nombre y esas palabras la curaron.

HAY GENTE TAN POBRE QUE SOLO TIENE DINERO

¿Qué hacen aquí, qué hacen los tres, taza o copa en mano, tan tranquilos, tan elegantes, tan mundanos, como si nada sucediese ahí fuera, como si a todo tuvieran derecho, como si fuese lógico que los tres sean tan tranquilos, tan elegantes, tan mundanos? ¿Qué hacen aquí, qué hacen los tres, cómo sobrellevan la carga de tanta frivolidad, sabiendo que podrían ser los otros, los de fuera, esos que no tienen casa ni trabajo o que los tienen pero no una casa de seis millones de euros y sí un trabajo triste y mal pagado? ¿Qué hacen aquí, qué hacen los tres en el salón sabiendo que pudieron ser los otros, pero siendo ellos, tan tranquilos, tan elegantes, tan mundanos, tan divinos en su levedad, tan aliviados de que el azar les haya

colocado precisamente a este lado de la vida?
¿Qué hacen aquí?, ¿por qué están aquí si no
han hecho nada para merecerlo, como tampoco han hecho nada los que están fuera
para no disfrutar lo que ellos tienen?, ¿qué
hacen aquí?, se pregunta David, y se planta
el *gin-tonic* en el pecho como imposible es-
cudo contra el miedo.

—Este té esta buenísimo —dice Alexia,
tan elegante como siempre, con su cristalina
dicción fina y delicada.

—Es té verde de China —le aclara Elena—, lo compro por internet, en Té Gour-
met.

—Pues es increíble. Deberías probarlo,
David. La verdad, te sentaría mejor que un
gin-tonic, a estas horas.

—A mí los *gin-tonics* me sientan bien
a todas horas. —David, ahora impecablemente vestido y afeitado, ha cambiado, y no
solo en el atuendo, sino en algo más: a los
ojos le asoma una vena cínica que antes no
se veía.

—Pues no sé si bien o mal, querido; en
lo que estoy de acuerdo es en lo de «a todas
horas». Porque últimamente cada vez que te
veo estás con el *gin-tonic* en la mano...

—Vaya, Alexia, no sabía que fueras tan observadora.

—Dejadlo ya, por favor —les interrumpe Elena—. Os pasáis la vida discutiendo, vosotros dos.

—Bah, nuestras discusiones son meros escollos en el mar de nuestra amistad. O tendría que puntualizar: en el mar de ginebra de nuestra amistad. Pero, bueno, dejémoslo correr... Elena, ¿es té orgánico?

—Sí, es muy rico en antioxidantes, por eso lo tomo, por lo de las defensas, ya sabes.

—Ah, ya claro, los antioxidantes... Es increíble, ¿no? Que haya pasado un año... y que tú estés aquí. Tan guapa, tan sana, tan estupenda, tan fenomenal...

—Tan maravillosa —apunta David, con timbre que suena más seco que adulador.

—Eso mismo, tan maravillosa. Ay, corazón..., ayer me encontré con el doctor Joan Cabissol.

—¿Cabissol? Ni idea. No me suena.

—Sí, mujer, Elena, sí... Cabissol, lo tienes que conocer, es el director del hospital donde estabas...

—A mí no me trataba él, o no lo recuerdo.

—Pues él a ti sí que te recuerda. Vamos, que están… fa-fa-fa-fa… ¡fascinados! con tu caso. Me dijo que era como para llevar tu historial a congresos médicos.

—No seas exagerada, por favor. Hay más gente que se cura. El porcentaje de curación de cáncer de sangre aumenta cada día.

—Ya, Elena, pero tú llevabas dos trasplantes fallidos… No es lo normal.

—Además, aún no estoy curada del todo. Se trata de una enfermedad crónica.

—Anda ya, exagerada… Mala yerba nunca muere, hija. Tú nos vas a sobrevivir a todos.

David está apurando el *gin-tonic* con ansiedad y en el tono se le adivina que ya está ligeramente borracho.

—Seguro, dalo por hecho.

—Y yo le decía a Cabissol —prosigue Alexia, indiferente a las tonterías provocadoras de David—: «Esto ha sido el amor». Porque está clarísimo que ha sido el amor. Que mi Elenita se encuentra a un chico estupendo y que entonces descubre que merece la pena luchar por vivir. Si es como para hacer una película, cariño. En Hollywood veo vuestra historia. Con Angelina Jolie y Brad Pitt.

—Pues anda, que Angelina Jolie iba a estar guapa calva...

—Deberías probarlo tú, Alexia... —Elena también ha decidido ignorar a David.

—¿El qué? ¿Raparme el pelo?

—No, tonta. El amor, el matrimonio...

—Al amor no me voy a cerrar... pero al matrimonio... Léeme los labios: a mí no me vuelven a pillar en esas. Nunca más. Me tenía que haber casado con Elena, pero ya es tarde...

En ese momento suena un teléfono. Alexia busca el aparato en las profundidades de su bolso.

—¿Diga? Ay, cari, eres tú (...). ¿Qué me dices? (...). No doy crédito (...). No, si ya te lo decía yo, caritina, que lo de la moto no era buena idea (...). Que dónde estás (...). Espera que apunto (...). —Saca una libreta también y garrapatea ansiosa—. Ah, vale, es cerca (...). Suerte que me pillas en casa de tu tía Elena, que si no te saco de esta..., no sé yo quién te habría sacado (...). Ay, señor Dios... —Cuelga—. Chicos, me tengo que ir. Ha estado estupendo tomar un té con vosotros, pero resulta que a la niña se le ha estropeado la moto y está tirada en medio de la rotonda...

—¿Cati? —pregunta Elena.

—¿Quién iba a ser? Voy a buscarla y a llamar a ayuda en carretera y todo ese follón.

—Dale recuerdos.

—Pues nada, tortolitos, que me voy. Que Madre Coraje sale rauda y veloz en misión de emergencia.

Les da dos besos a cada uno y sale veloz y acelerando, dama de hierro, entre locomotora y carro de combate.

Elena y David se quedan solos, sentados. David se levanta, va al mueble bar y se sirve otro *gin-tonic* con la parsimonia de quien se ha zafado de una larga servidumbre y disfruta de un ocio interminable. Elena bebe su té, pendiente de él.

—¿Te apetece hacer algo?

—¿Como qué?

—No sé. Podemos ir a dar un paseo, a pasear a los perros.

—No, no me apetece.

—¿Y si nos vamos a la cala a nadar un rato?

—No, tampoco.

—¿Busco una peli? ¿Te apetece ver una película?

—No... Eso menos aún.

—¿Por qué?

—Porque luego siento envidia de los actores. Me pongo a pensar: «Yo habría hecho mejor ese papel».

—No te creo.

—Te lo digo en serio.

—Pues nada, pues no vemos una película entonces. Propón tú el plan, que ya me he cansado de proponer yo.

—No sé, Elena, hoy no ando muy fino…

—Hoy no andas muy fino, ayer no andabas muy fino, anteayer no andabas muy fino… La semana pasada no andabas muy fino. Llevas una temporada que pareces la alegría de la huerta, tú. Aparte de beber y beber, no haces otra cosa.

—No sé, Elena… Es que no es tan fácil para mí. Yo no sabía que lo de ser rico podía llegar a ser tan aburrido. Es que ni la cama me tengo que hacer.

—¿Has dicho aburrido?

—He dicho aburrido.

—O sea, que estar conmigo es aburrido.

—Yo no he dicho eso.

—Sí lo has dicho.

—No lo he dicho. He dicho que ser rico es aburrido.

—Y eres rico desde que estás conmigo, con lo cual se deduce que estar conmigo es aburrido.

—Ay, Elena, no me marees.

—Es aburrido y te mareo.

—Estás pesadita tú hoy, ¿no?

Ella cambia de postura, se acerca hacia él, le mira directamente a los ojos con la seriedad del desgarro y la nostalgia.

—Mira, ahora en serio, a ti te pasa algo. Te viene pasando hace tiempo.

—Pues sí, Elena, creo yo que es evidente. Yo…, yo me aburro, sí. No me adapto a esta vida.

—¿Yo te aburro?

—No, Elena, tú no. Pero es que yo, en Madrid, pues no trabajaba, pero siempre existía la posibilidad de hacer algo, aunque no me pagaran. Un corto por aquí, una sesión en una serie por allá… A veces he hecho monólogos en bares de mala muerte, que no me escuchaban ni quince personas. Y de esas quince, diez estaban borrachas y no se enteraban de lo que yo decía. Pero hacía algo…

—Si quieres hacer un monólogo buscamos cualquier bar en Palma. O te lo buscas tú, mejor dicho, porque a estas alturas ya te conocen en todos por tu nombre y apellido.

—No es eso solo, Elena, también echo de menos ir al teatro, al cine.

—Aquí hay cine.

—Sí, pero no ponen las películas que a mí me gustan.

—Ya, películas iraníes en las que se tiran veinte minutos con el primer plano de las manos del protagonista.

—Pues sí, esas.

—Pues las alquilas en el videoclub o las buscas en internet, que para eso tienes aquí una tele de cincuenta y cinco pulgadas.

—No es lo mismo. A mí me gusta la oscuridad de la sala de cine. Y, además, también echo de menos a mis amigos…

—Y los bares. Y la farra…

—Los bares también, para qué te lo voy a negar. Bares en los que no haya guiris, y en los que haya gente con la que pueda hablar de cine, de teatro, de arte.

—¿Es que conmigo no puedes hablar de esos temas?

—Elena, ya me entiendes… —le responde condescendiente.

—Yo lo que entiendo es que te pasas el santo día borracho.

—Tampoco tengo nada mejor que hacer.

—A ver, David..., ¿tú quieres que nos vayamos a vivir a Madrid?

—Sí, yo quiero irme a Madrid.

—Pues haberlo dicho antes. Buscamos una casa y nos vamos, no es tan complicado.

—He dicho «irme».

—Pues eso.

—No he dicho «irnos».

Elena se queda noqueada ante la importancia de la revelación, helada en el susto, blanca, los ojos como dos faros enormes detenidos.

—Ya veo. ¿Y cuánto tiempo llevas pensando en «irte»?

—Bastante.

—Ya.

—Elena, yo no me casé contigo pensando que iba a vivir contigo.

—Tú te casaste conmigo pensando en heredar mi dinero.

—Pues sí, pero no me hagas quedar como un monstruo. Es lo que me ofreciste tú. Favor por favor, dijiste.

—Y entonces empecé a mejorar. Y te chafé todo el plan.

—No me chafaste ningún plan. Me hiciste el hombre más feliz del mundo, y lo sabes. Nadie se alegró más que yo cuando empezaste a ponerte bien. Estuve cuatro meses cada día a tu lado, en aquel hospital, parece que no te acuerdas.

—Me acuerdo perfectamente, pero... precisamente por eso. Me querías, estabas enamorado de mí, se notaba. Me lo decías. Me lo decías a todas horas.

—Y lo estaba, Elena, y lo estoy. Pero no estoy a gusto. Me siento atrapado.

—Lo mismo que te pasaba con Eva.

—Pues sí, más o menos.

—Porque ella te forzó a dejar la coca y yo te forcé a casarte conmigo.

—Elena, deja ya el psicoanálisis barato, por favor.

—Pero es que es eso. Todo iba bien cuando nuestra historia no podía salir bien, cuando tenía la fecha de caducidad puesta. Cuando la salida estaba bien abierta y visible, y con la fecha de salida pactada. Pero de pronto, y contra todo pronóstico, yo mejoro. Y entonces te das cuenta de que nos quedan años por vivir, veinte, treinta... Y que quizá los tengas que vivir a mi lado. Y te asustas..., ¿no es eso?

—Mira, no sé si yo lo hubiera planteado de una forma tan cruda, pero en el fondo, sí..., supongo que es eso.

—Tú lo que eres es... un cobarde. Y un egoísta.

—Egoísta... yo... Yo soy egoísta... Lo dice la señora que se compró un marido como quien se compra un perrito faldero, para que estuviera a su lado haciéndole compañía. Y que en todo este tiempo no se ha preguntado jamás si su flamante marido no se aburría, si no echaba de menos algo, si no pensaría en otras cosas aparte de en su señora. Elena, te miras tanto tu propio ombligo que eres incapaz de ver a tu alrededor.

—Pues por lo menos lo veré claro, porque tú debes de verlo todo borroso, borracho como vas desde la mañana a la noche. Yo creo que ni me ves. Bueno, cómo me vas a ver si ni siquiera me miras...

—Bebo por aburrimiento. Te lo he dicho. Aburrimiento, aburrimiento puro y duro, Elena. Tedio.

—Tu aburrimiento no es más que la enfermedad de los desagradecidos, de los que no valoran lo que tienen. Mira, los verdaderamente desgraciados no se aburren, tienen demasiado que hacer.

—Mi aburrimiento es tu mismo aburrimiento, porque lo malo del aburrimiento es que es tan contagioso como los bostezos. Porque tu vida, tu vida de pobre niña rica, es tan aburrida, tan monótona...

—Ah, ¿sí?

Ella se levanta de su sillón como impulsada por un resorte, se acerca al mueble bar y empieza a servirse un *gin-tonic*.

—¿Desde cuándo puedes tú beber?

—En mi estado no es recomendable, pero nadie me lo ha prohibido. Además, no serás tú ahora el que vaya a preocuparse por mí y por mi vida. Por mi monótona vida, como tú la calificas.

—Sencillamente, es monótona porque tú puedes escoger lo que va a sucederte. Incluso cuando enfermaste tenías la mejor habitación, los mejores médicos, y quién sabe si no te curó precisamente tu dinero. Y es esa sensación de omnipotencia, de «yo todo lo puedo porque yo todo lo compro» que se respira en tu ambiente, en esta casa, la que me aburre. Esas grandes limitaciones vulgares que sufre la gente vulgar, las limitaciones que nos obligan a todos a enfrentarnos a las cosas que no nos gustan o que no esperamos, son divertidas, son tensas, son... románticas. Pero esta vida... de verdad, no hay monotonía más fatigosa que esta monotonía con glamour, esta vida gris. Gris marengo, eso sí, gris perla... Muy elegante, sí..., pero gris.

—Habló el rey de la vida trepidante. Cuya trepidante vida consistía en acumular deudas, pegar sablazos a los amigos y ponerse hasta las cejas. ¿Aquella vida era mejor que la que llevamos tú y yo juntos? ¿De verdad?

—Tú lo has dicho: aquella vida. Porque era «vida». Lo que hacemos nosotros es un simple vegetar.

—Y si puede saberse, ¿con qué dinero piensas irte a Madrid? Y ¿de qué piensas vivir?

—Permíteme recordarte que nos casamos en gananciales. Tu dinero, o, mejor dicho, el de tu exmarido, también es mi dinero.

Elena, volcánica, dibuja en el aire un zigzag con el *gin-tonic* y le arroja a David el contenido a la cara. David, dignísimo él, se quita el pañuelo que lleva en el bolsillo de la chaqueta y se seca el rostro impávido.

—¡Eres un cabrón! Solo hiciste el paripé por el dinero, era lo que buscabas, desde el principio, desde que Alexia te contrató. Hace falta ser cucaracha rastrera….

—Elena, hay que estar muy ciega, pero que muy ciega, para creer que estuve contigo solo por tu dinero, que no hubo nada más en ningún otro momento. —Mientras habla, acaba de secarse la cara, agita el pañuelo para secarlo, lo dobla con insultante calma y se lo vuelve a guardar en el bolsillo—. Y también hay que estar muy ciega para no entender por qué no puedo quedarme aquí, a tu lado. No te preocupes, no voy a coger más que lo justo. Que viene a ser el dinero que tú te gastas en un mes en el mantenimiento de esta casa y que a mí me dará para sobrevivir hasta que encuentre un trabajillo. Creo que podré encontrar trabajo. He estado llamando a algunos contactos en Madrid, y me parece que hay un papelito en una obra…, lo tengo casi cerrado.

—Así que llevas tiempo preparando la huida, por así decirlo…, ¿no?

—Sí, la verdad es que sí. No quería decirte nada hasta que no estuviera seguro. Tampoco me atrevía a decírtelo porque no quería hacerte daño.

—Soy yo la que me hago daño a mí misma. Tú no me lo haces. Mira, no soy tonta. Este último mes he notado cosas. Ya sospechaba que te ibas a ir. Pero no encontrarás un trabajillo, y acabarás regresando como un perro, con el rabo entre las piernas, a pedir que te acoja de nuevo, ya verás…

—«Me llevo todo lo mío. De ti no quiero recibir nada ahora ni nunca» —declama, muy teatralmente, David—. Lo bueno de ser actor es que siempre te viene a la cabeza una réplica adecuada. Esta es de Ibsen, por si no lo sabías. Que seguro que no lo sabías.

—Ya me estás llamando inculta una vez más.

—Elena, he sobrevivido medio siglo sin tu ayuda y puedo seguir haciéndolo otro siglo más. No necesito tu dinero, pero no lo tocaría aunque lo necesitara. Es más, me pienso ir con lo puesto. Y aunque acabe cogiendo basura de los contenedores, no te pienso llamar, mira por dónde. No importa lo pobre que sea, nunca voy a ser más pobre que tú porque, ¿sabes, Elena?, hay gente tan pobre, tan pobre, tan pobre que solo tiene dinero.

Se va.

Elena se sirve otro *gin-tonic*.

El luto

Nunca se supo qué beso marcó la línea divisoria entre la pasión y la costumbre, qué beso convirtió las promesas en puñales ni cuándo se quedó aquel beso detenido, como un vinilo que girara en silencio, ya escuchada la música y acabada la fiesta.

No le quedan muchas más certezas después de tanta promesa rota. Silencio glacial, memoria que se retira en blanco. A ella le hubiera bastado saberlo, pero se le negó incluso la razón, la explicación, la causa. Silencio glacial y muerto, agusanado, silencio de terquedad, la de él, y de ignorancia, la suya. Y la distancia, cada vez más fría, que se abre entre los dos, como las dudas, como un mortal veneno que no mata y que, al contrario, prolonga la vida pero hace que esta duela y que la muerte fuera preferible.

Elena habría hecho muchas más promesas de haber sabido que ni siquiera había que cumplirlas. Las promesas tan leves no sirven de nada. De menos sirve aún esa rabia sumisa, débil y humilde, ese furor prudente, las elegantes lágrimas.

El amor es una promesa. ¿Y qué es ese don cuya promesa me ata al otro? El don que espero del otro es, en realidad, una nada, una nada cuya virtud consiste en preservar y alimentar mi espera. Toda esperanza nace de alguna promesa. El amor consiste en dar lo que no se tiene, decía Lacan. Por lo tanto el amor es la promesa de un don que algún día llegará… o no. ¿Consiste entonces en esperar la nada? Hay que ser claro: lo que cuenta en el amor no es el don sino la tensión de la espera, el suspense de la promesa. El erotismo se nutre de la incertidumbre. La certidumbre, la rutina, la seguridad, la calma son asesinos callados que van envenenando la pasión.

Dios no tiene tiempo libre

El dolor es de vivos, y los muertos no sienten, solo habitan la nada. Elena, que burló a la muerte, se pregunta ahora si mereció la pena tanta lucha y si en realidad deseaba la vida. Por eso ahora ha decidido ser una muerta en vida, sepultada en esta tumba de ladrillos, las persianas echadas, toda la casa a oscuras. Desbaratada como el mismo rompecabezas que arrojó al techo en su día. La realidad termina imponiéndose siempre, por mucho que una se mienta: censura, acosa, embiste y se lleva a los que no quieren quedarse. En esta casa se han cerrado los ventanales que antes daban al mar. Todo ruido es sordo, toda luz ciega, toda la casa es territorio permanente de sombras. Fuera hay luz, agua, vida. En la calle, en la isla, en el mundo, miles de vidas siguen adelante en un solo prodigioso segundo, mientras la de Elena se va difuminando, disuelta esta vez en su propia autocompasión, en un tiempo tan diferente al tiempo de esas vidas que corren por la calle, fuera de esa habitación, en un tiempo tan diferente al de esas vidas que no necesitan parasitar a otras vidas para sobrevivir. Entonces resuena un taconeo familiar por el pasillo. Elena lo reconocería incluso en el estrépito de una autopista. La asistenta la ha dejado entrar, piensa. Aunque la asistenta tenía orden de no dejar entrar a nadie.

Pero esa mujer que taconea no es del tipo de mujeres que obedecen órdenes, y Elena lo sabe.

—Lo sabía. Sabía que te iba a encontrar así. —Se acerca al estéreo y apaga la música—. Y quita esta música de funeral ya, por Dios. Funeral... porque esto parece una tumba. —Arrolladora y eficiente como de costumbre, Alexia abre la ventana y deja entrar la luz a raudales—. Te he llamado, te he enviado así como quinientos mensajes... Me has asustado y todo...

Le quita la sábana de un tirón. Elena solo lleva puestas unas bragas y una camiseta. Conmovedoramente delgada y frágil, su cuerpo recuerda al de los días de la enfermedad.

—¿Qué haces así a las seis de la tarde? ¿No te has levantado aún? No me lo puedo creer.

—No tengo razones para levantarme.

—Por Dios, Elena, que pareces *La dama de las camelias*, deja de hacerte la víctima. ¿Qué tontería tan grande estás diciendo? Estás viva. Y esa es suficiente razón para levantarse. Dios te salvó la vida.

—La que dice tonterías enormes eres tú. A mí Dios no me salvó.

—Ah, ¿no? ¿Y quién te salvó entonces?

—La ciencia.

—La ciencia, la ciencia... Poca ciencia aleja de Dios y mucha conduce siempre a él. La ciencia te había desahuciado, por si no lo recuerdas... —Sacude las sábanas enérgicamente—. Mira, no tengo ni idea de por qué Dios es como es ni de por qué te eligió a ti. Yo no lo habría hecho, desde luego...

—Ya, claro...

—Pero te eligió.

—Sí, seguro. —Bajo la voz pastosa y desmayada se nota un deje escéptico.

—Así que ahora le tienes que escuchar.
No te queda otro remedio.

—Sí, no escucharle.

Se vuelve a sepultar debajo de la sábana. Alexia, inasequible al desaliento, le arranca la sábana de un tirón.

—¿Tú crees de verdad que Dios se dedica a salvar de la muerte a gente que no va a escucharle? Dios no tiene tanto tiempo libre, mujer. —Alexia abre el armario y curiosea ente las perchas. Finalmente se decide por un traje del color rojo vivo que viste a la amapola—. Este es ideal, ideal. Anda, levanta…

Alexia ayuda a Elena a levantarse. Como si Elena fuera una niña, la viste con cuidado y con cariño.

—Y todo este drama victoriano ¿a qué viene? ¿Es porque David se ha ido?

—Tú no sabes lo que me dijo.

—Cualquier estupidez. Pero ¿qué más da lo que te dijera? Ya conoces a David: casi nunca dice lo que siente y a veces no siente lo que dice.

—Se ha ido.

—Bueno, era de esperar.

—¿Tú crees? ¿Tan claro estaba?

—Elena, no seas ingenua. Yo le pagué para que te visitara. No vino porque quisiera. No dudo de que después se enamorara de ti sinceramente, pero esta no era su vida. Nunca lo fue. Desentonaba como una cucaracha en un plato de nata.

—Ya… Y yo no le puedo reprochar nada, claro. Porque no entraba en los planes de nadie que yo me pusiera bien… Y porque, en cierto modo, yo también tengo la culpa.

—¿Tú? ¿La culpa? ¿De qué?

—Yo le elegí. Yo sabía que mentía desde que le vi entrar por la puerta, pero elegí que se quedara. Elegí seguir viéndole, pese a todo. Le pedí que se casara conmigo. Porque desde que tengo uso de razón, he consumido todas mis energías tratando de convertir a alguien que no era capaz de amarme en alguien que lo fuese. Primero intenté ser la niña perfecta, la buena estudiante, la hija callada y obediente, para que mi padre me quisiera. Después me enamoré de aquel actor que llevaba su mismo nombre y que tampoco me hacía ni caso, que nunca más intentó localizarme o saber de mí. Porque lo que ni mis padres ni tú sabíais es que el primer David nunca me quiso, que no hubiera movido un dedo por mí.

—Eso no lo sabía yo. Tú decías que estaba loco por ti, que estabais los dos muy enamorados.

—Mentía.

—¿Por qué?

—Por darte envidia, supongo, o celos. O por hacerme la importante, o la mayor, vete tú a saber… ¿Me acercas unos zapatos?

Alexia va al armario y saca unos zapatos de tacón rojo, del rojo vivo del carmín o los hibiscos. Se los enseña a Elena, que cabecea como si no estuviera convencida.

—No sé yo si este modelito que me estás dando es el más apropiado para andar por casa.

—El rojo contrarresta la melancolía, la fatiga y el decaimiento.

—¿Quién dice eso?

—Mi cromo-terapeuta.

—¿Cromo-terapeuta? Anda que no eres pija tú ni nada…

—No lo he negado nunca. Tú lo eres también.

Elena se calza los zapatos, se levanta, se mira en la luna del espejo del armario. Al otro lado del espejo, una Elena delgada y ojerosa le devuelve con exacta fidelidad su tristeza duplicada.

—Pues sí, Alexia, te mentía. Yo estaba enamorada del primer David, pero él de mí no.

—¿Y los poemas?, ¿y las cartas?

—Estabais tan obcecados en vuestra idea que no supisteis ver lo que teníais delante de vuestros ojos. En las cartas no había un solo «te quiero». Hablaba de sexo, pero de amor nunca. Y sus poemas… Puro ejercicio de vanidad, sus poemas. Me los enviaba por narcisismo, para que alguien los leyera, pero en sus poemas nunca figuraba mi nombre, ni una sola referencia clara a mí. La mayoría los había escrito antes de conocerme, creo…

—Eran horribles, en todo caso. Y no se entendía nada.

—Ya ves… El caso es que daba igual que la carta que mi padre falsificó fuera falsa. Porque el verdadero David tampoco sentía más por mí. Eso era lo que mis padres no sabían. Que no hacía falta que ellos intervinieran, que él no me quería de todas formas. Cuando estuvimos juntos yo ya lo sabía, que él no me quería, nunca me lo dijo ni me hizo grandes promesas. Yo le perseguía como una loca, pero sabía que no era más que un juguete para él. Después me casé con un homosexual...

—Y después vino Guillem... Guillem, que era un hombre casado, casado con tu prima, y por lo tanto imposible. Y, por fin, David, tu segundo David, que no es más que un pobre hombre. Encantador, seductor, pero que no se quiere nada a sí mismo. Demasiado confuso y perdido como para querer a nadie más. Si te fijas, hay un patrón... Siempre has perseguido a hombres que no podían quererte. No era más que un juego.

—Para mí no lo era.

—Sí lo era. Un juego. Un juego que te servía de cortina de humo. De cortina de humo. Porque mientras estés ocupada en la persecución de otros, nunca tendrás que ocuparte de ti misma. Y sobre todo porque así te proteges.

—Me protejo... ¿de qué?

—De la verdadera intimidad.

—¿Qué estás queriendo decir con eso?

—Lo evidente: que como nunca buscas a gente que te quiera de verdad, nunca tienes que hacer planes de convivencia estrecha e íntima a largo plazo. Porque no sabrías hacerlo. Porque, Elena, tú no sabes querer.

—¿Cómo que yo no sé querer? ¿Qué tontería estás diciendo?

Alexia, que estaba sentada en la cama, se levanta, se va hacia ella, la abraza por detrás y obliga a Elena a mirarse a sí misma, de nuevo, en el espejo y la obliga a sostenerse la mirada.

—Mira, Elena, probablemente yo sea la persona en el mundo que más te conoce. Me sé de memoria tu vida, siempre he estado ahí, a tu lado… Y siempre has estado tan metida en tu papel de niñita abandonada que no has sido capaz de crecer y comportarte como una adulta, de amar como una adulta. ¿Por qué te crees que te casaste con Jaume? No eras tan niña ni tan tonta como para no darte cuenta de la verdad. Pero a ti te venía bien, no tenías que ser su verdadera mujer, solo irte con él a jugar a las casitas, como dos niños pequeños, en la casa que habían comprado vuestros papás.

—Esa es una forma muy cruda de contarlo…

—Y lo de Guillem. Ocho años con un hombre casado…, por favor. Como una niñita enamorada de papá que le quiere apartar de mamá.

—Deja ya de atacarme, por favor.

—No te ataco, no te quiero hacer daño… Pero quiero que entiendas. Mira, Elena, la mayoría de la gente quiere y necesita amor. La mayoría de la gente quiere y necesita sentirse cercana a los demás. Pero el miedo es una fuerza igualmente poderosa, y compite con nuestra necesidad de amor. El miedo a la intimidad. Creo que tú te sientes más segura en relaciones en las que nunca va a haber una intimidad y compromiso totales, en relaciones incompletas, porque tienes miedo a ser vulnerable, a que te puedan hacer daño.

—Eso es mentira. Ya me han hecho mucho daño.

—Ahí está la paradoja. Que te acaban haciendo daño igual. Es como si fueras a una mesa de juego y en lugar de jugar doscientos euros solo jugaras cinco por el miedo a perder. Y encima los juegas en la peor mesa.

—Pero si me hubiera jugado los doscientos, los habría perdido.

—No, porque si te hubieras jugado los doscientos habrías salido a la mesa con espíritu ganador.

—Tus metáforas son siempre un lío…

—Mírate. —De nuevo la obliga a mirarse en el espejo, que alarga extrañamente la figura y la hace crecer en el misterio—. Solo quiero que consideres la inmensa suerte que tienes. Te has curado, tienes una casa increíble, dinero… ¡Y has perdido veinte kilos y se te ha quedado un tipazo! No tienes derecho a hacerte la víctima, ninguno. Y, desde luego, no tienes derecho a quejarte de David.

—David es un cabrón.

Alexia le da la vuelta a Elena para que lea bien sus labios.

—David te salvó la vida. Te estabas dejando morir. Y no solo de cáncer. De depresión, de tristeza y de aburrimiento. Por eso, cuando vi el *Cineguía* en la consulta, se me ocurrió llamarle. Porque sabía que necesitabas una ilusión, alguien que te distrajera, que te diese ánimos para vivir. Y funcionó.

—Y ¿sabías que él no era el que era?

—Cuando vi el *Cineguía*, no. Creía que era él. Pero más tarde empecé a sospechar. Y al final me dije: en tanto Elena lo crea, qué importa que lo cierto no lo sea.

—Entonces fuiste tú la que me salvaste la vida.

—Pues igual sí. El caso es que aquí estás. Y precisamente tú, que has estado a punto de morirte, deberías saber que la vida es tan valiosa como para dar a las cosas su justa importancia. Y un mal de amores no es un drama. No tan serio. ¿No conoces la frase esa de Oscar Wilde: «Señor, líbrame del dolor físico que del moral me ocupo yo»? Pues te ha librado ya del dolor físico y ahora te toca a ti corresponderle.

—¿Desde cuándo crees en Dios?

—De toda la vida. De siempre. Y tú también.

—Yo ya no sé qué creer.

Alexia lleva a Elena a la cama, la sienta y se sienta a su lado.

—Mira, Elena, Dios significa distintas cosas para distintas personas. No creo que de la noche a la mañana te hayas vuelto atea. Pero si fueras atea ya serías creyente.

—Eso no tiene ningún sentido. Atea y creyente es una contradicción en términos.

—No lo es. Porque si estás tan segura de que Dios no existe, ya estás segura de algo, y por lo tanto tienes una Fe.

—Mira que eres enrevesada a veces.

Alexia se levanta. Se dirige al tocador. Coge el cepillo del pelo y unas horquillas. Regresa a la cama y comienza a peinarle el cabello que ya ha crecido, renovado, una mata esplendente de oro fundido al sol. Mientras, le sigue hablando.

—No te pido que estés segura de que Dios vela por ti. Te pido que, incluso aunque no estés convencida de que existe un poder superior en el universo, actúes al menos como si creyeras en él.

—Eso que dices no tiene ni pies ni cabeza.

—El simple hecho de poder cederle lo que no puedes manejar a un poder mayor te puede traer un enorme alivio. Créeme, te lo digo por experiencia. Igual que tú ahora dejas que te peine y confías en mi criterio, si tienes fe aprendes a confiar en que lo que te está ocurriendo tiene su propia razón y sus propios resultados.

—Lo siento, pero a mí ya me cuesta mucho creer en Dios.

—No te pido fe en un Dios con nombre y apellidos, sino simple fe en la vida: te pido que dejes ya esa tozudez absurda tan tuya de querer a toda costa que las cosas sucedan como tú crees que deben suceder. Te pido que aceptes que quizá no sepas lo que es mejor, que es posible que haya resultados y soluciones que nunca tuviste en cuenta.

—Me pides mucho.

—¡Te pido que seas optimista, coño!

Se ha exaltado tanto que sin darse cuenta ha cepillado con demasiada fuerza y casi le arranca a Elena un mechón de cabello.

—Alexia, ¡que me vas a dejar calva por segunda vez!

—Lo siento. Solo te estoy pidiendo algo fácil. Que aceptes, por ejemplo, que lo mejor que te ha podido pasar es que el tontolaba de David se fuera…

—No era un tontolaba.

—No, qué va, era Einstein, no te joroba. Elena, por favor… Era un hombre majo pero limitadito. Y lo mejor que te ha podido pasar es que se fuera. Primero, porque iba a acabar con las reservas de ginebra de esta casa… y de toda la isla. Segundo, porque tienes que aprender a vivir por ti misma y a usar unas alas que no has usado nunca. —Echa un último vistazo a su obra: Elena está peinada—. Hala, ya está. —Se acerca al tocador y coge el espejo de mano—. Mírate.

—Pensar así, como tú quieres que piense... —mirándose al espejo de mano, reflexiva—, requiere mucha fe.

—Requiere voluntad, no fe. Requiere que te levantes ahora mismo, que salgamos de aquí, que nos vayamos a dar una vuelta y que actúes convencida de que la vida tiene mucho que darte... Venga, levántate. —Alexia la coge de la mano y la alza. Se levantan juntas.

—¿Adónde vamos?

—A celebrarlo.

—A celebrar ¿qué?

—Tu cumpleaños.

—Hoy no es mi cumpleaños.

—Sí lo es. Porque has nacido hoy. Mira, ¿ves esa cama? Pues ahí se ha muerto la Elenita que tanto amaba a los hombres y que acababa siempre sufriendo. Acaba de nacer la Elena que se ama tanto a sí misma como para evitarse a sí misma, en lo posible, el sufrimiento. Hala, ¡nos vamos!

Hay una historia que David nunca llegó a conocer de Elena. David nunca supo que Elena, durante años, soñó con ser una bailarina famosa. Elena no habla de esa historia porque duele. Se trata de un dolor oculto, enterrado, extraño, como abrir un libro y encontrar una flor disecada, que se dejó entre las páginas hace años y allí sigue. No desprecia aquel dolor porque de él aprendió muchas cosas. Sigue allí, como la flor, escondido pero presente. Y ahora recuerda lo que ese dolor le dijo en su momento, y lo que le vuelve a decir ahora desde la sombra. Pero temía y teme hablar de aquel dolor, no sea que avance y se abra paso a través de vísceras y huesos.

Elena empezó a aprender ballet a los cuatro años, en la academia de una amiga de la familia. Todo el mundo daba por hecho que sería una bailarina famosa. Toda su vida estaba dedicada a eso. No había llevado la vida normal de cualquier niña. Ensayaba todos los días, no se podía comer una palmera de chocolate porque vivía a dieta, no podía beber. Sus notas eran mediocres, tirando a pésimas, pero no importaba. Ella iba a ser una bailarina famosa, nadie exigía resultados académicos. Pero un día tuvo una lesión. Una tendinitis. Ella se empeñó en volver a bailar pese a que el médico se lo había desaconsejado. Una lesión traidora, porque se calmó al empezar el trabajo pero paulatinamente fue aumentando. Hasta que llegó el día en que el rendimiento no fue el mismo y quedó claro que Elena ya no podría volver a bailar.

Y lo que habría sido apenas un tutú desechado, unas piernas cansadas de saltar y correr detrás del instantáneo frenesí y el sudor de una joven en la barra vino a ser una obsesión. Pero Elena solo conocía un camino en la vida y, cuando ese camino se bloqueó, no estaba preparada para abrirse otro pese a que era y es guapa, inteligente, culta y rica. Justificaba la obsesión del ayer, que la retenía presa, con la preocupación, pueril y remota, del pasado mañana sin tutú y zapatillas.

Entonces hubo que buscar otro camino. Ahora hay que buscar otro camino.

Elena piensa en un camino moderno, urbano, con sus rotondas o glorietas, con sus centros comerciales a los lados, con sus pasos de peatones, con sus ceda el paso, con sus cruces de caminos transitados y regulados por semáforos.

Y tiene que ser un camino moderno, urbano, porque sus problemas han surgido precisamente en un contexto moderno y urbano. Quizá en la vida de mujeres como su abuela había poco espacio para los males de amor: te casabas con quien tu padre había buscado, envejecías con él, aguantabas sus golpes si hacía falta. Si tenías suerte, te tocaba un hombre bueno. Y si no, te callabas y aguantabas. El divorcio no se planteaba. Era una sociedad cerrada y los problemas estaban pautados, delineados, claros, predecibles.

La ciudad, en cambio, es un cruce de modos de vida.

La vida es una rotonda. Una rotonda tiene la función de repartir el tráfico. Es la ordenación de un cruce de caminos y es la parte del camino urbano que nos facilita dejar una dirección para coger otra.

¿Qué ocurriría si no existiesen estas rotondas?

Probablemente uno dejaría un camino y emprendería otro, de manera directa, sin una estación de tránsito. ¿Acaso Elena no ha dado alguna vez más de una vuelta a la rotonda para aclarar las ideas en cuanto a la dirección a tomar? Pero ¿y si permaneciera en la rotonda por tiempo indefinido sin tomar ninguna ruta? Esperando a ese amor perfecto que se había construido en la cabeza, fusional, para siempre, un amor como el de su abuela, que quizá no llegue.

Dando vueltas en un atasco vital.

Elena tiene ante sí varios caminos alternativos y todos ellos presentan sus ventajas y sus inconvenientes. Unos son fáciles de recorrer, rectos, bien asfaltados, pero llevan a caminos ya trillados. Otros son más abruptos, con tráfico y semáforos, pero prometen destinos más interesantes. Y mientras se quede atascada en la rotonda, pensando en qué camino tomar, no podrá avanzar.

Al salir del hospital, todo era perfectamente lógico para ella. Las cosas venían solas y las vivía tranquila junto a David. Sentía el tiempo, perdía el tiempo, sin reconocer ni siquiera cómo el tiempo pasaba en su tranquilo rumor. Y de pronto le asaltó la conciencia súbita de que David estaba allí de prestado. Tan cierta como que su propia vida la vivía de prestado, esa extraña vida delegada, esa existencia monótona que se había creado para poder vivir sin daño y dejar que todo pasara alrededor de su casa mientras que ella se limitaba a fingir que amaba y que se creía amada. Había crecido y había madurado de la mano del engaño, y cuando los demás se iban como llegaban, inesperadamente, dejando huecos imposibles, se quedaba vacía, vacía en la verdad. Qué pusilánimes entonces parecían todos los besos y qué incruenta cualquier batalla en cada ángulo de su piel.

Elena no puede mirar al futuro, ahora tiene que pensar en lo que es, en lo que goza o en lo que padece. Confiada, debe salir al exterior y dejar que el sol se le reparta en cada gota de sudor, gozosamente inmune a otro tiempo que no sea el presente. Tomada de la mano de Alexia, como mitades de una misma libertad a punto de desgajarse para bien, se dispone a salir a la calle y hacer que lo imposible comience a ser real. Se prepara para avanzar, por primera vez, sola, y ser por primera vez, sola, Elena sin más adjetivos. No Elena la hija de, la mujer de, la amante de. Y se prepara para conducir sus pasos hacia parajes presentidos, hacia otras tierras que nunca le cerrarán las fronteras. Por una vez la conciencia de los golpes pasados no logra desanimar esa esperanza que pone a merced de vientos más propicios y paisajes más amigos. Elena ha decidido enterrar en la memoria la inseguridad, el miedo, la dependencia, y emprender un nuevo camino, un camino arriesgado, pero quizá el único. Alexia abre la puerta y la luz del día le daña los ojos. Elena siente en su pecho una plenitud que contuviera ese mismo fulgor ineludible del sol, una alegría súbita, como abrir una puerta que da al mar, como haber llegado a la cumbre y poder mirar desde arriba el abismo y no temerlo, como un pájaro que se alzara desde esa misma cumbre, batir de alas, surtidor de plumas de fuego, el vuelo de ese pájaro que Elena es.

Y aferrada de la mano de Alexia se dispone a salir al exterior, airosa y valientemente encaramada sobre los tacones rojos.

Este libro
se terminó de imprimir
en el mes de marzo de 2015